KB274153

覇君 ^{패군}

설봉 新무협 판타지 소설

FANTASTIC ORIENTAL HEROES

패군 3

설봉 新무협 판타지 소설

초판 1쇄 찍은 날 § 2009년 8월 13일
초판 1쇄 펴낸 날 § 2009년 8월 19일

지은이 § 설봉
펴낸이 § 서경석

편집장 § 문혜영
편집 § 문정흠

펴낸곳 § 도서출판 청어람
등록번호 § 제1081-1-89호
등록일자 § 1999. 5. 31
어람번호 § 제2-1798호

주소 § 경기도 부천시 원미구 심곡2동 163-2 서경B/D 3F (우) 420-822
전화 § 032-656-4452 팩스 § 032-656-4453
http://www.chungeoram.com
E-mail § eoram99@chollian.net

ISBN 978-89-251-1901-4 04810
ISBN 978-89-251-1840-6 (세트)

FANTASTIC ORIENTAL HEROES
설봉 新무협 판타지 소설

覇月春

패군

3

행불무(行不武)

도서출판
청어람

目次

第十五章

사면초가(四面楚歌)

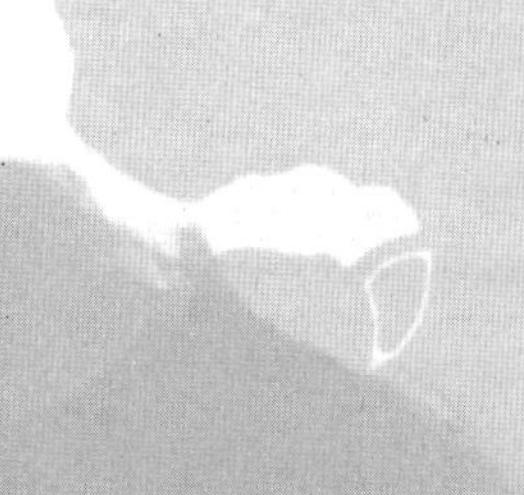

"어리석은!"

흑의인들이 고함을 지르며 일제히 산개(散開)했다.

그들이 보기에 계야부의 발버둥은 목을 내밀고 처분만 기다리는 체념만 못했다.

그들은 일제히 병기를 꺼내 들었다.

붕! 부웅! 붕붕붕!

기다란 고리로 연결된 철추가 크게 호선을 그리며 돌았다.

계야부는 달려나가다 말고 멈칫 섰다.

흑의인들이 검이나 도를 뽑아 들었다면 내처 달려나가 드잡이질을 했을 게다. 하나 기다리는 것이 철추라면 한 발 뒤로 물러서야 한다. 이럴 때는 선공보다 방어 후에 역공을 취하는 쪽이 낫다.

공방에 대한 의견은 사람마다 분분할 것이다.

계야부는 다른 사람의 의견에는 귀를 기울이지 않았다. 이것이 좋다, 저것이 좋다…… 백번 말해봤자 아무 소용이 없다. 자신이 실전을 통해 습득한 경험이 최우선이다.

"후후후!"

계야부가 멈칫거리는 것을 본 흑의인이 득의의 미소를 지었다.

이 순간, 계야부의 무리(武理)는 바뀌었다.

철추 같은 병기를 상대하는 데 가장 좋은 방법은 역공이지만 지금처럼 방심(放心)이 양념처럼 곁들어져 있을 때는 사정이 다르다.

'선공!'

쒜에에엑!

계야부는 거침없이 짓쳐들어 갔다.

제 속도가 나오지 않지만 사전투광신보를 최대한으로 펼쳤다.

파악! 쉐엑! 파파팟!

흑의인들은 조금도 당황하지 않았다. 차분하게, 그리고 질서있게 철추를 던졌다.

타앙!

검으로 앞에서 쏘아진 철추를 걷어 올렸다. 순간, 철추 끝이 빙그르르 돌더니 검을 휘어 감았다.

이런 공격에는 이미 경험이 있다. 투망과 싸우면서 검과 도를 모두 놓친 적이 있다.

계야부는 검을 비스듬히 뉘인 후, 쑥 뽑아냈다. 동시에 시구각보를 펼쳐 몸을 낮췄다. 그리고 다시 사전투광신보!

쒜에엑!

그의 신형이 한 마리 비조처럼 날아올랐다.

검광도 번뜩였다. 두 손으로 검을 꽉 쥔 채 밑에서 위로 쳐올린 검이 시퍼런 빛살을 뿜어냈다.

"크윽!"

흑의인이 답답한 비명을 토하며 물러섰다. 그때,

퍽! 퍽퍽!

허벅지에 둔탁한 통증이 느껴졌다. 양쪽 어깨에도 뼈가 으스러지는 통증이 일었다.

이미 각오한 일이다.

검을 쳐나갈 때, 앞에 있는 흑의인은 요절낼 수 있을 것이라고 확신했다. 하나 그리되면 뒤에서 공격해 오는 철추를 감당할 수 없게 된다.

그래도 공격했다. 부상을 각오하고 한 명이라도 확실하게 죽일 결심을 굳혔다.

이들은 위협을 가한다고 물러설 인간들이 아니다. 또한 위협을 가할 방법도 없다. 목숨을 죽음 건너편에 한 번쯤 놓아봤던 사람들은 웬만한 일에는 눈썹조차 까딱거리지 않는다.

그러니 어느 정도 피해를 감수하면서 수를 줄이는 것이 최선이다.

공격보다 수비가 급할 수도 있다. 자신보다 상대가 빠르면 결과는 보나마나다. 아니, 틀림없이 그럴 것이다. 검을 쳐나가는 것은 몸을 움직이는 것이고, 철추는 병기만 던지는 것이니 철추가 훨씬 빠를 것이다.

그래서 검을 두 손으로 꽉 움켜잡았다. 강력한 타격에 타점과 주의력이 흐트러져도 목표로 삼은 자만큼은 죽일 수 있도록 온 힘을 기울였다.

그렇다고 등을 온전히 내준 것은 아니다.

어떻게든 치명적인 일격은 피해야 한다. 척추 같은 부분은 즉사나 반신불구가 염려되니 피한다. 대신 몸을 살짝 움직여 살이 많은 허벅지 같은 곳으로 받아친다.

그의 의도대로 흑의인 한 명은 죽였다. 자신은 허벅지와 두 어깨를 내주었다.

투망과 싸우면서 배운 경험, 두 번째!

닿는 것은 친친 감아놓지 마라.

그는 몸을 돌렸다. 그리고 허벅지에 깊은 상처를 새겨놓고 물러가는 철추를 꽉 움켜잡았다.

쐐에엑!

곧바로 신형을 쏘아냈다.

사전투광신보에 이은 시구각보, 그리고 다시 사전투광신보를 펼쳤다. 빠르게, 그리고 변화하여 눈을 속인 후에 다시 빠르게.

계야부가 가지고 있는 최대 자산이다.

휘익! 출렁!

흑의인은 철삭(鐵索)을 아래에서 위로 크게 휘둘렀다. 그러자 갑자기 눈앞에 철삭으로 이루어진 철벽이 나타났다.

계야부는 잡고 있던 철추를 놓았다. 흑의인이 휘두르는 방향으로, 흑의인의 힘에 자신의 힘까지 보태서 힘껏 내던졌다.

쒜에에엑!

철벽은 나타날 때와 마찬가지로 순식간에 사라졌다. 그리고 시퍼런 칼날이 한줄기 섬광을 그어냈다.

번쩍!

흑의인의 머리가 두 쪽으로 갈라지는 것을 보았다.

'이제 셋!'

"휴우!"

몸을 돌려 흑의인들을 노려보며 큰숨을 들이켰다.

움푹 파인 허벅지에서 피가 철철 흘러내렸다. 뼈까지 타격당한 양어깨는 움직임을 거부한다. 조금만 움직여도, 걸어가는 것은 고사하고 어깨만 움찔거려도 온몸이 조각나는 것 같다.

계야부는 아픈 표정을 짓지 않았다.

동물들은 속이 곪아터져도 아픈 내색을 하지 않는다.

맹수의 세계에서 아픈 빛을 보인다는 것은 곧 남의 먹이가 된다는 뜻이다. 맹수의 왕인 사자도 상처를 입고 끙끙대면 이놈저놈 다 달려든다.

맹수들은 그런 점을 너무 잘 안다. 그래서 숨이 끊어지기 직전까지도 아무렇지 않은 듯 태연히 행동한다. 다리가 끊어져 절룩거려도 위풍만은 당당함을 유지한다.

계야부도 맹수의 세계에서 살았다.

거의 하루에 한 번 꼴로 다른 자를 죽여야 하는 사신(死神) 역할을 했다.

반격은 당연하다.

남을 죽이면서 자신은 멀쩡하기를 바란다면 도둑놈이다.

한 번 당하고, 두 번 당하고…… 그러다 보면 움직이기도 힘들 지경에 처하곤 한다. 꼭 지금처럼.

뚜벅! 뚜벅!

그는 흑의인들이 포위하기 좋게 한가운데로 걸어갔다.

자신감의 발로인가, 무모한 행동인가.

"미친놈!"

흑의인 중에 한 명이 중얼거렸다.

계야부는 포위당하는 것을 즐기는 사람처럼 보인다. 아니면 너희 같은 조무래기들은 백 명이 모여 있어도 한주먹감밖에 안 된다고 무시하는 것인가.

어느 쪽이든 계야부의 행동은 상식을 벗어난다. 싸움을 모르는 자나 하는 행동이다.

붕! 붕! 붕……!

흑의인들은 망설이지 않고 포위망을 구축했다.

다섯 명이 포위했을 때보다 빈 공간이 많지만, 그래도 공격하기에는 한결 용이하다. 일단, 셋 중에 한 명은 계야부의 등을 노릴 수 있다는 점에서 아주 만족한다.

'어서!'

계야부는 마른침을 삼키며 공격을 기다렸다.

사실 그는 손가락 하나 꼼짝할 힘도 남아 있지 않았다. 허벅지 상처가 너무 커서 피란 피는 모조리 빨려 나가는 것 같았다.

이대로는 무리다. 서 있기도 힘들다. 시간이 지나면 지날수록 흑의인들에게 유리해진다.

그는 무리를 해서라도 싸움을 빨리 끝내야 했다.

포위망 한가운데로 걸어 들어간 것은 그가 선택할 수 있는 최선의 싸움이었다.

쒜엑!

역시 등 뒤에서 첫 공격이 시작되었다.

상대도 자신도 빤히 알고 있지만 취할 수밖에 없는 공격이고, 또 가장 편안한 공격이기도 하다.

계야부는 오른발을 크게 옆으로 벌렸다. 몸의 중심은 낮아졌고, 상반신도 옆으로 쏠렸다.

패애애앵!

철추가 왼쪽 귀밑을 스치며 지나갔다. 그 순간,

파파파팟!

계야부의 신형이 허공으로 떠오른다 싶더니 공중제비를 연달아 두 번이나 펼쳤다.

쒜엑! 쒜엑! 패애앵!

그를 노리는 철추가 허공에서 난무했다.

이들은 나는 새도 격중시킬 수 있다. 사슴이나 표범도 단번에 꿰뚫어 버린다. 하물며 곧장 나아가는 것도 아니고 공중제비를 빙글빙글 돌아대는 인간의 육신쯤이야 눈 감고도 맞힌다.

한데 그렇지 않았다. 계야부가 잡히지 않았다. 그는 단번에 흑의인 앞으로 다가섰고, 심장에 부러진 칼을 깊숙이 꽂아 넣었다. 그리고 다른 손으로 상대의 어깨를 잡음과 동시에 빙글 몸을 돌렸다.

퍽! 퍽!

철추 두 개가 빙글 돌려진 흑의인의 몸에 틀어박혔다.

계야부는 잡고 있던 흑의인을 번쩍 들어 땅에 메다꽂았다.

상대는 이미 죽었다. 다시 죽일 필요는 없다. 단지 그의 몸에 박힌 철추를 무력화시키기 위해서 취한 행동이다.

땅에 쓰러진 흑의인을 발로 밀어 한 바퀴 굴렸다.

그의 몸에 박힌 철추도 흑의인을 따라서 굴려졌다.

철추는 무력화되었다.

쒜에엑!

계야부는 왼쪽 사내를 향해 짓쳐 나갔다.

그가 만만해 보여서 먼저 공격한 건 아니다. 그가 다른 자보다 가까이 있어서 공격한 것뿐이다.

차앙!

흑의인이 철추를 놓고 검을 뽑았다. 하나 불행히도 그는 한 수 늦었다. 그의 검이 세상에 모습을 드러냈을 때, 그의 심장에서도 붉은 피가 용솟음치고 있었다.

"커억! 말…… 도 안 돼!"

그는 자신의 심장을 물끄러미 내려다보더니 풀썩 꼬꾸라졌다.

계야부는 왼손으로 검병(劍柄)을 쳐서 틀어진 칼날을 고정시켰다.

탁! 철컥!

남은 흑의인이 담담한 표정으로 그를 쳐다봤다.

그 역시 죽음의 고비를 몇 번쯤은 넘긴 자가 틀림없다. 동료 네 명이 쓰러졌는데도, 승산이 없어 보이는데도 행동에 흐트러짐이 없다. 여전히 차분하고 냉정하다.

"가라."

계야부가 검을 내리며 말했다.

"……!"

"가서 말을 전해라. 다시는 나를 건드리지 말라고. 먼저 건드려 오지 않으면 나 역시 건드리지 않겠다고."

"후후후! 그렇게는 안 될 것 같은데? 두 발로 나와 동행하던가 끌려가던가. 네게는 다른 선택권이 없어."

흑의인이 검을 치켜올리며 말했다.

"훗!"

계야부는 짧게 웃었다.

잠시 잔수를 썼다.

정말로, 정말로 버티기 힘들다.

흑의인이 한 명 남은 건 알겠는데, 싸울 힘이 없다.

지금 당장 그에게는 처음 다섯 명과 부딪쳤을 때보다 지금 눈앞에 서 있는 한 명이 더 벅찼다.

살려줄 테니 돌아가라고 말하면 냉큼 물러설 줄 알았는데…… 역시 이런 잔머리는 부사영이 잘 쓰는 편이지.

그는 흑의인을 응시했다.

아무래도 정면 대결은 무리인 듯싶다. 이제는 사전투광신보나 시구각보, 그 어느 것도 펼칠 힘이 남아 있지 않다. 그냥 털썩 주저앉아 쉬고만 싶다.

순간의 틈을 노려야 한다.

흑의인은 조금씩, 조금씩 조심스럽게 다가왔다.

계야부는 으스러져라 검을 꽉 쥐고 성큼성큼 다가섰다.

흑의인의 얼굴에 곤혹스러운 빛이 어리는 것을 보았다.

그럴 것이다. 이런 접근법은 무리에서 벗어난다. 천천히 검권(劍圈)을 만들고, 틈을 보아 초식을 전개하는 것이 일반적인 무인들의 싸움 방식이다.

이것은 아주 타당하다.

싸움에 고정된 틀이라는 것이 있을 수 없지만, 천 년 이상 지속된 무림사(武林史)를 통해서 득은 있을지언정 실은 없다고 증명된 최고의 접근법이다.

무리는 괜히 생긴 것이 아니다.

많은 사람들이 목숨을 버려가며 타당함을 입증했다.

무리의 이치까지는 몰라도 좋다. 모르면 무조건 믿고 따라라. 그러면 절반은 차고 들어간다.

이런 상식을 계야부가 먼저 깼다.

흑의인은 표정은 곤혹스러움에서 만족함으로 변했다.

그는 성큼성큼 걸어오는 계야부를 가만히 서서 기다렸다. 초식을 전개하여 상대를 살상할 수 있는 검권 안으로 들어설 때까지 차분히 주시했다. 그러다가 계야부가 검권 안으로 들어서자 한 치의 망설임도 없이 초식을 전개했다.

쒜에엑!

일순, 그의 검이 두 개로 분화했다. 두 개는 다시 네 개로 갈라졌고, 네 개는 여덟 개로, 여덟 개에서 열여섯 개까지…… 환상처럼 수많은 검이 탄생했다.

"훗!"

계야부는 다시 한 번 툴툴 웃었다.

흑의인들은 상당한 고수였다. 그들이 합격진에 의존하지 않고 검으로 상대해 왔다면 지금 땅에 쓰러져 있을 사람은 흑의인들이 아니라 자신이다.

흑의인들은 자신들의 무공을 너무 과신했다.

그들은 계야부 정도는 쉽게 생포할 수 있을 것이라고 생각했다. 계야부 같은 맹수를 생포하면서 너무 여유가 많았다. 이것이 그들이 저지른 가장 큰 실수다.

마지막 남은 무인은 필생 절초를 펼쳤다. 그것도 최선을 다했다. 계야부의 목숨이 붙어 있든 떨어지든 상관하지 않겠다는 뜻이 명확하게 비쳤다.

계야부가 누리던 상대적 이익은 사라졌다.

이제는 오직 무공 대 무공만 남았다.

"타앗!"

계야부는 고함을 질러 자신 스스로 힘을 북돋웠다.

열여섯 개의 검이 모두 실체로 보인다. 그중 하나만이 진검일 텐데, 마치 열여섯 명이 공격해 오는 것 같다.

파파팟!

계야부는 검을 휘둘렀다.

눈이 허상을 실상으로 착각하는 이런 상황에서는 오로지 느낌을 믿을 수밖에 없다.

열여섯 개 중에 하나!

파앗!

검과 검이 부딪쳤으나 계야부의 검은 허공을 긋고 말았다.

'허상!'

순간, 복부에서 불로 지지는 듯한 통증이 치밀었다.

그에게 주어진 마지막 기회다.

이번 기회를 놓치면 서로의 호흡이 감지될 만큼 가까운 거리는 두 번 다시 주어지지 않는다.

그는 왼손으로 복부를 움켜잡았다. 아니, 복부를 긋고 빠져나가는 검의 배(背)를 꽉 쥐었다. 동시에 우수에 들고 있던 검을 독사라도 떼어내듯 힘껏 내던졌다.

퍼억!

흑의인의 턱과 목이 움푹 파이며 붉은 피를 콸콸 쏟아냈다.

찌익! 찌이익!

옷 찢는 소리가 짙은 혈향과 함께 음침함을 자아냈다.

사람은 죽는 순간부터 시기(尸氣)를 뿜어낸다. 이상하게 차가우면서 기분 나쁜 느낌이다.

계야부는 옷을 찢어 급한 대로 상처를 감싸 맸다. 죽은 자들의 몸을 뒤져서 찾아낸 금창약도 덕지덕지 발랐다.

응급처치를 끝냈으면 다음 행동을 즉시 생각해야 한다.

흑의인들이 또 올까?

올 수도 있고 아닐 수도 있다.

흑의인들은 강했다. 어처구니없을 만큼 마음을 풀어놓지 않았다면 참으로 견디기 힘든 싸움이 되었을 게다.

다시 말하면 자신에 대한 정보를 비교적 상세히 알고 있다는 뜻이 된다.

죽음의 날짜가 지나서 찾아왔다.

당연히 죽었을 것이라고 생각하는 게 당연한데 오히려 살아있는 게 당연하다는 투였다.

이 갑자 내공이 사라진 것도 안다.

이 갑자 내공에 사전투광신보를 펼쳤다면 그 빠름을 막을 수 있는 자는 몇 명 되지 않는다. 예전에는 넘치는 힘과 초식 간의 조율을 제대로 하지 못해서 지닌 힘의 삼, 사 할밖에 쓰지 못했지만 지금 같으면 팔, 구 할은 사용할 수 있다.

아마도 교사들이 아니면 막아내기 힘들 것이다.

흑의인들은 강했지만 교사들에 비하면 여러 수 뒤진다.

그런 자들이 마음을 풀어놓고 다가올 정도라면 아주 상세한 정보가 흘러들어 갔다고 봐야 한다.

자신이 살아 있는 것을 아는 자, 누구인가?

무총 쪽에서는 사일도와 십일영자, 그리고 사약란이 있다. 벗 중에는 부사영과 오목이 있다.

그들 중 그 누구도 의심을 받을 만한 사람은 없다.

하지만 있다. 그들 중에 안선이 있다. 그렇기에 안선에서 자신의 동태를 낱낱이 꿰고 있는 것이다.

‘류청지! 류청지가 위험해!’

자신을 알고 있는 자들이다. 자신을 정확하게 찾아왔다. 하면 지난 보름간 류청지와 살수 유희를 즐겼다는 사실도 알고 있을 것이다.

그를 데려가려면 주변 정리를 하는 게 필수 요건이다.

류청지가 위험하다!

그는 억지로 몸을 일으켰다.

2

류청지는 근 반 시진 동안 검만 겨눈 채 꼼짝도 하지 못했다.

육교사는 달빛이라도 구경하는 듯 느긋이 뒷짐을 지고 있다. 마음 놓고 공격해 보라는 듯 미소까지 지어준다.

그는 몇 차례고 공격하려 했다. 뛰어들어 가기 직전에 멈추기를 몇 번이나 했는지 모른다.

무방비 상태, 치기만 하면 되는 자.

한데도 그는 텅 빈 몸뚱이를 치고 들어가지 못했다.

두 번, 세 번 생각해도 이건 그의 싸움이 아니다.

살인 대상자가 선정되고, 죽이라는 명령이 떨어진다. 대상자에 대해 면밀히 조사한 후 살인 계획을 수립한다. 철저하게 점검한 후 모든 변수를 제거하고 실행에 옮긴다.

이것이 그의 싸움이다.

검 대 검으로 정면으로 부딪치는 것은 득보다 실이 많다.

계야부만 해도 그렇다. 그의 싸움대로 싸웠다면 지금 계야부는 살아 있지 못했다. 한데 살아 있다. 자신의 싸움을 버리고 계야부의 싸움 방식대로 싸웠기 때문이다.

독수리는 독수리의 방식대로 싸워야 하고, 사자는 사자의 방식대로 싸워야 한다.

"후후후! 검에서 기운이 빠지는군."

노인은 즉시 검의 상태를 읽어냈다.

"확실히…… 늙은이를 상대로 싸우려니 영 흥이 안 나는군."

"쯧! 안됐군. 마지막 검이 될 텐데 흥까지 잃었다니. 할 수 없지. 저승길 가면서 저승사자와 실컷 싸워보게."

노인이 금색의 작은 원통 막대를 꺼내 들었다.

"소사월반(小死月盤)!"

"응? 뜻밖이군, 이걸 알아보다니. 이걸 아는 사람은 당금 무림에 두 명뿐인데…… 아! 육곤자(肉滾子)를 자네가 죽였지. 그걸 깜빡 잊었군. 육곤자를 죽였으니 이걸 알아보는 게 당연하지. 허허허! 인연이란 게 이런 거군. 돌고 도는 것이야."

노인이 원통 막대에 힘을 가하자 막대에서 작은 원반들이 미끄러지듯 분리되어 나왔다.

"당신…… 만변천자?"

"육곤자가 죽었다는 소식을 접했을 때 자넬 당장 죽이고 싶었지. 하지만 나 역시 자유로운 몸이 아닌지라 임의의 행동은 불가했네. 허허허! 오래 기다렸는데, 이제야 기회가 찾아왔군."

류청지는 둘 중에 한 명은 죽어야 한다는 사실을 새삼 절감했다.

육곤자에게 원한이 있어서 죽인 게 아니다. 청부가 들어왔고, 시행했을 뿐이다.

당시 육곤자의 배후에 만변천자가 있다는 사실도 알았다.

그래도 변한 건 없다. 청부가 들어오면 황제라도 죽인다. 그일로 인해 영원토록 백만 대군의 추적을 받는 한이 있어도 한다. 살수는 오로지 죽일 사람만 쳐다보면 된다. 그의 배후까지 고려하면 이 세상에 죽일 수 있는 사람은 손에 꼽으리라.

"육곤자와 당신이 친한 건 알았는데…… 어떤 관계인지 물어도 되겠소?”

“별 사이 아니네. 그저 부모가 같다는 인연 정도밖에는 없어. 하지만 그만한 인연도 인연은 인연이니 어쩌겠는가. 자네가 죽어줄 수밖에 없지 않겠나.”

촤르륵! 촤라락!

만변천자는 분리되어 나온 소사월반을 장난감처럼 가지고 놀았다.

류청지는 방심하지 않았다.

소사월반은 뚫지 못하는 것이 없다. 배에 박히면 내장을 가르고 뼈를 베어낸 후 등 뒤로 빠져나간다.

나무도 통과한다. 바위도 뚫는다.

원통 막대에서 분리되어 나온 소사월반은 백여 개가 훨씬 넘는다. 근 삼백 개는 족히 되리라.

그 많은 것이 일시에 날아온다면 피할 길이 없다.

육곤자를 죽일 때도 그런 점을 최우선순위에 두고 고민했다.

소사월반이 펼쳐지면 죽는 건 자신이다. 이리저리 아무리 머리를 굴려봐도 피할 길이 없다. 강함도 강함이려니와 소사월반의 빠름은 쏘아진 화살을 훨씬 능가한다.

눈앞에서 밝은 금빛이 찬란하게 빛날 때, 목숨을 떨어진다.

결국 육곤자는 소사월반을 펼치지 못했다. 원통 막대를 꺼내 들기도 전에 몸에 바람구멍이 났다.

육곤자의 싸움이 아니라 자신의 싸움으로 싸웠기에 이겼다.

지금은 정반대다.

원통 막대는 이미 꺼내졌다. 자신은 만변천자의 정면에 서 있다. 그토록 염려하던 육곤자의 싸움 방식대로 싸우게 생겼다.

기습? 불가다. 소사월반이 훨씬 빠르다. 도주? 불가다. 소사월반을 제칠 만큼 빠르지 않다. 방어? 불가다. 검 한 자루로 한 몸에 집중된 화살 수백 개를 막아낸다는 것은 꿈도 꾸지 말아야 한다.

정면으로 부딪쳐서는 절망이다.

육곤자를 죽이기 전에 이미 확인한 사항이다. 혹여 정면으로 부딪칠 경우를 대비해서 다른 방법을 찾아보았지만 찾지 못했다. 어떤 수를 써도 죽음뿐이었다.

'이자가 내게 왔다는 건 계야부의 비밀을 알아냈다는 뜻! 아깝다! 이게 정녕 하늘의 뜻인가! 계야부를 안선에 넘겨줘야 하는가. 자만심이 일을 그르쳤구나. 오늘 기회가 생겼을 때 놈을 죽였어야 하는데. 낭패다, 낭패야!'

그는 자신의 죽음을 예감했다. 또한 단칼에 계야부를 베어 넘기지 않은 자신이 정말 미웠다.

자신이 죽는 것은 상관없지만 사일도에게 후환을 남겨둔 채 가야 한다는 것이 못내 한스러웠다.

"불구대천지수(不俱戴天之讐)를 보면서도 참을 수 있다니, 놀랍소. 자, 끝냅시다."

철컥!

류청지가 검을 고쳐 잡았다.

“쯧! 자네는 자신이 꽤나 잘난 줄 아는 모양이야. 후후후!”

만변천자의 얼굴 가득히 웃음기가 번졌다.

암살!

말똥구리들에게 주어지는 중요 임무 중에 하나다.

암살이라고 해서 꼭 적장에게 국한되는 것은 아니다. 때로는 적진 깊숙이 침투해 들어가서 주요 관료를 살해하기도 한다.

성공률은 지극히 낮다.

만반의 준비를 갖추고 예상치 못한 곳에서 불의의 기습을 가하니만치 많이 유리할 것으로 보이지만 그렇지 않다. 적진에서 은밀히 움직여야 한다는 제약이 많은 이점을 앗아간다.

편하게 옆집 동네로 놀러 가서 파락호 한 명 죽이는 것쯤으로 생각해서는 곤란하다.

아니다. 그것이 맞다. 암살이란 모름지기 그래야 한다. 편한 마음으로 적진에 들어가서 내 집처럼 자유롭게 행동해야 성공 가능성이 높아진다.

계야부는 열네 번의 암살 임무를 맡았고, 모두 성공했다.

물론 그가 행한 암살과 무림 살수들의 살법을 같은 선상에 놓고 비교할 수는 없다.

무인을 죽이는 것과 일반인을 죽이는 것은 차원이 많이 다르다. 하나 수단과 방법을 가리지 않고 오로지 목표물만 제거하면 된다는 점에서는 똑같다.

계야부도 살수들의 움직임에 대해서는 어느 정도 아는 편이다.

정체를 발각당해서 적에게 노출된 살수는 죽은 목숨이라고 봐야 한다. 그런 경우 십 중 십 죽는다. 단언하지만 적에게 노출된 자가 몸을 빼낸 경우는 보지 못했다.

류청지가 그런 경우다.

그는 노출당했다. 뿐만 아니라 그를 막고 있는 사람은 하필 만변천자다.

계야부는 만변천자와 싸워본 적이 있다. 류청지와는 지난 보름 동안 입에서 신물이 날 만큼 겪었다.

두 사람을 모두 아는 입장에서 이 싸움을 냉정하게 말한다면 류청지의 패배가 확실하다. 더군다나 만변천자는 위력이 얼마나 될지 짐작도 할 수 없는 기형 병기까지 들고 있다.

류청지는 죽는다. 그를 살릴 방도는 없다. 그를 죽음에서 빼내려면 만변천자만 한 무공을 지닌 사람이 나서야 한다. 하물며 온몸이 찢기고 터진 상태에다가 무공도 한참 뒤지는 그가 나서면 둘 다 죽음의 길로 들어설 뿐이다.

계야부는 씩 웃었다.

'후후후! 만변천자, 미안하지만 내가 무림에서 살아가기 위해서는 저자가 필요해. 최고의 살수에게서 목숨을 지켜내겠다는 말은 거짓이 아니었다고.'

그가 할 수 있는 일이 전혀 없는 것은 아니다.

단 한 번밖에 시도하지 못할 터이지만 그래도 공격 비슷한 형태는 취할 수 있다.

그렇다. 공격이 아니다. 실제로 공격을 시도하면 만변천자에게서 벗어나지 못한다. 공격해 들어가는 것은 자유이지만, 벗어나는 것은 만변천자로부터 허락을 받아야 한다.

공격하는 척 흉내만 낸다.

그런 행동에서 기대하는 건 별로 없다. 괜히 자신의 존재만 노출시킬 우려도 있다. 만변천자가 생각을 바꿔서 류청지 대신에 자신을 공격할 수도 있다.

얻는 것은 없지만 변수는 너무 많다.

'시도한다!'

계야부는 생각이 정리됨과 동시에 신형을 띄웠다.

쒜에엑! 쒜엑!

몸을 일으키며 검을 날렸다. 단검을 힘껏 내던졌다. 자모도도 아끼지 않았다. 단검이 손에서 떨어지는 순간 즉시 허리를 숙이면서 만변천자의 두 다리를 향해 자모도를 던졌다.

만변천자의 눈길이 자신을 향했다.

이것이다! 자신이 공격을 취해서 얻을 수 있는 최대 효과가 바로 이 한순간의 눈 돌림이다.

계야부는 즉시 몸을 빼냈다.

쒜에에엑!

절정에 이르면 신형이 한줄기 섬광으로 변한다는 사전투광 신보가 펼쳐졌다.

만변천자를 볼 이유가 없다. 류청지도 보지 않는다. 그들이
남아서 싸움을 계속하든지, 아니면 흩어지든지, 자신의 뒤를
쫓든지…….

그는 일절 뒤를 처다보지 않았다. 오로지 앞만 보고 내달렸
다.

류청지가 한순간의 눈 돌림에 힘입어 몸을 빼냈다면 자신의
노고가 헛되지 않을 것이다. 하나 그가 그 기회를 줍지 못했다
면 괜히 자신의 존재만 노출시킨 격이 될 것이다.

그때다. 등 뒤에서 솜털이란 솜털은 모두 곤두서게 만드는
예리한 파공음이 들려왔다.

빼에에에엑!

퍼뜩, 만변천자가 들고 있던 금색 원반이 떠올랐다. 그것이
던져지면 꼭 이런 소리를 낼 것 같다.

계야부는 급히 신형을 뒤틀었다.

그의 몸놀림은 눈부실 만큼 신속했다. 하나 금색 원반의 빠
름은 당해내지 못했다.

퍽! 퍽!

어디를 어떻게 맞은 것일까?

계야부는 널찍한 철판으로 전신을 강타당한 느낌이었다.

어느 한 군데가 아니라 몸 전체에 둔중한 타격을 느꼈다. 아
프지는 않았다. 단지 어떤 일을 당했다는 생각은 드는데, 어떤
일인지는 기억나지 않았다.

그는 날개 달린 새처럼 훨훨 날았다.

꼭 새가 된 기분이었다. 몸이 무척 가벼워지고, 세상이 물처럼 흐르고…… 그러다가…… 혼절해 버렸다.

계야부는 무모한 짓을 했다.

그의 마음은 안다. 어떤 의도에서 공격을 시도했는지도 짐작된다.

자신은 살수다. 눈 한 번 감았다 뜨는 시간이 얼마나 유용한지는 자신처럼 잘 아는 사람이 없을 것이다. 실로 촌각도 안 되는 시간이지만 그동안 사람이 죽기도 하고 살기도 한다.

시간을 잠깐 벌어줄 테니 도주하라.

계야부의 의사는 분명했다.

솔직히 뜻밖이다.

그가 자신을 위해 목숨을 걸 줄은 몰랐다.

죽이지 못해 안달 난 사람 아닌가. 당장 오늘만 해도 일장격돌을 벌이지 않았던가. 자신이 사라지면 훨씬 홀가분할 텐데, 간발의 틈을 벌어주고자 목숨을 던졌다.

하지만 그는 소사월반을 너무 몰랐다.

그가 공격하는 시늉만 내는 게 아니라 실제로 공격을 했다고 해도, 그래서 많은 시간을 벌어주었다고 해도 자신은 도주하지 못한다. 도주할 기회가 없다.

소사월반은 빠르고 강하다. 파괴력뿐만이 아니라 빠름도 남다르다. 하나 정작 무서운 점은 금색에 있다. 수십 개의 금색이 활짝 펼쳐지면 태양보다도 강렬한 빛을 뿜어낸다.

상대는 일순간 아무것도 보지 못하는 장님이 된다.

마음속에서 '뭐야?' 라는 의문이 떠오를 때, 전신은 강렬한 충격에 휘감긴다.

몇 번을 이야기하지만 소사월반이 펼쳐지면 피할 길이 없다. 아니, 소사월반이 원통 막대 형태에서 풀려나 낱개로 흩어지면 살아 있는 생명체는 모두 죽음 속으로 젖어든다.

만변천자의 손에서는 벗어날 수 있지만 소사월반으로부터는 벗어나지 못한다.

그런 점을 모르고 모습을 드러냈으니 애꿎은 희생이다.

아니, 희생이라고 할 수는 없다. 만변천자가 노리는 것은 자신의 목숨이 아니다. 계야부의 몸속에 들어 있는 서인이다. 자신은 곁다리로 걸려들었을 뿐이다.

그러니 만변천자가 그를 죽일 리 없다.

예측은 맞았다.

허공을 찢어발기며 날아간 소사월반이 계야부의 몸속에 단단히 틀어박혔다.

원래 소사월반은 틀어박히지 않는다. 뚫고 나간다. 관통을 하지 않고 몸에 박혔다는 것은 손에 사정을 담았다는 뜻이다. 즉, 혼절은 했을망정 목숨에는 지장이 없다.

역시 만변천자는 서인의 존재를 알고 왔다.

계야부라는 파리가 혀를 날름거리는 두꺼비 앞에 스스로 모습을 드러낸 것이다.

'놈을 내줄 순 없어!'

“타아앗!”

류청지는 잇달아 십삼 초를 펼쳐 만변천자를 압박해 들어갔다. 순간이다!

파라랑!

나비 수만 마리가 한꺼번에 날아오를 때처럼 요란한 소리가 들렸다. 그리고 거의 동시에 눈앞에서 밝은 광휘가 번쩍였다.

‘죽었…….’

아무것도 생각나지 않았다.

초식을 뻗어내던 손도 멈춰 버렸다.

무념(無念), 무상(無常), 무아(無我)…….

압박에 짓눌려 아무것도 할 수 없는데 자신의 존재에 대한 인식만은 뚜렷하다. 운공조식이 지극에 다다라 극고의 경지를 느꼈을 때와 똑같은 상태이지 않은가.

죽음의 순간은 지루하도록 길었다.

옆에서 보면 순식간에 끝나던데, 그는 네다섯을 헤아리고도 아직 살아 있다.

휘익! 파라락!

눈앞에서 무엇인가가 번쩍거렸다.

‘소사월반…….’

아픔은 느껴지지 않았다. 놀랍지 않은가. 몸에 티끌만 한 이상도 없다. 하니 비명을 지를 필요도 없다. 순식간에 온몸이 난자되면 이런 느낌이 드는 것인가.

그를 순식간에 장님으로 만든 밝은 광휘는 그가 느낄 사이도 없이 싹 걷혔다. 그리고 보았다, 그를.

"계야부!"

류청지는 깜짝 놀라 그의 이름만 불렀다.

그는 강적을 앞에 두고 있다는 사실조차 잊어버렸다. 자신이 공격 중이었다는 사실도, 눈앞에서 소사월반이 번쩍였다는 것도 잊고 멍한 표정으로 앞을 가로막은 사내만 쳐다봤다.

소사월반 두 개를 얻어맞고 나가떨어졌던 계야부가 자신의 앞을 가로막았다. 몸에서는 붉은 피가 꾸역꾸역 솟구치는데, 그런 몸을 이끌고 무수히 날아오는 소사월반 앞으로 뛰어들었다.

만변천자는 급히 소사월반을 거뒀다.

류청지를 죽이기 전에 계야부부터 죽이게 생겼으니 그도 적잖이 당황했다.

억지로 경력을 뒤틀어 소사월반의 방향을 바꿨지만 덕분에 가벼운 내상을 입고 말았다.

계야부가 엉망진창이 된 몸으로 툴툴 웃으며 말했다.

"후후후! 역시……."

"뭐가 역시냐!"

만변천자가 인상을 찡그리며 말했다.

한 손을 들어 가슴을 지그시 누르고 있는 것으로 봐서는 내상이 가볍지 않은 듯싶다.

"날 죽이지 못할 것이라는 생각이 들어서 몸뚱이로 시험해 봤는데, 역시 죽이지 못하는군."

“후후후! 그런 점을 생각했는가?”

“그 장난감 같은 원반…… 격중당하는 순간에 느낀 건데, 날아올 때보다 힘이 많이 빠졌어. 일부러 힘을 빼지 않는 한 있을 수 없는 일이지. 그런데도 모른다면 바보지 않나.”

“차라리 바보였으면 좋았을 걸 그랬군.”

만변천자가 다시 소사월반을 쳐들었다. 하지만 쳐내지는 못했다. 대신 부릅뜬 눈으로 계야부만 뚫어지게 응시했다.

계야부는 몸에 박힌 소사월반을 끄집어냈다.

두 손가락을 상처 속에 집어넣고 가늘고 예리한 원반을 쑥 끄집어냈다.

피가 샘물처럼 용솟음쳤다.

계야부는 피 따위는 아랑곳하지 않고 악마의 미소를 씩 흘렸다. 꺼낸 원반을 자신의 목에 댄 후였다.

“그냥 돌아가지.”

“……..”

“이자와 나, 앞으로 보름…… 정확히 말하면 남은 날짜는 십사 일이야. 십사 일 동안 할 일이 있어.”

“들었다. 자신을 청부했다고? 보름은 가공(假攻), 남은 보름은 진공(眞攻)이라지?”

“이거에 당한 상처가 굉장히 깊어.”

계야부는 목에 댄 소사월반을 살랑살랑 흔들었다.

“치료할 시간이 필요하니…… 한 달, 한 달로 하지. 한 달 후에 다시 찾아와. 우리가 어디 있는지는 알 것 아냐. 아니지. 지금부터 감시의 눈초리를 떼지 않을 테니 찾아오고 자시고 할 것도 없겠군. 한 달 후에 얼굴을 보면 되겠어.”

“그전에 찾아오면 자진하겠다?”

“그러지 못할 사람으로는 보지 마. 실수니까.”

“그 후에는 어찌할 텐가? 그때도 또 지금처럼 목에 월반을 대고 죽겠다고 협박할 텐가?”

“사람 치졸하게 보지 마. 사실 지금 이러고 있는 것도 자존심 상해서 죽을 지경이니까. 이런 일은 한 번이면 족해. 한 달 후에 오면 싸우던가, 끌려가던가, 죽던가 셋 중에 하나겠지. 내 손으로 자해할 생각은 없어. 그 점은 믿어도 좋아.”

“후후후! 하하하하!”

만변천자는 앙천광소를 터뜨렸다. 그런 후 냉정해진 눈으로 계야부를 쳐다보며 말했다.

“네가 온 걸 보니 흑오랑(黑五郞)은 죽었겠군.”

“얼마 떨어지지 않은 곳에 있어.”

“흑오랑은 쉽지 않은 자들인데, 용케 버텼군.”

“그들은 잡으려고 했고 난 살고자 했으니까.”

“후후후! 그런가? 살고자 했는가.”

최르륵!

그의 손에 들려 있던 소사월반이 순식간에 원통 막대로 변했다.

그가 병기를 거둔 것이다. 드디어 물러갈 뜻을 비친 것이다.

“살고자 한다고 모두 사는 건 아니지. 살고자 해도 죽는 경우가 더 많은 곳이 무림인 게야."

만변천자가 손을 벌렸다.

계야부가 들고 있는 소사월반을 돌려달라는 뜻이다.

계야부는 고개를 살래살래 흔들었다.

"내 몸에도 하나 박혀 있어. 다음에 보면 한꺼번에 돌려주지."

"후후후! 그걸 돌려받은 후에 제압당할까 봐 겁나나? 사람을 믿지 못하는군."

"천성이 그래."

계야부는 순순히 시인했다.

그가 지녔던 단검과 자모도는 만변천자의 발밑에 떨어져 있다. 그가 지닌 흉기라고는 몸에 박힌 소사월반밖에 없다. 그것마저 내주면 적수공권(赤手空拳)이다.

만변천자가 손을 거뒀다.

"넌 정말 지겨운 놈이야. 분명히 죽였는데 살아나고…… 그것도 불에 태우기까지 했는데. 확인을 하지 않은 내 탓이 크니 할 말은 없다만…… 세공단의 저주는 어떻게 풀었나?"

"공짜로 얻을 생각을 하면 안 되지. 스스로 알아내."

"건방진…… 후후! 확실히 지겨운 놈이야. 한주먹거리도 안 되면서 독기만 풀풀 날리는 것도 그렇고…… 이쯤 되면 솔직히 말하는 게 어떤가? 한 달 후면 날 상대할 수 있을 것 같나? 한 달 후에 보자, 자네 눈이 그리 말하고 있어."

"그것참, 말 많네."

계야부는 귀찮다는 표정까지 지었다.

그때다! 고여 있는 물처럼 잔잔하던 만변천자가 갑자기 쏘아진 화살이 되어 날아왔다.

쒜에엑!

파공음이 들렸을 때 그는 이미 코앞에 다가와 있었다.

계야부의 얼굴에서 옅은 웃음기가 잔잔히 흘러나왔다. 그럴 줄 알았다는 듯…….

그는 당황하지 않고 손에 힘을 주었다.

만변천자의 손이 뚝 멈췄다.

손가락 하나…… 손가락 하나 정도의 거리를 남겨둔 채, 그의 손이 허공에서 딱딱하게 굳어버렸다.

계야부의 목에서 피가 흘렀다.

그가 손가락 하나의 거리를 좁히는 동안 계야부는 목의 동맥을 잘라낼 것이다. 충분히 그럴 위인이고, 그럴 만한 시간이 있다.

결국 만변천자는 손을 내리고 말았다.

“한 달 후에 오마. 언젠가는 네놈 버릇을 단단히 고쳐 줄 날이 있을 게야.”

만변천자의 얼굴에 웃음이 어렸다. 시간은 얼마든지 있다, 발버둥 쳐도 소용없다는 말로 읽혔다.

3

"너……."

"아무 소리 말고 상처나 치료해 줘."

류청지는 망설였다.

만변천자는 떠나지 않았다. 주위 어딘가에 있다.

그는 지금부터 자신들의 행동을 면밀히 주시할 것이다. 자신들이 만나는 사람은 모두 죽일 것이며, 전서구나 밀마는 모두 제거할 게다. 무총이나 사일도가 개입될 소지가 있다고 생각되는 부분은 과감하게 도려낼 것이다.

계야부는 한 달이라는 시간을 벌었다. 하지만 그것으로는 어림도 없다. 한 달이 아니라 일 년이 지나도 정면으로 소사월반을 상대할 수는 없다.

계야부를 죽여야 한다. 그래서 지금이라도 서인의 뿌리를 끊어야 한다.

"치료 안 해줄 거야?"

류청지의 갈등을 아는지 모르는지 계야부는 태연하게 상처를 들이밀었다.

'기회가 있을 때 죽여야 해.'

그는 만변천자와 부딪쳤을 때 불쑥 치밀었던 후회를 떠올렸다.

계야부를 죽이지 못한 게 그리 한이 될 수가 없었다. 그만 죽였다면 편히 죽을 수 있을 것 같았다.

지금도 늦지 않았다. 지금이라도 죽이면 된다.

"훗! 죽일 생각이면 살기나 드러내지 말던가. 무슨 놈의 살수가 이따위야?”

계야부는 그의 갈등을 읽고 있었다.

“아무래도 안 되겠다. 너, 죽어야겠어.”

류청지도 마음을 숨기지 않았다.

“기껏 살려줬더니······.”

“그 점은 고맙게 생각한다.”

“고맙게 생각하지만 역시 서인이 빠져나가는 건 용납할 수 없다는 거군.”

“널 죽이면 나도 죽음을 피할 수 없겠지. 만변천자의 눈과 귀가 사방에 깔려 있고, 내 의도를 알고 있으니 널 죽이게 내버려 둘 리 없지, 어쩌면 널 죽이기 전에 나부터 죽을지도 모르겠군.”

“설마하니 천하의 류청지가 코앞에 있는 사람 한 명 죽이지 못할까. 반항은커녕 움직이지도 못하는 사람인데.”

“내 말이 그 말이다. 만변천자가 어떤 수를 쓸지 모르지만 지금 널 죽이는 것은 식은 죽 먹기보다 쉬울 것 같은데, 걱정 말고 가라. 나도 곧 뒤따라가마.”

류청지가 제삼자에게 이야기하듯 담담히 말했다.

계야부는 피식 웃었다.

“훗! 정말 바보 같은 놈이군.”

“뭐! 방금······ 뭐라고 했나? 놈?”

“이봐. 만변천자는 아무 수도 안 써. 네가 날 죽이든 말든 상관하지 않아. 왜냐하면 내가 너에게 죽지 않을 걸 알기 때문이야."

"나에게 죽지 않는다? 하하하! 그토록 자신하는가?"

"이봐, 바보. 기회를 줬잖아. 네가 노린 자, 다 죽었다며? 그럼 지금 청부를 하지. 만변천자를 한 달 안에 죽여줘. 어떤가? 자신없으면 없다고 말해."

"……."

류청지는 기가 막혀 말을 하지 못했다.

만변천자를 노려라? 그를 죽여라? 저들이 일거일동을 빤히 꿰뚫어 보고 있는 판에 오히려 저들을 죽여라?

말이 되는 소리를 해야지.

살업의 최대 장점은 은밀함에 있다. 즉, 적은 자신이 습격당할 것을 모른다는 것이다. 무사태평(無事泰平), 유유히 자신의 일과를 즐길 때 느닷없이 나타나 뒤통수를 치는 게 살업이다.

그런 최대 장점을 버리고 적이 빤히 보는 앞에서 살업을 준비한다는 건 있을 수 없다.

한데 계야부의 말이 묘하게 신경을 긁는다. 살업을 이해하지 못하는 자가 한 말이니 신경 쓸 건 없지만…… '네가 노린 자, 다 죽었다며?' 하는 대목에서는 묘하게도 자존심까지 꿈틀거린다.

계야부는 진짜 살수를 보여달라고 말한다.

만변천자를 죽이면 되는 것 아니냐고 주문한다.

그렇다. 그만 죽이면 끝난다. 그만 죽으면 자신들이 죽을 일은 없다. 계야부를 죽여야 하나 말아야 하나 고민하지 않아도 되고, 자신의 죽음 역시 생각할 필요가 없다.

단지 그 일이 터무니없이 어려운 것이 문제인데, 계야부는 너 정도면 할 수 있지 않느냐고 한다.

계야부, 이놈 머릿속에는 뭐가 들었기에 섶을 지고 불로 뛰어드는가. 그런 일을 아무렇지도 않게 하는가.

계야부가 말했다.

"보아하니 자신없는 모양이군. 앞으로 살수라는 말을 버리도록 해. 창피하잖아."

"뭐야!"

"훗! 아무래도 어려운 주문이었나 보군. 잊어버리고 우리 할 일이나 하자. 보름 후부터 진검으로 날 죽여. 이번에는 후회하는 일이 없도록 손에 사정을 두지 마. 미련없이 죽이라고."

"자신있다는 뜻이냐?"

"싸움을 자신 가지고 하나? 소사월반이나 빼줘. 꽤 아프군."

계야부는 태연히 등을 돌리며 말했다

살수에게 필요한 건 세 가지뿐이다. 잠입과 기습, 그리고 탈출이다.

말똥구리도 그랬다. 잠입, 기습, 탈출은 말똥구리의 처음이자 끝이었다.

"잠입에 대해서 어느 정도나 아나?"

계야부는 자신에게 스스로 물었다.

대답은 쉽게 나온다. 누가 같은 질문을 해오더라도 대답은 한결같다. 팔부군을 제집 안방처럼 들락거릴 정도로 들어가고 나오는 길을 잘 안다고 말해줄 수 있다.

하지만 무림에서는 다른 답을 해야 한다.

무림에서의 잠입이란 살수의 잠입을 의미한다. 자신이 알고 있는 모든 방법에 무공이 더 가미된다. 은신술이 될 수도 있고 귀식대법일 경우도 있다.

그런 쪽이라면 아는 것이 거의 없다.

"기습은 어느 정도나 아나?"

이번에도 대답하지 못했다.

기습을 하기 위해서는 허점을 노려야 한다.

허점에는 두 가지가 있다. 하나는 자연적인 것으로, 기습 대상자가 스스로 만들어준 기회다. 또 하나는 인위적인 허점으로, 바늘로 찔러도 들어갈 구멍이 없는 사람에게 수단을 부려서 억지로 허점을 만들어낸 것이다.

계야부는 이 두 가지를 모두 사용한다.

눈에 보이면 보이는 것을 이용하고, 보이지 않으면 억지로 쥐어짜서라도 만들어내고 만다.

적진에서 기습을 감행하려면 도리가 없다.

그가 자신에게 물은 것은 방법적인 것이 아니라 무공 측면이다.

기습을 할 만한 무공이 있느냐?

사전투광신보에 이은 시구각보는 훌륭한 조합이지만 안선 교사 같은 초절정무인들을 상대하기에는 부족한 감이 많다.

예전에는 부족한 줄 몰랐다.

잠시 맛보기나마 이 갑자 내공을 지녀본 결과 차이가 너무 많이 난다는 것을 알았다.

확실히 이 갑자 내공이 좋기는 하다.

그때는 안선 교사도 안중에 두지 않았다. 누구라도 맞서 싸울 자신이 있었다.

모두 죽은 아들 불알 만지기다.

흘러간 일은 생각해 봐야 아무 소용 없다. 현재 자신이 가진 것 중에서 최선의 것을 생각해야 한다.

"잠입과 기습마저 안 된다면 탈출은 생각도 말아야겠지."

말똥구리들 중에서는 신화인 그였지만 무림에서는 햇병아리였다.

탈출이 불가능하다면…… 그래, 좋다. 탈출은 생각도 말자. 지금 이 순간부터 아예 머릿속에서 탈출이란 말을 지워 버리는 거다.

잠입과 기습만 생각한다.

그는 자신에게 있는 것을 살폈다.

단검과 자모도가 각각 한 자루, 소사월반이 두 개.

계야부는 물끄러미 병기들을 바라보다가 소사월반을 집어 품속에 찔러 넣었다.

병기 중에서 소사월반은 제외시킨다.

그는 소사월반처럼 작고 얇은 병기를 던져 낼 줄 모른다. 쓸 줄 모르는 병기는 있으나마나, 제외시킨다.

생각할 것이 딱 정해졌다.

잠입, 기습, 그리고 단검과 자모도.

하루가 지나고 이틀이 지났다.

계야부는 병기 두 자루를 물끄러미 쳐다보기만 할 뿐, 집을 생각조차 하지 않았다. 매시간 모든 생각을 오직 잠입과 기습에만 집중시켰다.

류청지도 모습을 보이지 않는다.

어차피 그는 계야부가 어느 정도 몸을 회복될 때까지는 할 일이 없었다.

그는 어디서 무엇을 하며 이 시간을 보내고 있을까?

그도 분명히 만변천자를 상대하기 위해 머리를 쥐어짜 내고 있을 것이다.

약한 무공으로 강자를 상대하는 방법은 오직 살업뿐인가? 다른 방법은 없는 것일까? 예를 들어 류청지와 합격술을 연마하면 어떨까? 그래도 안 될까?

두 번 말하면 피곤하다. 절대 안 된다.

소사월반의 광휘를 죽이지 못하는 한, 만변천자를 꺾는 것은 불가능하다. 더욱이 만변천자에게는 소사월반만 있는 게 아니다. 그의 진신 무공은 소사월반 못지않게 가공스럽다.

그를 이겨낼 방도가 없다.

이 방법, 저 방법…… 떠올릴 수 있는 모든 방법을 연구했지만 한결같이 어림도 없다는 결론에 이르고 만다.

세공단…… 세공단…….

이럴 때 세공단 한 알만 있었다면, 딱 한 달만 더 여유가 있었다면…….

왜 이럴까? 왜 근심, 걱정, 고민에서 벗어나지 못하는 것일까?

계야부는 이틀 만에 생각을 접었다.

끌러놓았던 단검과 자모도도 허리에 찼다.

아픈 몸을 먼저 일으키는 게 순서다. 천하의 절기를 지녔어도 이런 몸으로는 아무것도 못한다. 잠입과 기습을 십 할 성공시키기 위해서는 완벽한 몸이 필요하다.

'뒤도 돌아보지 않고 오직 내 몸만…….'

열흘이 지날 무렵, 류청지가 술에 취해 비틀거리면서 나타났다.

등에는 개봉하지 않은 술독을 짊어 멨고, 양손에는 큼지막한 호로병을 하나씩 들었다.

"방법은 찾았냐?"

"……?"

계야부는 놀란 눈으로 그를 봤다.

뜻밖에도 그의 음성은 취기가 전혀 없었다. 너무 나직해서 잘 들리지 않는 음성이었지만 취기는 없었다.

"티 내지 마라. 보는 눈이 많다."

류청지가 옆에 털썩 앉으며 손에 든 호로병을 입에 댔다.

콸콸콸!

유백색 액체가 그의 입안으로 빨려들 듯 쏟아져 들어갔다.

"궁상떨지 말고 한잔해라."

그가 다른 손에 든 호로병을 건넸다.

"훗! 상처에는 술이 쥐약이란 것도 모르나."

"궁상떨지 말랬잖아."

"훗!"

계야부는 피식 웃으며 호로병을 받아 입에 댔다.

호로병에서 맑고 향긋한 주향(酒香)이 풍긴다. 깨끗함은 대나무 잎에 맺힌 아침 이슬 같고, 가슴을 시원하게 뚫어주는 맑은 냄새는 국향(菊香)과 비슷하다.

상당히 좋은 술이다.

"뭐지? 상당히 좋아 보이는데."

"이거면 어떻고 저거면 어떤가. 뱃속에 들어가서 피만 달궈주면 되는 거지."

계야부는 그의 말을 귓전으로 들으며 술을 마셨다.

콸콸콸……!

유백색의 액체가 호로병을 빠져나와 그의 입안으로 흘러들었다.

순간, 계야부의 눈가에 묘한 이채가 떠올랐다.

호로병에서 쏟아진 것은 술이 아니었다. 입안에 남는 뒷맛이 달짝지근하다.

류청지가 씩 웃으며 말했다.

“한잔하니까 속이 다 풀리지?”

계야부는 그의 말뜻을 헤아렸다.

“좋군.”

이게 뭐냐고 묻고 싶었다. 분명히 주향을 풍기는데 술은 아니다. 맛으로만 가지고 말하라면 누구나 젖이라고 말할 게다. 단맛도 많이 나지만 고소한 젖 맛이 더 많이 난다.

류청지는 술이 아닌 것을 술처럼 들이켠다.

콸콸콸! 꿀꺽!

“카아! 모름지기 술이란 속이 화끈거려야 돼. 안 그래? 들어와라. 오늘은 코가 삐뚤어지게 마셔보자. 하하하하!”

류청지가 비틀거리며 그가 머무는 초옥 안으로 들어섰다.

“내가 이야기하는 중간중간에 큰 소리로 실없는 소리 좀 해라. 장단 좀 맞추라고. 밖에서 귀동냥하는 놈들, 뭔가 하나는 얻어가야 될 것 아냐.”

류청지의 모습은 예전과 다를 바 없었다. 냉정하고 까칠하고…… 다만 음성만 개미 기어가는 소리처럼 작았다.

“무슨 짓인가? 이건 뭐야?”

계야부의 음성도 낮아졌다.

“아무것도 아니다. 소젖에 꿀물을 탄 것뿐이야. 몸에 좋으니 많이 마셔라. 하하하!”

계야부는 묵묵히 기다렸다.

십여 일 만에 불쑥 나타나서 벌이는 기행(奇行)이다. 분명 어떤 이유가 있을 것이다.

"우리 주위에 최소한 백 명은 있다. 무공은 별로 높지 않지만 생명을 아낄 줄 모르는 자들이다. 사냥을 아주 잘하는 편이지. 무리 지어서 공격하는 게 어떤 것이라는 걸 확실히 보여주는 놈들이야."

계야부가 호로병을 들어 소젖을 들이켰다.

"뚫고 나갈 심산인가?"

"다행히 만변천자는 없다. 그가 있으면 뚫을 엄두도 못 내. 어떻게 해서든 여길 뚫고 나가서 공자님이나 무총에 연락을 취해야 한다. 잘 들어라. 이건 우리 십일영자와 공자님만 아는 밀마다."

그가 손가락으로 소젖을 찍어 탁자에 글을 써나갔다.

수많은 글이 쓰여졌다가 지워졌다.

사일도와 십일영자는 참으로 많은 방법을 동원하여 연락을 주고받는다.

그런 연락법 중에 하나가 시일 경과다.

보름 동안 아무런 연락도 취하지 않으면 변고가 발생한 것으로 추정한다.

"어제가 연락을 취하지 않은 지 꼭 보름째다. 지금쯤 공자께서 움직이고 있겠지."

활로가 생겼다.

"한데…… 이상한 점이 있어. 너와 나의 싸움은 우리밖에 몰라. 그걸 만변천자가 어떻게 알고 찾아온 거지?"

계야부가 가졌던 의문과 똑같은 의문을 그도 품었다.

"네가 아니면 우리 중 누군가가 만변천자와 연락을 취하고 있는 거야. 후후후! 장담하건대, 만변천자는 공자의 움직임을 낱낱이 꿰고 있을걸?"

계야부는 또 호로병을 들어 올렸다. 한데 가볍다. 어느새 안에 든 젖을 다 마셔 버렸다. 그러자 류청지가 술 단지를 내밀었다.

"맛있나 보군."

"상처에 좋아. 하던 이야기, 계속해."

"우리와 공자가 만나기 전에 만변천자가 손을 쓴다는 건 불문가지. 결론은 하나다. 우리가 먼저 치고 나간다. 그것도 만변천자가 없으니 할 수 있는 거야."

계야부는 눈살을 좁혔다.

만변천자는 류청지와 자신의 실력을 정확히 꿰뚫어 보고 있다. 그래서 어느 정도의 무인들을 배치해야 도주하지 못하게 가둬놓을 수 있는지도 안다.

류청지는 별것 아닌 것처럼 말했지만 주위를 에워싸고 있다는 자들은 막강한 자들일 게다. 최소한 류청지와 자신이 마음을 합쳐 뚫고 나간다고 해도 쉽게 뚫지 못할 자들인 것만은 확실하다.

"포위한 자들…… 아는 자들인가?"

"몰라."

"……?"

"살수인 건 확실해. 숨어 있는 모습이나 배치…… 모든 면에서 살수만 지니는 독특한 특성을 고스란히 드러내고 있어. 그것도 아주 능숙하게. 사냥을 잘한다는 뜻이지."

탈출은 힘들 것이다. 저들에게는 바늘구멍만 한 틈도 없다. 그랬다면 만변천자가 물러서지 않았을 게다. 지금 그들을 지켜보는 사람은 낯선 자들이 아니라 만변천자이리라.

"십중팔구 우리 둘 중에 한 명은 죽는다. 그게 네가 될지 내가 될지는 몰라. 네가 하자면 하고 하지 말자면 하지 않겠다. 죽을 위험이 높으니까."

"훗!"

계야부는 피식 웃었다.

예전에 만변천자를 청부 넣은 적이 있다. 그러면서 청부를 받지 않는 류청지를 살수가 아니라며 놀려댔다. 지금 류청지는 위험한 일이니 하고 싶지 않으면 하지 않아도 된다고 한다.

소심한 복수.

'귀여운 구석이 있는 친구군.'

"계획은?"

"그런 건 없어. 흔히 싸우기 전에 천지인(天地人)을 따지는데, 우리에겐 유리할 게 하나도 없거든. 날씨는 피아 동등. 지리는 좋은 자리는 저놈들이 죄다 깔고 앉았으니 저들 우세. 인은 말할 것도 없지. 압도적으로 저들 우세."

'잠입, 기습!'

며칠 동안 머릿속을 빙빙 울리던 화두가 또다시 부각되었다.

그때는 만변천자를 죽이기 위한 방편으로 숨어 있다가 친다는 생각을 했다.

이제는 본격적으로 적진으로 잠입하여 숨어 있는 자들을 기습해야 한다.

의미가 전혀 다르지만 행동은 같다.

좋든 싫든, 무공이 강하든 약하든…… 적진을 뚫고 나가야 한다.

"이틀 후에 하지."

계야부는 술 단지를 들어 안에 든 소젖을 한껏 들이켰다.

"꿀꺽! 꿀꺽……!"

第十六章
유리한 싸움

탈출!

어디서 누구로부터 탈출하는가. 어느 정도나 벗어나야 탈출에 성공했다고 말할 수 있는가.

탈출하는 것은 사실이다. 한데 누구로부터 탈출하는지는 미지수다. 어디서부터 탈출이 시작되며, 어디까지 가야 끝나는지도 모른다. 명확한 것이 아무것도 없다.

막연하게 안선의 포위망을 벗어나는 것이며, 사일도와 연락이 닿으면 안심할 수 있다는 정도가 고작이다.

류청지는 적을 본다.

어디에 누가 숨어 있는지 안다.

그가 염려하는 것은 그들의 합공이다.

그들 중 몇 명을 죽였을 때, 또는 그들로부터 벗어나려고 용틀임을 쳤을 경우에 발생할 반응을 염려한다.

그들은 계야부와 류청지를 다르게 대할 것이다.

그들이 죽이지 못하는 사람은 계야부뿐이다. 아무짝에도 쓸모없는 류청지는 단칼에 베어 넘기려고 달려들 게다.

그들을 공격하거나 벗어나려고 한다면 이는 이쪽에서 먼저 약속을 파기한 것이 된다. 한 달 동안 공격하지 않는다는 약속을 지킬 필요가 없다.

그들이 망설임없이 공격할 것이 불 보듯 뻔하다.

"구해오기는 했다만 이걸 어디에 쓰려고?"

류청지가 얇은 철판 조각들을 우르르 쏟아냈다.

"갑옷."

"갑옷?"

류청지가 어이없다는 표정으로 쳐다봤다.

살수들의 잠입은 버리는 것에서부터 시작된다.

몸에 지닌 소지품 중에 꼭 필요치 않은 것은 모두 버린다. 될 수 있는 한 몸을 가볍게 한다. 손목과 발목도 끈으로 묶어서 소리가 나지 않게 한다.

검 한 자루, 옷 한 벌만 지녔다면 최고의 준비가 된 셈이다.

계야부는 역으로 거슬러 올라간다.

버려도 시원치 않을 판에 철판으로 만든 갑옷이라니!

이럴 줄 알았으면 철판을 구하느라 애쓰지도 않았을 것이다.

"네놈이 그렇지. 난 또 무슨 좋은 계획이라도 있는 줄 알았
지."

"요 아래 마을까지는 봐주나?"

"그 이상은 벗어난 적이 없으니까 모르지."

"우리 찢어지자."

"……?"

류청지가 눈살을 가늘게 좁혔다.

"너는 너대로, 나는 나대로 간다. 어때?"

"저놈들로부터 벗어날 자신이 있다는 건가? 하하하! 나도
자신이 없는데 넌 자신있다, 이거야?"

"넌 날 얼마나 아나?"

"……!"

"조금 아는 것으로 전부 안다고 착각하지 마라."

"후후후! 그래, 널 많이 몰라서 미안해야 하나? 그럴 필요 없
을 것 같은데. 솔직히 지금이라도 죽일 생각만 있으면 죽일 수
있는 게 너라는 것…… 그것만 중요한 거야."

"죽여라."

"뭐?"

"단! 내일부터. 정확히 시간을 부여해 주지. 오늘 저녁 자시
부터 날 죽여라. 죽일 수 있으면."

"죽일 수 있으면……."

류청지는 계야부의 뒷말을 따라 중얼거렸다.

그의 말에 묘한 여운이 감돈다. 넌 날 죽이지 못한다는 확고

한 믿음이 배어 있다.

단 한 수, 손만 뻗으면 죽일 수 있는 자인데. 무모에 가까운 자신감이 어디서 나오는지 정말 알고 싶다.

"그러나저러나 넌 어떻게…… 벗어날 자신이 있나?"

"그런 거 생각하면서 살지 않았다."

류청지가 짙은 살기를 머금으며 일어섰다.

그가 눈으로 말했다.

그래, 좋다. 네가 말한 대로 오늘 자시에 널 죽이러 오마.

계야부는 철판을 이어 갑옷을 만들었다.

쇠와 쇠가 부딪치면 소리가 나는 게 이치다. 또한 잠입을 할 때 소리가 날 만한 물건은 지니지 말아야 한다는 것도 안다.

계야부는 철판 사이에 솜을 틀어넣었다. 그리고 옷으로 두텁게 감쌌다.

이제 소리는 나지 않는다. 하나 솜옷을 입은 것처럼 두터워서 움직이는 데 지장이 많다.

실제로 옷을 입고 걸어봤는데, 마치 둔중한 곰이 뒤뚱거리며 걷는 것 같다.

그는 움직임에 방해가 되는 관절 부분을 잘라냈다.

무게 따위는 상관하지 않는다.

말똥구리 시절에도 이런 식으로 만든 두터운 갑옷을 입고 적진을 쏘다녔다. 당시에는 시간 여유가 있고, 솜씨 좋은 사람들이 많아서 좀 더 정교하고 가볍게 만들었지만…… 지금도 그리 나쁘지는 않다. 솔직히 이 정도로 만든 것이 스스로 생각해도 용하다.

계야부는 옷을 벗고 밖으로 나왔다.

자시가 될 때까지는 아직 세 시진 정도 남았다.

아랫마을까지 다녀오기에는 충분하다.

류청지는 적을 보았는데, 자신은 보지 못했다.

어디에 누가 숨어 있다는 것인가. 보이는 것은 땅이요, 나무요, 바위요, 하늘이다. 사람은커녕 토끼 한 마리 눈에 띄지 않는다. 산새 한 마리 날지 않는다.

너무도 적막하다.

아랫마을까지 다녀오는 동안 길을 가로막는 사람은 없었다. 우연이라도 어깨를 부딪쳐 오는 사람조차 없었다. 아니, 아랫마을에 갔을 때에야 사람 구경을 했지, 오고 가는 동안에는 아무도 보지 못했다.

움직임이 철저히 통제되고 있는 것이다. 그렇지 않고서는 사람 사는 세상에 이토록 움직임이 없을 리 없다. 어쩌면 아랫마을 사람들도 모두 안선 사람으로 교체되었을 가능성이 높다.

보이지 않는 적을 피하고, 사람들을 피하면서 빠져나가야 한다.

초옥으로 다시 돌아온 계야부는 준비해 놓은 갑옷을 입었다. 그리고 날이 어두워지기를 기다렸다.

스스슷! 스스스슷!

류청지는 담을 넘는 구렁이처럼 유연하게 움직였다.

초옥에 도착할 때까지 실수했다고 생각하는 부분이 전혀 없었다.

그동안 계야부는 좋은 수련 대상이었다. 하루에도 몇 번씩 그를 공격하면서 자신 역시 잠입 수련을 했다.

몸을 움직이다 보면 한두 번쯤 실수했다고 생각되는 부분이 나온다. 계야부는 알아차리지 못했지만 초절정고수였으면 단번에 눈치챘을 것이다.

이번에는 만족한다.

마음을 다잡고 몸을 움직이기 시작한 시점부터 초옥에 이를 때까지 실수했다고 생각되는 부분이 없다.

이토록 만족한 움직임을 보인 적도 근래에 드물다.

스웃!

검을 뽑을 때도 소리가 나지 않았다.

살수의 검은 빛이 나지 않는다. 철저함 무광(無光)이다. 혹여 달빛에 반사되어 예기(銳氣)가 드러날까 봐 날까지 죽인다.

검을 뽑았는데도 칠흑 같은 어둠은 변하지 않았다.

됐다! 이제 치기만 하면 된다.

한데 막 초옥 안으로 들어서던 류청지는 어깨를 움찔거리더니 몸을 세웠다.

계야부가 보이지 않는다.

어디로 가는 걸 보지 못했는데 감쪽같이 사라져 버렸다.

그는 초옥에 있다. 분명이 이 안에 있다. 그 점만은 하늘에 대고 땅에 대고 맹세할 수 있다. 한데 놈이 없다. 대체 언제 어디로 사라졌는가.

계야부는 사라졌다.

류청지는 전신 감각을 극도로 끌어올렸다.

눈으로 보고, 귀로 듣고, 코로 냄새를 맡고, 감각으로 느끼고, 최종적으로 직감까지 동원하여 의심되는 곳을 살핀다.

그가 실패하지 않은 살수가 된 데는 남달리 탁월한 기억력도 한몫을 했다.

그는 초옥을 기억한다.

기둥이 어떻게 생겼으며 벽은 어떤 흠집이 있는지…… 그림으로 그려놓은 것처럼 머릿속에 각인되어 있다.

그는 오감을 총동원하여 자신이 기억하고 있는 그림과 현재의 초옥을 비교해 나갔다.

몇 가지 변한 게 있다.

당연하다. 사람 사는 집이니 변한 게 없다면 말이 안 된다. 다만 변한 정도가 의심이 갈 만한 것이냐를 따져야 하는데, 그런 점에서 주목할 곳은 없었다.

"굼벵이도 기는 재주가 있었던가."

그가 나직이 중얼거렸다.

이제는 확실히 단언해도 좋을 성싶다.

계야부는 감쪽같이 사라졌다.

스스스스!

그는 다시 어둠 속으로 미끄러져 들어갔다.

본격적으로 살수 대 살수의 싸움이 시작되는 순간이다.

사람은 자신이 눈으로 본 것만 믿는다. 목도한 것이 잘못되었다고는 생각하지 않는다.

류청지는 초옥을 봤다. 하나 그가 본 것은 한 면뿐이다. 계야부가 천장으로 올라선 후, 초옥 뒤쪽으로 빠져나갔어도 앞면만 보고 있던 그는 여전히 계야부가 집 안에 있는 것으로 착각한다.

초옥은 들판에 세워져 있다.

집을 벗어나는 자는 어떻게는 눈에 띄게 되어 있다.

밤이 되었어도 이런 생각은 변함없이 지속된다.

초옥 뒤쪽으로 빠져나와 바싹 땅에 엎드려 기어가는 모습이 보일 리 없다. 한데 초옥을 지켜보는 사람들은 자신이 확실하게 감시한다고 생각한다.

누가 잘났고, 잘나지 못해서가 아니라 인간이 지닌 맹점이다.

계야부가 초옥 뒤쪽으로 한 번이라도 발걸음을 옮겼다면 당연히 감시자의 눈길도 그쪽을 막아섰을 게다. 하나 계야부는 그러지 않았다. 들고남에 있어서 항상 앞쪽만 사용했다. 초옥 뒤는 눈길도 주지 않았다.

탈출할 때 가장 먼저 고려해야 할 점이 이것이다.

내가 한 번도 가보지 않은 길이 어디인가. 적의 입장에서 눈길을 주지 않을 곳이 어디인가.

그래서 떠오르는 장소가 있다면 그곳으로 간다. 하면 절반쯤은 안전하게 빠져나갈 수 있다. 나머지 절반은 들키는 경우인데, 그래도 손해 볼 것은 없다. 어차피 다른 곳으로 빠져나갔다면 벌써 들켰을 터이니까.

계야부는 아주 느린 속도로 이동했다.

두 팔을 쭉 뻗은 후 천천히 몸을 끌어당겼다. 그리고는 마음속으로 서른을 헤아릴 때까지 주위 동정을 살폈다.

아무런 기척이 없으면 다시 움직인다.

한 번 움직이고 한 번 살핀다.

사람 걸음으로 따지면 한 걸음 떼어놓고 서른을 헤아리는 것과 같은 속도다.

시간이 쏜살같이 지나갔다.

계야부는 결코 서둘지 않았다.

그는 날이 밝기 전까지 이동할 곳으로 초옥 옆에 있는 산비탈을 정해놓았다.

초옥에서부터 겨우 오십여 보도 안 되는 곳이다.

대낮이라면, 아니, 야밤이라도 걸어서 움직인다면 순식간에 도달할 거리다.

하니 급할 게 없다. 천천히 움직이면 된다. 개미보다도 느리게, 굼벵이보다도 느리게 나아간다.

쓰으윽! 푸욱!

검이 폐를 깊숙이 파고들었다.

비명은 없다. 검으로 폐를 찔리면 비명으로 지르고 싶어도 지르지 못한다. 짐승의 울부짖음같이 컥컥거리는 소리를 흘릴 수 있지만, 그마저도 단단한 손에 입이 틀어막혀 있어서 내뱉지 못한다.

위장망을 덮어쓰고 땅에 엎드려 있던 살수는 누구에게 죽는지도 모르고 생을 마감했다.

'시작이야!'

류청지는 살수를 조용히 밀쳐 놓고 검을 고쳐 잡았다.

비명은 없었다. 실수도 저지르지 않았다. 하지만 죽은 자가 풍겨낸 짙은 혈향(血香)만은 그도 어쩌지 못한다.

웬만한 살수라면 이 정도의 혈향은 맡아낸다.

조금 더 나은 살수라면 어디쯤에서 어느 정도의 피가 쏟아져 나왔는지까지 짐작한다.

죽이지 않고 빠져나갈 수 있었으면 그보다 좋은 일이 어디 있을까.

그럴 수 없었다. 죽은 자는 시계(視界)가 아주 좋은 곳에 잠복했다. 초옥에서 동북쪽으로 벗어나는 자는 모두 관찰할 수 있다. 이자를 제거하지 않고는 더 나아갈 수 없다.

이들이 전문 살수다.

한 명, 한 명 배치되어 있는 곳만 봐도 알 수 있다. 허투루 잠복한 곳은 한 곳도 없다. 서로 실타래처럼 엉켜 있어서 서로가 서로를 보완해 준다.

계야부는 어떻게 빠져나갔을까?

이들이 여전히 초옥만 노려보고 있는 것을 보면 그가 빠져나갔다는 사실을 모르고 있는 것 같다.

어떻게 이런 일이 있을 수 있나?

자신은 검을 쓰지 않고는 빠져나갈 길을 찾지 못하겠다. 그래서 결국 혈향이 풍길 것을 알면서도 검을 쓰고 말았다. 한데 계야부는 그렇지 않다. 먼저 빠져나갔고, 검을 쓰지도 않았다. 누굴 죽이지도 않았다. 그러면서 감쪽같이 사라졌다.

도무지 자신의 상식으로는 이해되지 않는 일이 벌어지고 있다.

'정말 굼벵이도 기는 재주가 있는 건가.'

스스스스……!

혈향을 맡은 살수들이 개떼처럼 모여들었다.

류청지는 풀숲에 몸을 숨기고 귀식대법(龜息大法)을 펼쳤다.

뛰어난 살수는 귀식대법조차 찾아낸다. 급하게 서둘지 않기 때문이다. 여유를 갖고, 시간을 두고 수색하기 때문이다. 사방을 조각조각 나누어 일일이 점검한다.

자신이 초옥을 그림으로 그려두었다가 비교하는 것과 같은 선상에서 조각조각 난 각 부분을 면밀히 살핀다.

귀식대법은 기감으로 훑고 지나가는 자들은 피해낼 수 있지만 일일이 뒤집고 뜯어보는 자들은 피하지 못한다. 그들은 풀

뿌리나 나무뿌리까지도 살피기 때문이다.

쓸데없는 바람이겠지만, 이들이 그만한 살수가 아니기만 바란다.

역시 무리한 바람은 하지 않는 것만 못하다. 느끼지 않아도 될 실망을 느끼기 때문이다.

스스스슷!

벌레가 기어간다. 아니, 기어온다.

그들은 결코 서둘지 않는다. 적의 존재를 발견했음에도 다급하게 쳐오는 자가 없다. 그 대신에 천천히, 완벽한 포위망을 갖추는 데 주력한다.

자신이 생각했던 것보다 훨씬 뛰어난 살수들이다.

그는 잠시 머릿속을 뒤적여 봤다. 이만한 살수들이라면 이미 무림에 이름이 나 있을 터이다. 움직이는 모습만 봐도 어느 곳, 어느 집단 출신인지 알 수 있는 게 살수들인만큼 어렵지 않게 생각이 나야 당연했다.

한데 생각나지 않는다.

인원이 무려 삼백여 명에 이르고, 하나같이 무공이 뛰어나고, 그것보다 더 무서운 집단 통제가 확실히 되어 있고, 동료의 죽음에 흥분하지 않고…….

살수들의 장점은 죄다 끌어모은 아주 특별한 살수들인데 어디의 누구인지 기억나는 게 없다.

신흥 살수 집단이라고 하기에는 너무 완벽하고, 전통을 입에 담을 만한 살수 집단 중에는 생각나는 게 없고…….

그러다가 문득 칠정산에 잠복해 있던 무리들을 떠올렸다.

그들이라면 인원 면에서 비슷하다. 천혼탈망이라는 진법도 이들 살수들처럼 통제력이 아주 강했다. 그들도 죽음을 두려워하지 않았고, 동료들의 죽음을 담담히 지켜볼 줄 아는 자들이었다.

아니다. 그들은 아니다.

살수들의 움직임과 진법에 따른 무인의 움직임은 차이가 많다. 칠정산 무인들은 은신술을 활용했다고 하지만 이들 살수들처럼 살수 특유의 냄새를 풍기지는 못했다.

무공은 비슷하지만 성격이 완전히 다르다.

이들은 별개의 무리다.

스스스슷!

벌레들이 거리를 좁혀왔다. 멀리서 빙 둘러 에워싸고 조금씩 거리를 좁혀온다.

그들의 노리는 중심에 자신이 놓여 있는가 없는가. 그는 잠시 지켜봤다. 오래 지켜볼 필요는 없었다. 곧 자신을 노린다는 느낌이 확실하게 들었다.

'더 지체했다가는 늦는다.'

류청지는 결단을 내려야 했다.

다시 생각해도 우습다. 자신이 손만 까딱하면 죽일 수 있었던 계야부는 느긋하게 빠져나가고, 누구든 청부만 떨어지면 죽인다던 자신은 거미줄에 걸린 나비 꼴이 되고 말았다.

이렇게 끝이 난다면 얼마든지 결과를 받아들일 수 있다. 이 결과의 끝이 자신의 죽음이라 할지라도 감수한다.

그가 염려하는 것은 다른 결과다.

계야부가 잡힌다면? 이곳에서는 탈출했지만 추적을 뿌리치지 못한다면? 그가 만변천자의 손에 굴러들어 가 음약이라도 복용당한다면? 그래서 강제로 교합을 시도당한다면?

그는 무림이 어떻고, 중원이 어떻고 하는 일에는 관심없다. 오직 주공의 안위만 염려한다.

'역시 죽였어야 했어. 나는 늘 왜 이 모양인지…… 전에는 이러지 않았는데……'

또다시 후회가 치민다.

역시 놈은 죽였어야 한다. 한데 막상 죽이자고 마음먹고 놈 앞에 서면 망설여진다. 무엇 때문인지 모르겠지만 죽일 필요가 없다는 생각이 든다. 그러다가 어려운 상황이 닥치면 죽이지 못한 것을 꼭 후회한다.

그는 귀식대법을 풀었다.

2

새벽이 밝아온다. 떠오르는 태양이 붉은빛을 토해낸다.

류청지는 나무 뒤에 숨어 있다가 거침없이 다가오는 자를 낚아챈 후 검으로 목을 그어버렸다.

스윽!

'크윽!'

소리없는 비명, 류청지만 알아들을 수 있는 비명이 동녘 하늘을 잔잔하게 물들였다.

이자는 미끼다.

다들 몸을 숨긴 채 은밀히 다가오는데, 이자만 당당하게 걸어왔다.

적이 류청지의 정확한 위치를 파악하기 위해 일부러 미끼를 내던진 것이다.

이자는 죽여도 그만, 죽이지 않아도 그만이다.

죽이면 죽이는 즉시 위치가 발각된다. 많은 눈이 미끼를 지켜보고 있을 터이다. 죽이지 않아도 발각되는 것은 마찬가지다. 미끼는 그냥 걸어오는 것이 아니라 주위를 살피며 왔다.

어떻게든 그의 위치는 노출된다.

그럴 바에는 한 명이라도 더 죽여놓는 것이 낫지 않겠나.

스스슷! 스스스슷!

벌레들의 움직임이 빨라졌다.

아니다. 이제는 벌레가 아니다. 그들은 숨을 필요도 없다는 듯 일제히 모습을 드러냈다.

그들의 모습은 가지각색이다.

어떤 자는 녹색 옷을 입었고, 어떤 자는 땅과 어울리는 짙은 갈색 옷을 입었다.

그들이 어디에 숨어 있었는지는 옷 색깔만 봐도 안다.

류청지도 숨지 않고 모습을 드러냈다.

그는 밤새도록 숨어 있기도 하고 빠져나가려고 애써보기도 했다. 하나 모두 틀렸다. 숨어 있는 것은 그들의 밀집 수색망을 벗어날 수 없었고, 빠져나가는 것 역시 너무도 촘촘한 사람의 벽에 가로막혀 저지당했다.

류청지가 밤새도록 나아간 거리는 겨우 이십 장에 불과했다.

"후후! 창피한 노릇이군."

그가 살수들을 보며 말했다.

"창피할 것 없다. 우릴 근 세 시진 동안이나 움직이게 만들었으니 류청지 이름값은 하고도 남았다."

류청지가 눈을 가늘게 좁혔다.

세간에 알려진 류청지의 이름값이 겨우 세 시진?

이들은 자신을 과신하지 않는다. 살수는 무공을 저울질할 때 적을 높일지언정 자신을 높이지는 않는다.

그런 입장까지 고려해서 류청지의 무공으로 버틸 수 있는 한계를 세 시진으로 책정했다. 아니, 세 시진을 가지고 많이 버텼다고 말한 것을 보면 세 시진보다 훨씬 낮게 평가했다.

이들이 누구이기에 이토록 광오한가.

광오하다고는 할 수 없다. 이들 판단이 맞다. 자신은 이들을 뚫지 못했으니 입에 열 개라도 할 말이 없다. 십일영자를 허수아비라고 놀려도 그만은 말을 하지 못한다.

무인은 무공으로 말하는 게다. 밤새도록 뚫은 거리가 겨우 이십 장이라면, 그것도 십일영자 중에 살수왕이라 불리는 류청지가 한 일이 그것이라면 접시 물에 코를 박고 죽어야 한다.

계야부는? 그는 빠져나갔나? 아닐 것이다. 그가 빠져나갔다면 이들이 이렇게 우르르 덤벼들지는 못했을 것이다.

황색 옷을 입고 있는 자, 그는 땅 위에 엎드려 있었다. 산비탈일 수도 있고 논일 수도 있지만 그의 주요 감시 영역은 초옥에서부터 아래 마을에 이르는 기다란 오솔길이리라.

그가 감시 영역을 포기하고 달려왔다는 것은 길을 감시할 필요가 사라졌다는 뜻이다.

계야부가 잡히지 않았다면 가능치 않은 일이다.

'바보 같은 자식! 잡힐 바에는 죽을 줄 알았거늘.'

그는 검을 들어 올렸다.

이제 자신은 아무것도 하지 못한다. 계야부를 죽일 수도 없고, 사일도에게 연락을 취할 수도 없다. 오직 하나, 눈앞에 있는 자들을 실컷 베고 죽는 것만 남았다.

"쳐랏!"

살수들에게 살명(殺命)이 떨어졌다.

날이 환하게 밝았다.

아래 마을에서 아침 짓는 연기가 모락모락 피어오른다.

쒜에엑! 차앙! 쒜에엑……!

류청지는 연거푸 검을 쳐냈다.

살수들의 합격진은 완벽했다. 하나가 공격해 오면 다른 자들이 충실히 엄호를 해주었다. 허점이 보인다 싶어서 공격하

면 다른 자들이 일제히 역공해 오는 바람에 물러설 수밖에 없
었다.

검과 검이 부딪치기는 한다. 하나 결전은 거기까지다.

살수들은 더 이상 다가오지 않았다. 주위를 빙빙 돌면서 끊
임없이 공격하는 것으로 만족했다.

"사진(四陣)!"

교대 명령이 터졌다.

공격하던 자들과 뒤에서 제이 포위망을 구축하고 있던 자들
이 재빨리 위치를 교환했다.

'빌어먹을!'

류청지의 입에서 욕이 튀어나왔다.

살수들의 차륜전(車輪戰)은 기가 막히다. 정말 한시도 쉬지
못하게 몰아치면서 철저하게 결전을 피한다.

그들은 시간 싸움을 하고 있다.

류청지는 그들의 속셈을 읽었으면서도 말려들 수밖에 없다.
그들이 원하는 대로 따라가다가 기진맥진하여 검을 놓게 되리
라.

쒜에엑!

등 뒤에서 검풍이 불었다.

"제길!"

류청지는 신경질적으로 몸을 돌리며 검을 마주쳐 갔다.

상대는 이미 검을 물리는 중이었다. 그리고 오른쪽에서 또
다른 검풍이 불어왔다.

쐐에엑!

태양이 높이 솟구쳤다. 하늘 한가운데 턱 버티고 섰으니 이를 두고 중천이라고 하나?

"하악! 학!"

류청지는 거친 숨을 몰아쉬었다.

시간이 흐를수록 검이 무겁게 느껴진다. 끊임없이 이어질 것 같던 진기가 끊어지면서 손발이 어지러워졌다. 몸 여기저기에 자잘한 상처가 생기는 건 당연하다.

쐐엑! 파앗!

검기가 왼팔 어깻죽지를 긋고 지나갔다.

따갑다는 느낌과 함께 피가 주르륵 쏟아졌다.

아침만 해도 이 정도의 공격이면 검을 들어 막았다. 막기뿐인가, 역공까지 취했다. 물러나는 검을 쫓지 않는데서야 싸움이라고 할 수 있나.

한데 그냥 베고 가라는 심정으로 막지 않았다.

상대는 크게 욕심 부리지 않았다. 그를 베거나 죽일 생각은 손톱만큼도 없었다. 그저 잘하면 몸에 검이 닿는 정도? 반격해 오면 즉시 물러나고, 기회가 닿으면 상처를 내는 것으로 만족하고.

이들이 쳐내는 검에는 살기가 담겨 있지 않다.

그렇다고 죽이지 않을 것이라고 생각하면 오산이다.

이런 싸움도 살수들의 살법 중에 하나다.

늑대는 자신보다 덩치가 훨씬 큰 황소도 공격한다.

우선 포위하여 움직임을 멈추게 한 후에 허점을 노리고 파상적인 공세를 취한다.

황소는 부지런히 몸을 움직이며 발버둥 치다가 결국은 죽는다.

큰 상처를 입어서 무너진 것은 아니다. 자잘한 상처를 입다가 힘이 빠져 반격조차 귀찮아질 때, 치명적인 일격이 가해진다.

류청지가 그렇다. 그는 스스로는 의식하지 못하지만 가벼운 상처쯤은 받아주고 있다. 일일이 막기가 귀찮아진 것이다. 목숨에 지장이 없다면 '그래, 긋고 가라' 는 심정이다.

그 자신, 죽음이 가까워졌음을 예감한다. 상대도 류청지가 이미 끝났다는 것을 안다.

남은 것은 치명적인 일격뿐이다.

"육진(六陣)!"

지겨운 놈들! 또 교대다!

십진까지 갔다가 다시 돌고, 또 한 바퀴를 돌고…… 도대체 몇 바퀴나 돈 건지.

이제 그만 목숨을 취해도 될 것 같은데 철저히 안전책을 고수하고 있다. 류청지를 살수계의 거물로 생각한다면 예의상으로라도 한 번쯤은 치열한 결전을 안겨줘야 하지 않는가. 이렇게 빙 둘러싸여서 개떼에게 물려 죽는다면 말이 되는가.

이들은 끝까지 자신들의 방식을 고수할 생각이다.

쒜에엑! 파아앗!

교대한 자가 들어오자마자 일검을 쳐왔다.

순간 류청지는 움찔했다.

상대의 검에 살기가 담겼다. 목숨을 취할까 말까 하는 망설임과 죽여도 좋을 것 같다는 결단이 함께 묻어 나왔다.

끝낼 때가 되었다고 본 것이다.

류청지는 검을 축 내렸다. 그리고 그자의 검을 몸으로 받았다.

써걱!

검이 옆구리 살을 도려내고 지나갔다.

류청지는 툴툴 웃었다.

그래도 명색이 살수왕이라고 칭했던 자신이다. 죽는 순간에도 한 명쯤 저승길을 같이 갈 자는 만들어놓아야 체면이 선다. 그리고 그자는 다음에 공격해 오는 자가 될 것이다.

쒜에엑!

일검이 옆구리를 훑고 지나가자마자 등 뒤에서 남달리 예리한 파공음이 들려왔다.

살기가 듬뿍 담겼다. 이번 한 수로 지겨운 싸움을 끝내고자 하는 마음이 물씬 풍겨난다. 살점만 도려내고 물러나는 검이 아니라 치명적인 일격을 가하는 검이다.

류청지는 몸을 옆으로 비키며 진기를 가득 끌어모았다. 몸속에 있는 진기란 진기는 모두 검에 집중시켰다. 그리고 섬전처럼 일검을 뻗어냈다.

까아앙!

검과 검이 거세게 부딪쳤다. 그래도 상대는 검을 밀고 들어왔다. 상대도 목숨을 끊기 위한 검이기 때문에 사력을 다했다. 서로가 이승에서 펼치는 마지막 일 합이라는 심정으로 떨쳐 냈기에 강렬한 충돌이 일었다.

류청지는 검을 꼭 맞댄 채 무릎으로 복부를 강타했다.

퍼억!

상대의 신형이 들썩거렸다.

퍼억!

상대는 두 번째 공격도 막지 못했다. 온 힘을 검에 집중시키고 있기 때문에 밑에서 솟구치는 무릎을 막을 여력이 없었다. 그가 약간이라도 신경을 분산하면 맞대져 있는 검이 여지없이 머리를 파고들어 올 게다.

그때, 등 뒤에서 예리한 파공음이 들렸다.

이번에도 전력을 다한 검이다.

류청지는 몸을 돌릴 수 없었다. 무릎으로 복부를 걷어차기는 했어도 검을 빼낼 정도로 여유롭지는 않았다. 그가 등 뒤에서 짓쳐오는 검을 막으려고 한다면 이번에는 상황이 역전되어서 맞대져 있는 검이 숨을 끊을 것이다.

'끝났군.'

그는 온 힘을 기울여 마지막으로 무릎을 올려 찼다.

퍼억! 우두둑!

상대는 옆구리 뼈가 우수수 부러져 나갔다. 부러진 뼈가 이

차로 장기를 타격하여 심한 내상을 입혔다.

죽지 않으면 용한 상처다.

류청지는 한 번 더 무릎을 준비했다.

자신이 앞에 있는 자의 목숨을 거둘 때, 뒤에서 날아오는 검도 자신의 심장을 꿰뚫을 것이다.

그때다!

파라라락!

갑자기 하늘에서 꽃비가 내렸다.

"엇!"

"웃!"

여기저기서 다급한 외침이 터져 나왔다.

꽃비가 우수수 쏟아져 내린다. 손가락 굵기에 끝이 날카로운 대나무 빗방울이 후두두둑 떨어진다.

살수들은 급급히 몸을 빼냈다. 일부는 검을 휘둘러서 대나무 조각을 떨어뜨리기도 했다.

순간, 류청지의 눈빛이 반짝였다.

틈이 생겼다. 철벽처럼 견고하던 포위망이 일시에 흐트러졌다.

죽비는 매우 시기적절할 때 내렸다. 조금만 더 빨랐어도 이런 효과는 보지 못했다. 살수들이 잔뜩 긴장해 있을 때라면 목숨을 잃을지언정 진형을 흩뜨리지는 않았을 게다.

상황은 거의 종료되고 있었다.

더 이상 대기조는 필요없었다. 그래서 뒤에 있던 자들은 구경꾼으로 전락하여 곧 일어날 피의 잔치를 기대했다. 임무가 완전히 끝나서 통제를 풀어버린 것과 같은 상태였다.

죽비는 그때 내렸다.

살수들은 분분히 죽비를 피했고, 덕분에 류청지를 조여오던 압박은 씻은 듯이 사라졌다.

퍼억!

무릎으로 앞에 있는 무인을 걷어찼다.

이번 일격에는 상당한 힘을 실었다. 그저 타격을 받는 정도가 아니라 나가떨어져야 한다.

그와 동시에 신형을 돌리며 뒤에서 덮치는 검을 맞이했다.

까앙!

간발의 차이로 등이 베이는 것을 막았다.

다시 손을 쓰면, 검을 뻗어내기만 하면 놀란 토끼눈이 된 사내를 베어낼 수 있다.

류청지는 그러지 않았다. 일검에 한 사내를 죽일 수 있지만 흐트러진 전열도 다시 가다듬어지리라.

쎄엑!

그는 맹렬히 검을 휘두르며 살수들의 틈바구니를 비집고 들어섰다.

'확실히……'

계야부는 고개를 끄덕였다.

그는 상당히 주도면밀하게 움직였다. 조금이라도 위험하다 싶으면 절대 움직이지 않았다. 설사 날이 밝을 때까지 움직이지 못하는 한이 있어도 움직일 생각을 하지 않았다.

날이 밝는다고 해서 꼭 적에게 들키라는 법은 없다. 또 발각당하면 그때 대응 수단을 강구해도 늦지 않다. 하지만 불안한 부분을 억지로 눌러 참고 성급하게 움직였다가는 당장 발각당한다.

계야부는 그런 점을 염두에 두고 말똥구리 시절에 갈고닦았던 모든 기량을 착실히 풀어냈다.

그러다가 실수를 했다.

몸에 걸친 갑옷은 두텁기 이를 데 없어서 아무래도 몸을 움직이는 데는 방해가 된다. 몸에 착 달라붙은 갑옷이라면 모를까, 철편을 얼기설기 엮어 만든 갑옷은 불편하다.

돌무더기를 건드렸다.

말똥구리라면 그까짓 것 하며 지나쳤을지도 모른다. 다음부터는 더 조심해야지 하고 각성하면 그만인 아주 사소한 실수였다.

이곳은 그런 실수마저도 용납되지 않는 곳이다. '실수'라는 말은 곧 죽음과 직결되는 곳이다.

한데 반응이 없다. 당연히 내리꽂혀야 할 시선이 느껴지지 않는다. 누군가가 쳐다보면 뒷덜미가 간질간질한데 그런 느낌이 전혀 들지 않는다.

요행일까?

계야부는 그렇게 생각하지 않았다.

살수들은 실수하지 않는다. 많은 살수가 실수를 하더라도 육교사가 신임하는 살수들은 실수 같은 것을 모른다. 그들은 개미 기어가는 소리도 들을 만한 능력이 있다.

그는 마음을 모질게 먹고 돌 부스러기를 만졌다.

자신의 위치가 발각되는 것을 각오하고 저지른 고의 실수다.

후두두둑!

돌 굴러가는 소리가 명확하게 들렸다.

그래도 살수들은 반응하지 않는다.

그제야 그는 확실히 알았다.

살수들은 자신을 잡을 생각이 없다. 만변천자가 올 때까지 초옥에 머물러도 상관없고, 다른 곳으로 떠난다고 해도 길을 막을 생각이 없다.

그들은 만변천자에게 자신이 어디 있는지만 알려주면 되는 거다.

한 가지, 무총과의 연관은 차단할 게다. 사일도와 연관된 일이라면 더더욱 차단하는 게 맞다.

무총이나 사일도에게 연락만 취하지 않는다면 세상 어디라도 가게 내버려 둔다.

이 생각이 맞는지 틀린지 확신할 수는 없다. 하지만 아마도 맞을 것이다.

하면 류청지도 살릴 수 있다.

가까운 곳에서 싸움이 벌어지고 있지만 가볼 생각을 하지 않았다. 류청지의 말이 사실이라면 두 사람이 손을 합쳐도 그들의 상대는 되지 않을 것이다.

그는 발각됐으니 싸워야 한다. 자신은 발각되지 않았으니 계속 도주한다.

이것뿐이다. 더 이상 생각할 게 없다.

하지만 한 사람의 목숨에 여벌이 생겼다면 상황도 달라진다.

그는 싸우는 소리에 귀를 기울이며 대나무를 잘랐다.

우직! 콱! 탁탁!

제법 심한 소리가 들려도 살수들은 반응하지 않는다. 아예 그의 존재는 상관하지 않겠다는 듯 귀 막고 입 막았다.

도저히 이해할 수 없는 일이지만, 치지 않는 것을 뭐라고 할 수는 없지 않은가.

싸우는 소리가 희미해졌다.

좋지 않은 현상이다. 격렬한 소리는 삶의 소리요, 조용함은 죽음의 소리다.

망설일 시간이 없다.

사전투광신보가 펼쳐졌다. 그의 신형이 쏜 화살처럼 날아갔다. 그리고 하늘 가득히 죽비를 뿌렸다.

류청지 같은 자에게는 눈 한 번 감았다 뜰 만한 여유만 주면 된다. 나머지는 알아서 하리라.

3

류청지는 불리한 싸움을 했다.

그는 적에 대해서 판단을 끝내지 못했는데, 적은 그에 대해서 낱낱이 알고 있었다. 그는 상대가 숨는 방식을 몰랐다. 그러니 구사하는 살법에 대해서는 짐작조차 못하는 것이 당연하다.

한마디로 적에 대해서는 아무것도 몰랐다.

이제는 안다. 이제는 유리한 싸움을 한다.

슈웃! 파파팟!

"크윽!"

또 한 명이 죽었다. 그리고 그를 죽인 류청지의 모습은 감쪽같이 사라졌다.

그의 살법은 변하지 않았다.

초옥을 벗어나면서 시전했던 살법과 지금의 살법이 같은 것이다. 하나 먼저는 너무도 쉽게 발각되었고, 지금은 어둠 속을 종횡무진 누비고 있어도 잡아내는 자가 없다.

왜 그럴까?

살수들은 그가 초옥에서 나설 때부터 지켜보고 있었다. 그가 수풀이나 그늘 속에 숨어들 때도 여전히 지켜보고 있었다. 그래서 그가 은신하는 위치도 대략 짐작했다..

같은 살수끼리 싸움인데 훨씬 유리한 조건이지 않은가.

이번에는 다르다.

류청지는 살수들이 귀식대법을 펼친 자신을 느긋이 찾아낼 때, 그들의 수색 방법이나 살법을 대충 짐작해 냈다. 그리고 검을 부딪치는 동안 확실하게 확인했다.

이제는 그들을 안다.

류청지는 죽비가 쏟아지는 순간, 그들 속에 파묻혔다.

살수들 상당수가 죽비에 시선을 빼앗길 때, 그들 틈을 비집고 들어가 은신했다.

그들은 류청지를 놓쳤다. 어디에 있는지 짐작조차 하지 못한다.

이제 상황은 거꾸로 되었다.

살수들은 표적이 되었고, 류청지는 어둠 속에 숨어 노리는 자가 되었다.

그들은 격자(格子) 수색(搜索)을 벌였다.

전처럼 구역을 바둑판처럼 쪼갠 후 세밀히 조사하기 시작했다.

하나 불행히도 류청지는 초특급 살수다.

그가 미치거나 술 취하지 않는 한, 한 번 당한 수색에 두 번 당할 리 없다.

한 번 격자 수색에 걸려들었는데 또 걸려든다면 살수라는 말을 떼어내야 한다.

그는 수색해 오는 자들을 거침없이 요리했다.

살수들은 서로가 서로를 보호했지만 순식간에 스쳐 지나가는 검광을 감당하지 못했다.

검풍이 불고 비명이 터진다.

살수들은 그때서야 약간 고개를 돌릴 뿐이다.

그렇다. 약간이다. 비명이 터졌다고 황급히 달려가면 그때는 이미 늦는다. 류청지는 사라지고 없다. 주변 일대를 샅샅이 수색해도 그는 이미 빠져나가고 없다.

슈우우웃! 파앗!

하늘에 화탄이 숏구치더니 붉은 폭죽을 터뜨렸다. 그러자 살수들이 썰물처럼 물러났다. 여기저기 은신한 곳에서 불쑥불쑥 숏구치더니 미련없이 멀어져 갔다.

살수들이 철수하기 시작한 것이다.

살수들이 모두 빠져나갔어도 류청지는 은신술을 거두지 않았다.

벌써 두 번이나 후회했다. 그리고 또 한 번의 기회가 주어졌다. 이제는 정녕코 후회할 일을 만들지 않으리라. 두 귀를 꽁꽁 틀어막아 아무 소리도 듣지 않을 것이다. 오로지 한 가지 임무에만 집중 또 집중할 것이다.

계야부! 죽인다!

두 번 다시 서인 때문에 전전긍긍하는 일이 없도록 뿌리를 끊어놓을 것이다.

사사사사삿!

그는 계야부를 향해 빠르게 나아갔다.

그가 어디 있는지 안다. 하늘에서 죽비가 쏟아질 때, 그의 있는 곳을 알았다. 그리고 살수들을 제거하는 순간에도 계야부의 움직임만큼은 놓치지 않고 지켜보았다.

자신의 목숨 따위는 아랑곳하지 않는다.

그의 도움 덕분에 목숨을 구할 수 있었고, 그런 그를 치는 것은 배덕(背德)임을 알지만 그래도 죽일 수밖에 없다.

'용서해라!'

쒜에엑!

그는 일말의 망설임도 없이 검을 쳐냈다.

무인은 사람을 죽인다. 참 많이 죽인다. 이권 때문에 죽이기도 하고, 대의라는 명분을 내세워 죽이기도 한다. 세상에 존재하는 모든 사유가 사람을 죽이는 원인으로 사용된다.

군인도 사람을 죽인다.

군인이 사람을 죽이는 경우는 오직 하나, 명령을 받았을 때뿐이다.

계야부는 이 점을 명확히 알아야 했다.

자기 방어 차원에서 공격해 오는 자만 어쩔 수 없이 죽이는 것이 아니라 자신이 스스로 나서서 죽여야 할 자들도 있다는 것을 알아야 했다.

무림에 몸을 담고 살려면 한시도 검에 피가 마를 날이 없다는 점을 깨달아야만 했다.

이제는 엎질러진 물이 되었다.

사약란과 함께 살아가야 할 몸이 되었고, 무림에서 살아가기로 약속까지 했으니 싫든 좋든 만사를 무림에 맞춰야 한다.

명령과는 상관없이 이해관계에 따라서 사람을 죽이는 일에
익숙해져야 한다.

그러려면 적아(敵我)의 구분을 명확하게 할 줄 알아야 한다.

자칫 성급하게 판단하여 오판을 하게 된다면 죄없이 죽는
사람도 생겨난다.

물론 자신이 타인의 목숨을 주물럭거리는 것처럼 자신의 목
숨 또한 누군가는 마음대로 할 것이라는 것을 각오해야 한다.

특단의 결정을 내려야 한다. 이대로는 안 된다.

쒜에엑!

등 뒤에서 검기(劍氣)가 뻗쳐 왔다.

예상했던 바다. 류청지는 사일도를 위해서라면 목숨까지도
선뜻 내놓을 자다. 그러니만치 사일도를 위해서 자신이 입은
은혜쯤은 아랑곳하지 않을 줄 알았다.

타악!

계야부는 뒤를 돌아보지 않았다. 보름에 걸쳐서 그의 암습
을 경험해 본 결과, 그의 검을 보려고 해서는 안 된다는 것을
배웠다. 느낌이 일어나는 순간 몸을 움직여야 한다.

그는 사전투광신보를 펼쳐서 쏜살같이 튀어나갔다. 아니다.
한 발짝을 떼어놓기 바쁘게 시구각보로 변형시켰다. 앞으로
한 발, 옆으로 한 발, 그리고 솟구쳤다.

이 모든 게 찰나 만에 이루어졌다.

검기가 종아리를 스치며 지나갔다.

이때도 마찬가지다. 검을 보려고 해서는 안 된다. 전에 그런

실수를 한 적이 있다. 눈을 돌리는 순간, 검로(劍路)를 바꾼 검이 단전에 대어졌다.

타앗!

그는 오른발로 왼 발등을 찍어 차며 다시 한 번 도약했다.

쒜에엑!

두 번째 검기가 발밑으로 지나갔다.

'해보자!'

드디어 결단의 순간이다.

허공으로 솟구친 사람은 반드시 지면으로 내려오게 되어 있다. 시간 차는 있을지언정 내려서지 않을 수 없다.

현재 상태에서 계야부가 펼칠 수 있는 신법은 두말할 것도 없이 시구각보다.

신형을 뚝 떨궈 아래로 떨어진다. 천근추(千斤墜)라도 가미하면 떨어지는 속도가 한결 빨라질 테니 더욱 좋다.

한데 이런 변화는 류청지도 예상한다. 너무 빤히 들여다볼 뿐 아니라 벌써 내려서는 자를 잡기 위해 검을 준비하고 있을 게다.

계야부는 다시 한 번 오른발로 왼 발등을 찍었다. 그리고 숨한 모금을 들이쉰 후 사전투광신보를 펼쳤다.

쒜에엑!

그의 신형이 앞으로 쑥 쏘아졌다.

'된다!'

그는 환호라도 지르고 싶은 심정이었다.

단순히 시도해 본 적이 없던 신법을 펼쳤다고 해서 들뜬 것이 아니다. 그런 지엽적인 것과는 상대도 되지 않을 큰 것을 이루었기에 그의 기쁨은 말로 표현할 수 없을 만큼 컸다.

사라진 이 갑자 내공은 그에게 큰 실망을 안겨주었다.

생각으로는 내 것이 아니었으니 사라지는 게 당연하다고 생각하면서도 실제로 몸은 이 갑자 내공을 지녔을 때처럼 행동하려고 했다.

이 갑자 내공 맛을 단단히 본 것이다.

군에서 전역할 때와 지금은 달라진 것이 없다. 오히려 그때에 비하면 내공이 증가했다. 이 갑자 내공이 완전히 사라지지 않고 일부가 몸속으로 녹아들었기 때문이다.

한데 전역할 때보다 못하다는 생각이 든다. 움직임도 둔하고 검도 예리하지 못하고…… 몸이 마음대로 움직이지 않는다는 것을 뼈저리게 느낀다.

내공은 더 증진했는데 왜 그런 느낌이 드는 것일까?

생각할 것도 없다. 큰 것을 맛봤기 때문이다.

사흘에 피죽 한 그릇도 못 먹던 사람에게 보리밥을 내밀면 꿀처럼 맛있게 먹는다. 고기를 내밀어도 마찬가지다. 아주 맛있게 먹는다. 그때는 보리밥이나 고기나 어느 것이 낫다고 할 수 없다. 둘 다 맛있다. 없어서 못 먹는다.

문제는 한 단계 아래로 내려섰을 때다.

보리밥을 먹던 사람에게 다시 보리밥을 내밀면 맛있게 먹지만 고기에 입맛이 들린 사람은 입이 칼칼해서 잘 먹지 못한다.

몸은 이토록 간사하다.

이 갑자 내공을 완전히 잊어야 한다.

머릿속으로만 잊는다고 잊는 게 아니다. 몸이 알아들을 수 있도록 의식, 무의식에 확실히 각인시켜야 한다.

불교에 아시불(我是佛)이라는 말이 있다.

명상에서 사용하는 말로, 내가 곧 부처라는 믿음을 가져야 한다는 뜻이다. 단순한 믿음으로는 안 된다. 확고한 믿음이어야 한다. '부처가 된 것처럼'이 아니라 '부처처럼'이다.

이 갑자 내공이 처음부터 없었던 것처럼…… 이 갑자 내공을 가지면 어떻게 될까? 가져 봤어야 알지.

계야부는 꿈에서조차 떠오르지 않을 만큼 이 갑자 내공을 완벽하게 잊었다.

그는 예상했던 공격이 시작되자 일점의 망설임도 없이 전력을 다해 신법을 펼쳤다.

전에는 '이 갑자 내공이 있었으면' 하는 생각이 불현듯이 떠오르곤 했다. 하지만 이번에는 달랐다. 그런 생각이 전혀 떠오르지 않았다. 본신의 힘에 온 정신이 집중되었다.

그는 말똥구리 시절의, 예전의 자신을 찾았다. 그것이 가슴 벅찬 희열을 몰고 왔다.

쒜에엑!

다시 검기가 덮쳐 온다.

계야부는 이번에도 검을 보지 않았다. 본능이 말해주는 대로 땅바닥에 납작 엎드려 데굴데굴 굴렀다.

무인들이 말하는 뇌려타곤(懶驢惰坤)이다.

무인들은 뇌려타곤을 펼치는 것이 수치스럽다고 생각하는 모양인데, 배부른 소리다. 죽고 사는 마당에 이것 가리고 저것 가릴 여유가 어디 있는가. 닥치는 대로 쓰는 것이 최상책이다. 검이 없으면 돌멩이라도 집어 들고 내려쳐야 되지 않는가.

파파파팟!

검이 땅바닥을 훑으며 흙먼지를 튕겨냈다.

전 같으면 일검에 당했을 살수를 삼 검이나 피해냈다.

류청지가 보기에는 우스울지 모르겠지만 계야부에게는 괄목할 만한 성취다.

반격은 시도하지 않았다. 하고 싶은 마음이 들지 않는다. 우선은 무조건 피하고 싶다. 아무것도 생각하지 않고 검기가 느껴지면 몸을 날린다.

그렇다. 그가 집중하는 것은 검기다. 불길한 느낌이 드는 순간 몸을 띄워 자리를 피한다. 본능이 일러주는 대로 즉시즉시 움직여서 오로지 방어에 치중한다.

이것이 말똥구리들의 싸움이다.

말똥구리들은 마음 놓고 싸울 수 없다. 싸우는 장소가 적진이기 때문에 몇 놈쯤 단숨에 해치울 자신이 있어도 가급적이면 싸우지 않고 피한다.

종적이 발각되어서 피치 못하게 싸움을 벌여도 도주할 구멍만 생기면 냅다 뛴다.

적진에서 싸움을 길게 끌면 백 중 백 죽임을 당한다.

말똥구리들의 싸움은 피하고 피하다가 결정적인 순간에만 한두 번 손을 쓰는 것으로 그치곤 한다.

일격필살(一擊必殺)!

기회가 오기 전까지는 방어에 최선을 다한다.

계야부는 철저히 말똥구리로 돌아갔다.

쒜에엑!

검은 먹이를 놓치지 않겠다는 듯 무섭게 달려들었다.

그 순간, 계야부는 자모도와 검을 뽑아 들었다.

까앙!

처음으로 자모도와 검이 부딪쳤다.

슈욱!

검이 자모도를 밀쳐 내며 안으로 파고들었다.

류청지의 내공은 계야부가 견줄 바가 아니다. 그가 전력으로 내공을 수련할 때, 계야부는 말을 타고 초원을 질주했다. 근력과 순발력을 키웠다.

서로 익힌 무공이 다르다.

굳이 구분하자면 류청지는 내공 위주의 무공이고, 계야부는 외공 위주다.

푸욱!

자모도를 밀치고 들어선 검이 겨드랑이에 깊은 상처를 새겨 놓았다.

피할 겨를이 없어서 겨드랑이 사이로 받으려고 했다. 한데 류청지의 검이 너무 빨라서 팔을 들어 올릴 시간을 놓치고 말았다. 하지만 그도 순순히 당하지는 않았다. 검이 자모도를 뚫고 들어온다 싶은 순간, 왼손에 들린 검을 쑥 내밀었다.

류청지는 자신의 목숨을 아랑곳하지 않는다. 계야부를 죽이기만 한다면 어떠한 대가도 내놓을 심산이다. 그만큼 그는 이번 싸움에 독기를 품었다.

그는 검을 피하지 않을 것이라고 생각했다.

검이 심장을 향해 날아와도 목적을 위해서라면 충분히 맞아 줄 만큼 고도로 수련된 살수다.

그렇다고 류청지가 안 맞아도 될 검을 맞을 만큼 미련퉁이는 아니다. 어쩔 수 없을 때만 각오하고 맞는다. 이번처럼.

계야부의 검은 그의 몸을 뚫지 못했다. 육신에 찰싹 달라붙은 후 더 이상 움직이려고 하지 않았다.

검을 쥔 손에 힘이 들어가는 게 느껴진다. 겨드랑이를 통해 류청지의 진기가 감지된다. 손목만 살짝 비틀어도 단숨에 폐와 심장을 가를 수 있다.

반면에 계야부는 검을 거뒀다. 그리고 류청지를 쳐다봤다.

"자존심을 지켜야지?"

계야부가 한 말이다.

"자존심 따위!"

류청지의 손에 힘이 더 들어간다. 검이 더 깊이 살 속으로 파고들며 깊은 통증을 불러냈다.

"약속대로 하는 게 어때? 오늘부터 시작하지. 보름. 후후! 오늘은 내가 이겼지 않나? 다음 기회를 노려."

계야부는 검에 이어 자모도까지 거뒀다.

류청지의 검이 겨드랑이 사이로 파고드는 순간, 계야부의 검은 류청지의 심장 앞에서 정지했다.

그가 계속 검을 뻗었다면…… 류청지는 심장이 꿰뚫렸으리라.

그렇다고 계야부가 무사하다는 것은 아니다. 치명적인 일격은 류청지가 먼저 당하지만 심장이 뚫린 충격에 검을 쥔 손이 마지막 발악을 할 것이고, 계야부의 상반신은 두 동강 난다.

공격을 계속 이어갔다면 틀림없이 그런 일이 벌어졌을 게다.

동귀어진(同歸於盡)이다.

계야부와 류청지는 동수를 이뤘다.

"후후후! 좋아."

류청지가 또 검을 거뒀다. 무슨 일이 있어도 오늘만은 계야부를 죽이고자 했건만, 그의 웃음이 자존심을 건드렸다.

십일영자 중 한 명인 그가 한낱 무부조차 죽이지 못한 데서야 말이 되는가. 급습을 가해놓고도 그와 동수를 이룬다면 무슨 낯으로 주공을 대하랴.

단순히 계야부 때문에 자존심이 상한 건 아니다. 그전에 안선 살수들이 있었다. 이름도 들어보지 못한 놈들에게 종적을 발각당하고 죽을 뻔했다는 사실이 생각할수록 신경질 났다.

"내일 보자고."

류청지가 볼을 씰룩거리며 걸어갔다.

"아까는 고마웠다."

뒤늦게 나온 말이다.

계야부는 작은 나뭇가지를 주워 들었다.

쓱! 쓱! 쓰윽! 쓱!

그는 나뭇가지로 땅에 도형을 그려 나갔다.

안선 살수들이 사용하던 검법이 그려졌다. 류청지가 전개했던 검의 조화도 고스란히 드러났다.

적에게 포위당해 난감할 때, 적진에서 길을 잃었을 때, 즉시 결정할 수 없는 심각한 문제에 직면했을 때…… 그럴 때 그는 나뭇가지로 땅에 글을 쓰곤 했다.

그렇게 하나하나 정리하다 보면 어느새 문제가 풀려 있곤 했다.

작전과 무공은 생각의 종류가 다르다. 해결 방식도 완전히 다르다. 하지만 막연히 머릿속으로 생각하는 것보다는 땅에 그리는 것이 낫다. 그림을 그리다 보면 자신이 미처 생각하지 못했던 것까지 들춰지기 때문이다.

그림은 생각이 정확한지 아닌지 증명할 수 있는 계기가 된다.

머릿속으로 곶감을 떠올리는 것은 간단하다. 세상 사람치고 곶감을 모르는 사람은 없으니 어린아이에게라도 그려보라고 하면 선뜻 그려낸다.

하지만 실제 곶감을 잠시 보여주고 그 모양 그대로 그리라고 하면 사정이 달라진다. 관찰력 여하에 따라서 제대로 그림을 그리는 사람이 있는가 하면 손도 못 대는 사람도 나온다.

계야부는 관찰력이 뛰어나다.

적진을 헤매다 보면 뛰어나지 않을 수가 없다. 눈에 보이는 모든 것이 삶과 죽음에 직결된다면 하나라도 더 기억하려고 애쓸 것이다.

그는 안선 살수들의 무공과 류청지의 초식을 비교, 분석했다.

'이렇게 간단한 것들이……!'

계야부는 새삼 놀랐다.

그들의 무공은 거의 대부분이 일직선으로 표현된다. 찌르고, 베고, 긋는 검으로 표현할 수 있는 모든 동작들이 포함되어 있지만 군더더기는 일절 없다.

손을 뻗으면 살초가 된다.

"훗!"

계야부는 버릇처럼 피식 웃었다.

무림에서 살수들의 검이 통한다면 자신의 검 또한 통하지 않을 까닭이 없다.

그는 무공을 수련한 적이 없다. 전장의 싸움을 익혔을 뿐이다. 내공이니, 외공이니, 심법이니 하는 말도 모른다. 병장기를 휘두를 수 있을 만큼 근력을 키웠고, 죽지 않으려고 신경을 바짝 곤두세웠다.

고작 배운 것이 있다면 시구각보다. 조금 더 빠른 몸놀림이 필요해서 따라 했는데, 나름대로 유용하게 써먹었다.

그것으로 충분했다.

부사영은 무공을 수련한 적이 있다. 적장들 중에도 무공을 수련한 무인들이 많다. 거의 대부분 정식으로 무공을 수련했다.

하나 그들 누구와 겨뤄도 자신있다.

비무라면 모른다. 기량을 겨루는 것이라면 질 가능성이 많지만 살고 죽는 싸움이라면 얼마든지 자신있다.

자신의 무공이 무림에서도 통한다는 자부심을 가져야 한다.

그는 가부좌를 틀고 앉아 금강반야선공을 끌어올렸다.

단전에서 청량한 진기가 일어나 사지백해로 흘러들었다.

기분이 상쾌하다. 몸도 가뿐해진다. 살갗을 찢은 온갖 상처들이 말끔히 낫는 기분이다.

사실 그는 금강반야선공이 그가 접한 최초의 내공심법이었다.

기초도 없이 초절정 내공심법을 손댄 것과 다름없지만, 요행히도 그는 몸에 받아들였다.

모두 이 갑자 내공과 성오존자 덕분이다.

성오존자가 아니었다면 금강반야선공 같은 절정심법을 접할 수 없었다. 또한 이 갑자 내공이 아니었다면 금강반야선공을 제대로 운용하지 못했으리라.

두 가지 기연은 그의 경맥을 단숨에 넓혔다.

이 갑자 내공이 사라진 지금도 금강반야선공은 넓혀진 경맥에 도도히 흐른다.

몸에 남아 있는 진기가 얼마나 될까? 비교할 대상이 없기 때문에 알지 못한다. 어쨌든 군대에서 전역할 때보다는 두세 배 정도 나은 상황이다.

'단순한 초식……'

단순한 초식 대 단순한 감각 싸움이다. 그리고 자신의 감각은 살수왕이라는 류청지의 감각에 결코 뒤지지 않는다.

그는 비로소 자신의 장점을 찾아냈다. 앞으로 무림에서 어떤 무공을 사용해야 할지 찾아냈다.

어떤 자든 자신이 가장 잘하는 싸움 속으로 끌어들이면 이긴다.

이건 류청지에게 배웠다.

안선 살수들에게 휘말렸을 때는 죽음 직전까지 치몰렸는데, 자신의 싸움을 하자 금방 상황을 역전시켰다.

그런 점을 본받아야 한다.

그는 무아의 상태에서 금강반야선공에 몰입했다.

第十七章
누에고치처럼

십여 일이라는 날짜가 후딱 지나갔다.

어떻게 잠을 잤고, 무엇을 먹었는지도 모를 만큼 정신없이 하루하루를 보냈다.

류청지는 하루에 한 번만 기습을 시도했다.

눈 깜빡할 사이, 번개가 꽈르릉 몰아치고 간 것처럼 몸 몇 번 움직이고, 수족 몇 번 놀리면 끝나 버리는 싸움이다.

하나 그런 싸움을 준비하기 위해 하루 종일 머리를 싸매고 몸 상태를 최고로 만들어놔야 했다.

계야부는 죽지 않았다.

검에 맞은 적도 많고, 어떤 때는 죽음의 문턱까지 치몰린 적도 있었지만 아직까지 숨을 쉰다.

그는 류청지의 기습을 받을 때마다 돈을 주고도 사지 못할 교훈을 하나씩 얻었다.

무인은 하지 말아야 할 것이 많다.

그중에 하나가 아픈 것이다. 병이 들어도 안 된다. 검에 맞을 수는 있지만 다음 싸움에 지장을 주지 않도록 빨리 낫도록 최선을 다해야 한다.

정작 싸움에 임했을 때 몸이 좋지 않아서 최선을 다하지 못했고, 그 때문에 목숨을 잃는 최악의 경우까지 발생한다면 그야말로 지나가는 개가 웃는다.

류청지는 그런 면에서 완벽했다.

그는 좋은 금창약을 준비해 놓고 있다. 손톱 끝이 갈라지는 사소한 상처까지도 내버려 두지 않는다. 어떻게 보면 지나치게 몸을 아낀다 싶을 정도로 철저히 관리한다.

계야부는 그렇게까지는 하지 못한다. 하지만 보고 배울 가치는 충분하다.

이것저것 많은 것을 배웠다.

오늘도 배운 것이 있다. 호흡법이다.

류청지는 특이한 호흡법을 구사한다. 그는 숨을 쉬지 않는다. 완벽하게 폐기(閉氣)한 상태에서 검을 쓴다. 귀식대법을 펼친 상태에서 검을 쓰는 것과 마찬가지다.

그렇기에 그는 기(氣)를 드러내지 않는다.

철저하게 무기(無氣)다. 잠입, 은신, 접근…… 어느 단계에서도 그의 존재를 알아차릴 수 없다. 분명히 다가온다는 점을 알고 있어도 찾아낼 방도가 없다.

숨을 쉬지 않고 움직이는 데는 한계가 있다. 더욱이 검을 쓰는 것처럼 고도의 집중력을 요하는 움직임에서 적절한 호흡은 필수 요소라고 할 수 있다.

폐기 상태에서 검을 쓰는 건 상당히 특이하다.

류청지만 봐도 무림에는 정말 상상치도 못할 신공이기들이 수두룩한 것 같다.

그가 수련한 것은 특수한 절공일 것이다. 일반적인 수련으로는 류청지의 흉내조차 내기 힘들 게다. 하나 폐기한 상태에서 움직일 수 있다는 가능성을 발견했다. 폐기도 무기에 이르는 방책 중의 하나가 될 수 있다는 사실을 알았다.

단 하나, 류청지는 검기를 죽일 필요가 있다. 검기만 죽인다면 세상에서 가장 완벽한 살수가 될 것이다.

물론 그는 검기를 죽인다.

풋내기도 아닌데 살기 같은 것을 드러낼까.

계야부가 말하는 검기란 검이 지닌 쇠의 성질을 말한다. 나무든 돌이든 쇠붙이든 나름대로 독특한 성질을 지니고 있고, 그 성질이 공기 중에 흐르면 미지의 기운을 뿜어낸다.

그것까지 차단시켜야 한다. 만약 그랬다면 계야부는 그의 일초지적도 되지 못했을 게다.

그가 검을 버리고 수검(手劍)을 선택하면 어떨까?

훌륭하다. 쇠붙이의 기운을 버렸다면 자신은 벌써 쓰러졌다.

정히 검을 들어야겠다면 아무런 기운도 풍기지 않는 무기(無氣)의 물질을 찾을 필요가 있다. 나무는 목기(木氣)가 있어서 안 되고, 얼음은 빙기(氷氣)가 있어서 안 되고…… 역시 검을 버리는 것만이 그를 천하제일살수의 위치에 올려놓을 수 있겠는데…….

류청지라고 그런 생각을 해보지 않았을 리는 없고, 뭔가 마땅치 않은 사연이 있겠지.

"하루 한 번의 싸움. 조건을 바꾸자."

열 번째 진검 기습이 무위로 돌아가자 류청지가 침중한 표정으로 말했다.

지난 십 일 동안 계야부도 죽을 맛이었지만 류청지도 큰 혼란을 겪었다.

그에게 계야부는 손만 대면 죽일 수 있는 자였다. 실제로 목검 비무를 하는 보름 동안 숱하게 죽음을 선사했다. 단 한 번도 실패하지 않았다.

한데 진검 비무로 돌아서자 공격하는 족족 틀어막힌다.

말도 안 되는 일이 현실로 벌어지고 있다.

류청지는 약속대로 단 일 초식만 사용했다. 하루에 한 번만 공격했고, 한 번의 급습으로 성공과 실패를 가름하였다.

계야부가 알고 있는 동수(同手)는 이렇게 제한된 공격하에서 얻어진 것이었다. 그가 이 초식, 삼 초식 연이어 공격을 가했다면 비등이라는 말은 나올 수 없었다.

하나 그렇다고는 해도 자신의 급습이 먹혀들지 않는다는 것은 류청지에게도 상당한 충격을 주었다. 계야부가 절정무인도 아니고…… 이 정도는 가볍게 해결해야 마땅했다.

"남은 날은 닷새. 닷새 동안에 한 번만 공격하겠다. 초수는 지금처럼 일 초로 제한한다. 그 후로는…… 공격의 성공 여부를 떠나서 너의 생사에 일절 간여 않겠다."

그가 날카로운 눈빛으로 네 의중은 어떠냐고 물어왔다.

장난은 실컷 했다. 지금부터는 본격적으로 널 죽이기 위해 준비하겠다. 장난삼아 하는 것이 아니다. 너의 숨을 끊어놓기 위해 최선을 다하겠다. 네 의중은?

계야부가 그를 쳐다보며 말했다.

"단 한 번의 공격…… 좋소."

받아들였다.

류청지가 제안한 단 한 번의 공격은 지금까지와는 차원이 다를 것이다. 진짜 살수로 돌아가서 사정이 담겨 있지 않은 죽음의 검을 준비할 것이다.

"널 죽일 수 있는 자신이 십 할이다. 하지만 네가 기적을 일으켰으면 하는 바람도 있다. 네가 어떤 사내인지 조금은 알 것 같으니까. 아무리 그래도 사 소저의 낭군으로는 턱없이 부족하지만."

류청지가 옅은 웃음을 지으며 말했다.

금강반야선공은 불문의 심공이다. 그렇기 때문에 금강반야선공을 해석할 때도 불문의 입장에서 생각해야 한다.

금강(金剛)이란 무슨 뜻인가? '가장 뛰어난' 혹은 '가장 단단한' 이라는 뜻이다.

반야(般若)는 무슨 뜻인가? '지혜' 라는 뜻이다. 사물을 명확하게 꿰뚫어 보는 통철력이라고도 풀이한다.

즉, 금강반야란 '가장 뛰어난 지혜' 나 '단단하여 흐트러짐이 없는 지혜' 라고 할 수 있다.

진기를 움직이는 내공심법에 왜 이런 명칭을 붙였을까?

육신을 강하게 해주기보다는 정신을 맑게 해주는 효능이 더 크기 때문이다. 그래서 신공(神功)이라는 말을 쓰지 않고 선공(禪功)이라 하였다.

금강반야선공은 끝이 없는 심공이다.

대체로 무공은 절정이라는 것이 있기 마련이고, 성취도를 구분할 수 있는 잣대도 마련되어 있다. 그래서 파괴력이나 몸에 나타나는 증상을 보고 어느 정도 수련했는지 판단을 하게 된다.

금강반야선공은 그런 것이 없다. 정신을 수련하는 심공이기 때문에 기준이라는 것도 있을 수 없다.

늙어 죽을 때까지 평생 동안 수련해도, 내생(來生)에 그다음 내생까지 수련해도 끝나지 않을 공부다. 혹여 모른다. 부처 같은 신이 된다면 그제야 공부를 마칠 수 있을 것 같기도 하다.

금강반야선공은 분명 절기 중의 절기다. 하나 소림 칠십이종절기 속에는 포함되어 있지 않다.

어쩌면 무인보다는 문인들에게 더 적합할지도 모른다.

금강반야선공을 부단히 수련하면 기억력이나 분석력, 이해력을 높일 수 있다. 그런 효능을 기대하지 않아도 좋다. 번뇌, 망상에서 벗어나 평온한 마음을 가질 수 있다는 것만으로도 선공을 수련할 가치는 있다.

솔직히 무인의 입장에서는 그리 탐나지 않는 심공이다.

금강반야선공은 정신을 단련한다는 것 이외에는 따로 말할 만한 효능이 없다. 또 그것마저도 끝이 없다.

머리가 맑아지는 것과 몸이 강해지는 것은 별개의 문제다. 둘 다 이루면 좋지만 무인에게 하나만 고르라면 당연히 몸이 강해지는 것을 고른다.

성오존자가 소림 절기를 거리낌없이 외인에게 전수한 것도 이런 선공의 특성 때문일 것이다. 외부로 유출되어도 허허 웃고 말 무공인 것이다.

한데 그런 심공이 사전투광심보와 얽히면 놀라운 변화를 일으킨다.

극한의 빠름은 결국 육체적인 차원을 벗어나 정신적인 문제로 넘어간다.

날아오는 화살을 피하기 위해서는 빠른 몸놀림이 필요하다. 그전에 쏘아진 화살을 볼 수 있는 눈이 있어야 할 게고, 그렇게 하나씩 원인을 짚어가다 보면 화살을 피하기 위한 조건은 육체의 모든 능력을 조절할 수 있는 정신으로 귀결된다.

눈이 화살을 보기 전에 느낌이 먼저 화살을 보는 것이다.

신법은 같은 맥락에서 말할 수 있다.

발을 빨리 놀리기 위해서는 장애물에 걸려서는 안 된다. 돌부리나 나뭇가지 같은 것이 눈에 띄면 즉시 피하거나 건너뛰어야 한다. 달리면서 주위를 살펴볼 줄 아는 능력이 구비되어야 한다.

일정 속도까지는 육체의 힘으로 처리가 된다.

빠른 발, 예리한 눈썰미가 큰 도움을 준다.

하지만 '경이롭다' 고 말할 만큼 빨라지려면 결국 정신에 의존하지 않고는 안 된다.

금강반야선공이 사전투광신보를 더욱 빠르게 만들어주는 이유는 여기에 있었다.

계야부는 그런 이치를 단번에 꿰뚫었다.

무부의 삶을 살아왔지만 그의 학문은 결코 짧지 않다.

약관의 나이에 정칠품의 벼슬까지 지냈던 몸이다. 학문으로도 천재 소리를 듣기까지 했다. 글방보다 초원이 좋아서 군인이 되었을 뿐, 학문을 싫어하지는 않는다.

그는 금강반야선공이 마음에 들었다.

머리를 맑게 해주며, 가슴을 시원하게 풀어주고, 근심 걱정이 치밀어도 진기를 운용하기만 하면 마음이 평온해지니 이처럼 좋은 무공이 어디 있는가.

그렇게 생각해서일까, 날이 갈수록 머리도 좋아지는 것 같다. 사물의 이치가 한눈에 꿰인다. 운기조식을 끝낸 후 고요한 마음으로 무공을 들여다보면 잘잘못이 환히 보인다. 류청지와 벌였던 싸움 내용을 상기하면 어떤 식으로 대응하는 게 최선이었는지 그림처럼 명확하게 보인다.

그는 지난 십 일 동안 사전투광신보와 시구각보를 하나로 연결하는 데 주력했다.

이 갑자 내공을 지녔을 적에는 단숨에 연결되었던 신법들이나 그만한 내력이 뒷받침되지 않자 연결되는 중간중간에 허점이 드러나고 말았다.

빠름 위주의 신법과 변화 위주의 신법이 하나로 묶이니 아무래도 매끄럽지 못한 건 사실이었다.

어렵더라도 해내야 한다.

이 두 개의 신법은 그가 가진 전부다. 무림인과 겨룰 수 있는 최고의 무기다. 두 개의 신법을 하나로 묶기만 하면 최소한 누구에게 짐이 되는 일은 없을 것이다.

살법은 전장에서 익힌 사검이면 충분하다.

무림에 나와 적지 않은 싸움을 치렀지만 사검으로 부족하다는 생각은 해보지 않았다. 내공이 막강할 때는 솔직히 적수가 없었다. 전장의 무공이라고 하찮게 보던 무인들이 바로 그 사검에 목숨을 잃었다.

신법만 완성하고, 실전 경험만 쌓는다면 이대로도 좋다.

그는 하루에도 몇 번씩 금강반야선공을 운기했고, 운기가 끝나면 고요해진 상태에서 두 가지 신법을 떠올렸다.

'빠름을 조금만 죽이면 시구각보가 원활해질 텐데…… 그러면 합일시키는 의미가 없겠지? 사전투광신보의 빠름은 그대

로 유지하면서 시구각보로 연결시켜야 돼.'

문제는 그것뿐이 아니다. 반대의 경우, 시구각보를 펼치다가 사전투광신보로 이어질 때도 한두 숨 정도는 돌려야 한다. 상대에게는 멈칫거리는 것으로 보일 터이다.

이래저래 공격 기회만 제공하게 된다. 차라리 한 가지 신법만 사용하는 것만 못하다.

그때 문득 폭포가 떠올랐다.

떨어지는 물줄기는 거세다. 수면에 부딪치는 포말은 사납기 이를 데 없다. 하지만 한숨 돌린 수면은 잔잔하다.

사전투광신보를 폭포처럼 바위에 부딪치게 한다. 그렇게 해서 속도를 완화시킨 다음 수면과 합류시킨다. 하면 멈칫거리는 현상없이 시구각보의 변화를 상세히 그려낼 것이다.

반대의 경우는 폭포를 향해 치닫는 상류의 물살을 떠올려야 한다.

사전투광신보의 빠름을 따라잡기 위해서 시구각보의 속도를 조금씩 앞당겨야 한다. 그래서 막상 사전투광신보와 만났을 때는 폭포 아래로 떨어질 준비가 끝나 있어야 한다.

'속도를 완화시켜 줄 바위와 시구각보의 가속이라…….'

계야부는 해결책을 찾기 위해 생각을 집중했다. 그때,

"아휴! 냄새……."

앳된 소녀 음성이 들리더니 한 여인이 그의 앞으로 사박사박 걸어왔다.

계야부는 눈을 떴다.

여인이 보였다. 티없이 맑은 피부, 깨끗한 얼굴, 늘씬한 키, 큰 눈이 한눈에 확 들어오는 인상적인 미녀다.

그녀는 초옥의 퀴퀴한 냄새가 싫은 듯 콧등을 찡그리며 다가왔다.

입고 있는 옷은 무척 고급이다. 질 좋은 비단으로 지은 옷이라 파리도 데구루루 굴러 떨어질 정도로 매끄럽다.

상당한 집안의 여식인 듯싶다.

"설영영(薛玲英)이라고 해요. 아! 그렇게 경계하실 필요 없어요. 약란이가 보내서 왔는데, 앉아도 되죠?"

그녀가 옆에 앉았다.

"사 소저가 보내서 왔다고 했소?"

"소저요? 제가 듣기에는 이미 부부지연을 맺었다고 들었는데, 아직도 소저라고 부르나요?"

"그게……."

"호호호! 순진하시네. 그런 말에 얼굴을 붉히시고."

여인이 머리카락을 쓸어 올렸다.

진하디진한 장미향이 풍긴다. 찰랑찰랑 윤기 도는 검은 머리가 흩날릴 때마다 달짝지근한 살 내음이 함께 묻어난다.

'대단한 미색…….'

계야부는 두근거리는 마음을 진정시키기 위해 큰숨을 들이켰다.

그가 살아오면서 본 여인들 중에 최고의 미인을 꼽으라면 단연 사약란이다.

그녀의 아름다움은 정숙함에 있다. 투명하리만치 맑다. 깨끗하다. 학처럼 단아하고 우아하다. 고급스럽고, 교양이 있으며, 품위를 떨어뜨리지 않는다.

설영영의 미모도 사약란에 뒤지지 않는다.

사약란과는 전혀 다른 아름다움이다. 활짝 피어난 장미처럼 화사하다. 뜨겁고 격정적이다. 살에 탄력이 있어서 꼭 껴안으면 탕탕 튕길 것 같다.

"참 답답한 성격이네요. 지키는 사람도 없는데 마을에 내려가서 편하게 지내지, 이런 곳에서…… 휴우!"

그녀가 다 쓰러져 가는 초옥을 힐끔 쳐다보며 한숨을 내쉬었다.

말하는 모습이 너무 예쁘다.

나쁜 감정을 품었던 사람도 그녀와 마주 앉으면 허허거리며 웃을 수밖에 없다.

"사 소저가 무슨 일로?"

"아! 용건요? 아무래도 염려된다고 가봤으면 하더라고요. 멀리서 지켜만 보라고 했는데…… 보다 보니 너무 답답해서요."

계야부는 피식 웃었다.

사약란이라면 그러고도 남는다.

아직도 어색하기는 마찬가지지만 그녀와 부부지연을 맺은 것도 사실이고, 평생 동고동락해야 할 사이인 것도 맞다. 서로가 서로의 안위를 염려한다고 해서 잘못된 것은 없다.

단지 약간 쑥스럽다.

"약란이와 어떤 사이냐고 안 물어요?"

"어, 어떤 사이이신지?"

"호호호! 벗이에요, 둘도 없는. 고 계집애, 제 이야기 한 번도 안 했나 보죠? 은근히 괘씸해지네."

계야부는 아무 말도 하자 못했다. 할 말이 없었다. 낯선 여자가 불쑥 찾아와 옆에 앉으니 바늘방석에라도 앉은 듯 불안했다. 차라리 류청지와 싸움을 하는 게 쉽지, 낯선 여인을 곁에 앉히고 대화를 섞는 건 너무 어렵다.

이런 상황…… 정녕 익숙지 않다.

"무공 좀 높여줘요?"

그녀가 불쑥 말했다.

"……?"

"세심단을 복용했었다고요? 이 갑자 내공을 잃은 상실감이 클 것 같아서요. 어때요? 무공 좀 높여줄까요?"

"풋!"

피식 웃음이 새어 나왔다.

무림이란 곳은 참 재미있는 곳이다. 무공을 높이기도 하고 줄이기도 한다, 마치 장난처럼.

"믿지 않으시네."

그녀가 보조개를 함빡 피워내며 생글거렸다.

"소양단(燒陽丹)이라는 게 있어요. 들어봤어요? 세심단처럼 이 갑자 내공으로 불리지는 못하지만 그래도 일 갑자 정도는 복구할 수 있을 거예요.”

그녀가 손을 내밀었다.

옥으로 조각해 놓은 듯 흠집 하나 없는 손이다. 작고 갸름하다. 분칠이라도 해놓은 듯 새하얗다.

호두만 한 단약이 보였다.

향기가 무척 짙다. 냄새만 맡아도 심신이 상쾌하다. 몸에 깃든 더러움과 사악함이 씻은 듯 가시는 것 같다.

“복용해요. 세상에 몸에 좋다는 약재는 거의 쓰였다고 보면 돼요. 만년삼왕(萬年蔘王)이나 천년하수오(千年何首烏) 같은 것은 감초처럼 쓰였고요.”

“무척 귀한 것 같소.”

“호호호! 귀한 것 같은 게 아니라 귀한 거예요. 보물이죠. 무림인들이 이걸 보면 눈이 뒤집혀 살인까지 저지를 거예요. 단적으로 한마디 할까요? 이거 한 알…… 황상도 복용하지 못해요.”

“……”

계야부는 받지 못했다.

여인의 말은 사실일 것이다. 단약에서 풍기는 향내만 해도 심신이 상쾌한데, 복용을 하고 체내로 흡수하면 일 갑자 내공이 단숨에 생성될 것이다.

그렇기에 받지 못했다. 너무 귀한 약이지 않나. 무엇보다도 받을 이유가 없다.

이유는 또 있다. 단환 같은 것으로 공력을 증진시키는 일,

두 번 다시 하고 싶지 않다.

"안 받아요? 팔 떨어져요."

그녀가 생긋 웃었다.

보조개가 깊이 파인다. 앵두처럼 붉은 입술이 윤기를 머금는다.

계야부는 불쑥 껴안고 싶다는 충동을 느꼈다.

'이게 무슨!'

그는 스스로도 깜짝 놀랐다.

지금 이 순간만큼은 사약란이 생각나지 않는다. 오직 설영영의 미모에만 눈길이 간다.

"뭘 그렇게 생각해요? 그냥 고맙다는 말 한마디만 하고 받으면 되는걸."

그녀가 옥수를 내밀어 단약을 그의 입에 댔다.

"직접 먹여줘야 해요?"

이상하다. 처음 보는 여인이 하는 말인데 아무 부담 없이 받아들여진다. 마치 전부터 잘 알고 있었던 듯이…… 사약란이 이런 행동을 해도 쑥스러운데, 이 여인은 너무 자연스럽다.

계야부는 무의식중에 입을 벌렸다.

"호호호! 정말 먹여줘야 되나 보네."

그녀가 단약을 입안으로 밀어 넣었다.

큼지막한 단약이 금방 물로 변해 목구멍 안으로 흘러들어갔다.

그때, 머릿속에서 쇠 종 두들기는 소리가 울렸다.

터엉! 터엉! 터엉……!

2

금강반야선공을 수련하는 사람은 많지 않다. 내공심법으로써의 가치가 거의 없기 때문이다. 단지 정신 각성을 조금 높여준다는 정도로는 그 누구도 만족시키지 못한다.

하지만 금강반야선공에는 참으로 탁월한 효능들이 숨겨져 있다.

육신에 위해가 되는 일이 벌어지면 즉각 경종을 쳐서 알려 주는 것도 그중의 하나다.

터엉! 터엉! 터엉!

머릿속에서 종소리가 급박하게 일어났다.

'이게 무슨 일!'

계야부는 화들짝 정신을 차렸다.

달콤한 꿈을 꾼 것 같다. 예쁜 여인이 있었고, 말도 안 되는 약을 먹여주고…….

꿈이 아니다. 여인이 옆에 있다. 입안에서는 달콤한 향기가 풍긴다. 비몽사몽간에 먹었던 단약은 환상이 아니라 사실이었다.

"소저는…… 누구요!"

계야부는 눈살을 깊이 찌푸렸다.

여인은 자신 곁에 올 수 없다. 류청지가 가만두지 않는다.

자신의 몸에 서인이 있는 한, 어떤 일이 있어도 여인의 접근은
차단시킬 터였다.

한데 여인이 아무런 제지도 받지 않고 다가왔다.

류청지의 손발이 묶였다고 봐도 될 것이다.

"설영영이라고 말했잖아요. 약란이 벗이라고. 말할 때는 어
디 갔다 왔어요?"

계야부는 머리를 세차게 흔들었다.

사이(邪異)하다. 여인의 말을 듣는 순간, 아니, 여인이 입을
열어 말하자마자 마음속에서 일어났던 경계심이 눈 녹듯이 사
라졌다. 긴장이나 흥분도 말끔히 가셨다.

평온하다. 아늑하다. 그녀와 같이 있으면 근심 같은 것이 생
기지 않을 것 같다.

"단약을 복용했으면 운기조식해야죠? 어서 운공하세요. 약
효를 모두 받아들여요."

그녀는 왜 이리 향기로운가.

살 냄새가 너무 향긋하다. 껴안아볼까? 입맞춤을 할까? 그
래도 될 것 같다. 설영영은 아주 우호적이다. 자신이 원하는
것은 무엇이든 들어줄 것처럼 보인다. 그것이 설혹 정사로 이
어질지라도 받아들일 것이다.

뎅! 뎅! 뎅! 뎅……!

머릿속에서는 계속 종이 울렸다.

위험하다는 경고와 정사에 대한 환상이 동시에 일어난다.

'사공(邪功)!'

계야부는 자신에게 무슨 일이 일어나는지 알지 못했다. 하지만 이 자리를 빨리 피하는 것이 좋다는 생각은 든다. 다음에 다시 만나서 사죄를 할망정, 이 자리만은 피하는 것이 좋을 것 같다.

생각이 정해지자 곧장 행동으로 옮겼다.

진기를 끌어올린 후 자리를 박차고 일어섰다. 그리고 사전투광신보를 펼쳤다.

팟! 쒜에엑!

그는 쏘아진 화살처럼 날아갔다. 하지만 채 십 장을 벗어나지 못하고 화살 맞은 멧돼지처럼 땅바닥에 나뒹굴었다.

"크윽!"

그는 배를 움켜잡고 부들부들 떨었다.

진기를 끌어올릴 수 없다. 강렬한 욕정이 치솟아 전신을 누빈다. 머리는 이 자리를 벗어나라고 하는데, 몸은 자꾸 설영영을 범하라고 시킨다.

사박! 사박……!

뒤에서 풀 밟는 소리가 들려왔다.

그는 절반쯤 당황했지만 절반쯤은 기대를 했다. 이대로 움직이지 않고 가만히만 있으면 곧 좋은 일, 즐거운 일, 꿈같은 일이 생길 것이라는 생각이 들었다.

"이상한 행동을 하시네? 말하다 말고 왜 뛰어나가셨을까?"

그녀가 옆에 앉으며 손으로 등을 쓰다듬었다.

손길이 참 보드랍다. 따스하다. 확 몸을 돌려 그녀 품에 안

기고 싶다. 예의, 인간의 도리…… 이런 것 모두 내팽개쳐 버렸
으면 좋겠다. 들끓는 욕정을 어떻게든 해소시켰으면 좋겠다.

"숨이 가쁘죠?"

설영영이 물어왔다.

말을 할 수가 없다. 입을 벌리면 다른 말들에 앞서서 '당신
을 안고 싶다'는 말이 먼저 튀어나올 것 같다.

"몸이 비비 틀리고, 절 안고 싶고. 그렇죠?"

뎅뎅뎅뎅뎅!

머릿속에서 종소리가 급박하게 울린다.

"당신만 그런 게 아니에요. 다른 사람들도 그래요. 휴우! 제
팔자가 원래 그런 걸 어떻게 해요. 그나마 다행스러운 점은 제
가 그런 걸 싫어하지 않는다는 거죠. 무슨 말인 줄 알죠? 하고
싶은 대로 하면 되는 거예요."

그녀가 살포시 어깨를 기대왔다.

몸이 뜨겁게 달궈졌다. 피가 들끓는다. 여자의 숨소리, 살
내음이 끝없는 환상을 불러온다. 알몸으로 나뒹구는 두 남녀
의 모습이 생생하게 그려진다.

계야부는 욕정을 참기 위해 혀를 꽉 깨물었다.

'뭔가 잘못됐다!'

잘못된 것은 알겠는데 언제 어디서부터 잘못되었는지는 모
르겠다. 머릿속이 뒤죽박죽 엉켜서 제대로 된 생각을 할 수 없
다. 이 여자…… 설영영이 나타나는 순간부터 이상한 분위기
에 휩쓸려서 뭐가 뭔지 알 수 없게 되어버렸다.

당장 시급한 것은 비정상적으로 치솟는 욕정을 어떻게든 해소해야 한다는 것이다.

"당신 정말 숙맥이네. 약란이와 부부지연을 맺었다던데…… 그럼 알 것 다 알 테고, 잠깐 즐기면 그만인데 뭘 그렇게 망설여요? 어멋! 입에서 피가 나네!"

그녀가 섬섬옥수로 입가를 닦아주었다.

뼈가 없는 것 같다. 얼굴에 닿는 손이 스르르 녹아든다. 그녀의 살이 찰싹 달라붙는다.

머릿속에서는 쇠 종이 꽹과리처럼 두들겨졌다. 종 하나에 수십 명이 달려들어 두들겨 대는 것 같았다.

뎅뎅뎅뎅뎅……! 꽈꽈꽝!

드디어 쇠 종이 터져 나갔다. 화약이 터지듯 조각조각 갈라져 사방으로 비산했다.

그리고 그는 혼절했다.

"이, 이게 무슨 일……? 치잇!"

설영영은 계야부를 놓아버렸다.

정신 잃은 육신이 힘없이 나뒹굴었다.

그녀는 이해할 수 없다는 표정을 지었다. 상당히 난감해하는 표정이 역력히 떠올랐다. 그때,

쉬익!

가벼운 미풍이 분다 싶더니, 그녀의 등 뒤로 준수한 미공자가 내려섰다.

"어찌 된 일이야?"

"몰라. 갑자기 정신을 놓아버렸어."

"그건 나도 봤으니까 알겠는데…… 먹인 게 소양단 맞냐, 이거지."

"장난할 기분 아냐."

"후후후! 복용하면 정신을 잃는 춘약이라…… 후후후! 하하하하!"

"웃겨?"

여인의 음성이 싸늘했다.

"후후! 화향호리(花香狐狸)도 다됐군. 이런 자조차 녹이지 못한다면 곤란해. 그나저나 참 괴이한 놈이군. 춘약 좀 먹였다고 혼절을 해버리면 어쩌자는 거야? 하하하!"

사내는 웃음을 그치지 않았다.

설영영은 매서운 눈초리로 사내를 쏘아본 후, 계야부의 완맥을 움켜잡고 진맥을 했다.

시간이 흘렀다. 그리고 시간이 흐를수록 설영영의 미간에도 어두운 그림자가 드리워졌다.

"왜? 특이한 거라도 있어?"

설영영은 대답하지 않았다. 미간을 잔뜩 찡그린 채 진맥에만 몰두했다.

"음……."

기어이 그녀의 입에서 신음 소리까지 새어 나왔다.

"좋지 않은가 보군."

설영영은 완맥을 놓고 계야부의 몸을 뒤집은 후, 명문혈(命

門穴)에 장심(掌心)을 댔다.

촤촤촤촤촤……!

그녀는 진기를 밀어 넣었다.

"내진(內診)까지?"

사내가 한 말은 단 네 마디였다.

설영영은 사내가 네 마디를 끝내기가 무섭게 장심을 떼어냈다.

"뭐야? 내진이 아니었어?"

"이 자식……."

눈을 동그랗게 뜬 채 말을 잇지 못했다.

"그것참, 사람 되게 궁금하게 만드네. 저리 비켜봐."

사내가 여인을 밀쳐 내고 계야부의 등에 장심을 댔다.

촤촤촤촤촤……!

그의 진기가 장심을 통해 명문혈로 스며드는 순간, 사내는 벼락이라도 맞은 것처럼 화들짝 놀라 황급히 손을 뗐다.

"이, 이놈! 흡성대법(吸星大法)을!"

"흡성대법이 아냐. 정신 잃은 놈이 그런 걸 쓸 수 있어? 이건 대법이 아니라 몸 자체가 외기(外氣)를 빨아들이는 건데…… 뭐 생각나는 거 없어?"

"내진을 해봐야 뭘 알지. 이건 아예 손도 못 대니……."

"아직도 웃겨?"

"하하! 나야 구경만 하면 되지만 넌 서인을 빼낼 사람 아냐. 이제 어떻게 할 거야? 이놈 몸에 장난치는 것은 틀렸고, 정신

을 잃고 있으니 그것도 못할 테고. 이쯤 되면 서인을 뽑아내는
건 물 건너간 것 아냐?”

“넌 저쪽이나 신경 쓰는 게 어때?”

“살수 대 살수가 붙었으니 둘 중에 하나는 아작 나겠지. 저
쪽도 내가 끼어들 구석은 없어. 난 네가 응응하는 데 지장없도
록 경계만 잘 서주면 돼.”

“그럼 저리 꺼져 줄래? 응응하는 데 방해되잖아.”

“하하하! 자리를 비켜달라 이거지. 확실히 다됐어. 화향호
리도 이젠 끝났군. 하하하! 잘해봐. 어쨌든 우리에게 주어진
시간이 얼마 없다는 것만 염두에 둬.”

사내는 나타날 때와 마찬가지로 홀연히 사라졌다.

그녀는 사내가 사라지고 난 후에도 계야부 얼굴만 멀뚱멀뚱
쳐다볼 뿐 손을 쓸 엄두를 내지 못했다.

“헤아릴 수 없을 정도로 약을 써봤지만 이런 현상은…… 진
기는 미약한데 손만 대면 무서운 흡입력으로 빨아 당기니……
흡성대법은 아니고…… 괴상한 걸 수련했군.”

설영영은 고개를 살래살래 흔들었다.

사내가 혼절했다고 정사를 치르지 말란 법은 없다.

상식적으로는 말도 안 되지만 그녀는 반쯤 송장이 된 자도
하초(下焦)를 일으켜 세울 수 있다.

한데 계야부는 안 된다.

혼절도 정도 나름이다. 하초(下焦)에 감각이 남아 있다면 어
찌어찌 관계를 가져 보겠는데, 머리와 육신이 분리된 것처럼

완벽하게 신경이 끊어진 상태에서는 어찌해 볼 도리가 없다.

계야부가 딱 그 상태다.

어찌 이런 현상이 일어날까?

원인을 알아야 대응책을 강구할 텐데, 흡성대법 비스무리한 것 때문에 경맥을 살필 수도 없으니 참으로 답답할 노릇이다.

"휴우! 할 수 없군."

여인은 품에서 거름종이에 싸인 단약을 꺼냈다.

"청혈생아단(淸血生芽丹)!"

허공 저쪽에서 깜짝 놀란 음성이 들려왔다.

여인은 그 음성을 무시했다.

너무너무 화가 나서 들리지 않았다.

자신이 춘약을 먹이고 또 자신의 손으로 해독을 해야 하는 상황이 올 줄은 꿈에도 몰랐다.

춘약으로 십 년 면벽참선한 고승도 단숨에 발정 난 수캐로 만들어 버린다는 소양단을 썼다.

독으로 치면 절독 중의 절독을 쓴 셈이다.

시중에 나도는 춘약은 대체적으로 두 종류가 있다.

제일 값싼 것은 하초를 직접 공략한다.

하초 주변에 밀집한 신경을 자극함으로써 발기를 유도해 낸다.

이러한 약은 만들기도 쉬울 뿐만 아니라 재로도 값싸다. 대체적으로 소나 돼지를 교미시킬 때 주로 사용한다.

조금 나은 춘약은 나름대로 의서(醫書)에 바탕을 두고 만들어졌다.

　의원들이 하초에 문제가 있는 사람들을 치료할 때 취하는 경혈을 살펴보면 대체적으로 족태양방광경(足太陽膀胱經)의 신유(腎兪), 수소음심경(手少陰心經)의 신문(神門), 족양명위경(足陽明胃經)의 족삼리(足三里), 족태음비경(足太陰脾經)의 삼음교(三陰交), 임맥의 중극(中極), 관원(關元) 등을 취한다.

　춘약도 이와 같은 경혈에 극심한 자극을 준다.

　이러한 춘약은 의도에 정통한 의원이나 의가(醫家) 혹은 독문(毒門)에서 만들어진다.

　의도를 모르면 만들 수 없고, 재료도 비싼 편이다.

　소양단은 단연 최상급이다.

　특정 부분을 자극하는 것이 아니라 몸 전체를 점거한다.

　생식기와 관련된 경락은 방광경(肪胱經)이다. 한데 이 방광경이 몸 표면의 절반을 뒤덮는다. 임맥(任脈)과 독맥(督脈)도 성욕과 연관된다. 신경(腎經)도 빼놓을 수 없다.

　머리끝부터 발끝까지 모든 경혈을 흥분시킨다.

　흥분은 자극을 밑바탕에 둔다. 그러므로 일 갑자 내공을 상승시킨다는 말은 허언이 아니다. 소양단의 약효가 끝나면 사라지고 말 내공이지만 일시적인 상승 효과는 분명히 있다.

　소양단은 춘약이되 춘약의 범주를 넘어선다.

　당연히 평범한 의원들은 만들려는 생각도 하지 않는다. 방법을 안다고 해도 소용되는 약재가 너무 비싸고 귀하기 때문에 지레 포기하고 만다.

춘약은 목표로 한 자를 흥분시키면 된다.

저급한 것이든 고급이든 한두 시진 안에 승부를 보면 끝나 버리는 소모품이다.

그런 것을 공들여 만드는 사람은 없다.

화향호리는 온 힘을 기울여 소양단을 만들어냈다.

그녀가 상대하는 사람들은 평범하지 않다. 거의 대부분 무공이 상당히 뛰어난 자들이다. 그런 자들에게 춘약을 잘못 사용하면 즉각 반격을 당한다.

신속하게 중독되어야 하고, 방어할 수 없어야 하며, 그녀가 원하는 대로 질질 끌려와야 한다.

그녀는 온 정성을 다해서 춘약을 만든다.

수많은 시행착오가 있었다. 지나치게 흥분해서 심장마비로 죽은 자도 있었고, 한두 번의 정사로 만족하지 못하고 이틀 동안 꼬박 땀을 흘린 적도 있다.

그런 고난 끝에 탄생한 것이 소양단이다.

당연히 효과는 보장한다.

진기로 밀어낼 수 없고, 의지로 버틸 수 없다. 약효도 신속해서 복용 즉시 색광(色狂)으로 돌변한다.

계야부도 그랬어야 한다. 한데 놈이 혼절해 버리고 말았으니, 뭐가 잘못된 것일까?

어쨌든 시간이 얼마 없으니 마냥 기다릴 수는 없고…… 일단 해독을 시킨 후 다시 시작하는 수밖에 없다.

한데 해독이 쉽지 않다.

솔직히 해독은 생각해 본 적도 없다. 중독시키고 정사를 벌이면 그만인데 무슨 해독이 필요한가. 해독하는 방법도 연구하지 않았고, 해독약도 없다.

아무것도 준비되지 않은 상태에서 해독시켜야 한다.

결국 설영영은 청혈생아단을 꺼내 들 수밖에 없었다.

청혈생아단은 소림사의 대환단(大還丹)과 어깨를 나란히 하는 명약 중의 명약이다.

계야부에게 말한 것처럼 만년삼왕이나 천년하수오 등등 귀하기 이를 데 없는 약초들을 감초처럼 썼다.

단환 한 알에 집 몇 채는 녹아 있다고 봐도 된다.

자신이 치명상을 당했을 경우에 복용하려고 품 깊이 찔러 넣고 다니던 구명단(求命丹)을 한 번 몸을 섞고 죽여 버릴 자에게 써야 한다니, 화가 나도 너무 난다.

기름종이를 풀었다.

청혈생아단은 아무 냄새도 풍기지 않았다.

일부러 냄새를 죽였기 때문이다.

품에 향기 좋은 단환을 품고 다니면 많은 사람들의 관심을 받게 된다. 그리고 그중 일부는 영약을 탈취하기 위해 칼부림까지 마다하지 않는다.

그런 점을 두려워하지는 않으나 냄새가 있으면 여러모로 귀찮은 것은 사실이다.

설영영은 두 번, 세 번 망설이다가 눈을 찔끔 감고 청혈생아단을 복용시켰다.

"말이 씨 됐네. 다음부터는 입조심해야지. 휴우!"

한 시진이 쏜살같이 지나갔다.
계야부는 깨어나지 않았다. 혼절한 상태에서 미동조차 하지 않았다. 실낱같은 숨 줄기가 없었다면 죽었다고 오인하기 딱 알맞았다.
"어떡하지? 이제 가야 되는데."
훤칠한 미장부가 난감한 표정으로 말했다.
웃음 많은 그도 이번에는 웃지 않았다. 청혈생아단을 누구보다도 잘 알고 있기 때문에 웃을 수가 없었다. 한 번만 더 웃었다가는 화향호리와 생사박투를 벌여야 할 게다.
청혈생아단은 말 그대로 피를 맑게 해준다. 혈관 안에 틀어박힌 불순물을 말끔히 씻어낸다. 독에 중독되었을 때는 이보다 좋은 해독제가 또 없다.
갈라진 살에 새 살을 돋게 해준다.
'생아'라는 말을 싹을 틔운다는 뜻이다. 말라비틀어진 씨앗에서 새싹이 돋듯 곪고 터진 상처가 말끔히 씻겨내려 간다.
자상(刺傷)에 아주 그만이다.
실제로 온몸이 상처투성이인 계야부의 몸이 놀라울 정도로 빠르게 회복되고 있다. 하루 정도만 지나면 말끔히 나을 것이다.
살갗의 상처만 치료되고 있는 게 아니다. 혈관에 달라붙은 온갖 독소들이 깨끗이 청소되고 있다. 독은 물론이고 탁한 기운들까지 모조리 씻겨진다.

이쯤 해서 계야부의 의식이 돌아왔어야 된다.

소양단이 최상질의 춘약이라고 하지만 청혈생아단의 약효에는 견줄 수가 없다.

반딧불과 태양만큼이나 현격하게 차이가 난다.

진기도 호호탕탕 흐르고 있을 게다.

청혈생아단은 녹슨 것을 모두 닦아낸다고 보면 된다. 갓 태어난 갓난아기에게는 미치지 못하지만 거의 그 수준까지 전화된다고 보면 딱 맞다.

계야부는 아무 이상 없다.

일어나도 벌써 일어나야 한다.

"정신적으로 충격을 먹었나?"

"시간이 얼마나 남았지?"

"다 됐지 뭐. 이제 약 반 각 정도? 그 시간 가지고는 안 되잖아. 더군다나 언제 깨어날지도 모르고."

"호호호! 그렇단 말이지. 소양단을 꿀꺽하고, 청혈생아단까지 차먹고도 아직 배고프단 말이지. 그럼 더 먹어야지. 요즘 세상에 허기지게 살면 안 되잖아."

설영영이 혼잣말로 중얼거리며 품 안으로 손을 찔러 넣었다.

"뭘 하려고?"

"투자한 게 있는데 이대로 물러날 순 없잖아. 본전은 뽑아야지."

설영영의 손에는 번쩍번쩍 빛나는 금합(金盒)이 들려 있었다.

"이런 상태에서도 뭘 할 게 있나?"

설영영은 금합을 열어 금침을 꺼냈다.

"소혼금침(消魂金針)! 하!"

미장부는 할 말을 잃은 듯 혀를 찼다.

설영영은 그러거나 말거나 금침을 꺼내 계야부의 몸 여기저기를 쑤셨다.

얼핏 보면 마구잡이로 쑤시는 것 같았다.

아니다. 설영영은 정확한 힘과 기술로 의도에 기인한 시술을 하고 있었다.

"그게…… 소혼망아술(消魂忘我術), 맞지?"

"……."

"후후후! 오늘 잘하면 실혼인(失魂人)을 보게 되겠군. 그거 시술하면 효과가 얼마나 가?"

"정신 차리고 두 시진."

설영영이 마지막 금침을 꽂으며 말했다.

3

캄캄한 세상 속에서 번갯불이 파다닥 튀었다. 노란 섬광이 물결처럼 출렁거렸다.

우르릉…… 콰앙!

천둥소리가 귀청을 찢어발길 듯 들려왔다.

비가 온다. 폭우가 쏟아진다.

계야부는 장대 같은 빗줄기를 고스란히 맞았다.

빗물의 냉기 때문인지 솜털이란 솜털은 모두 곤두섰다.

후두두둑……! 후두두두둑!

빗줄기는 바람이 부는 대로 파도처럼 후려치기도 하고, 내리꽂히기도 했다.

빗방울 한 알 한 알이 생생하게 느껴졌다. 살에 닿는 감촉, 탁! 터져서 주르륵 흘러내리는 느낌까지 너무도 뚜렷하게 감지되었다.

새삼스러운 건 아니다. 늘 느껴왔던 감각들이다. 적진으로 투입하면 긴장하지 않을 수가 없다. 하다못해 손끝에 있는 신경까지 바짝 곤두서곤 했다.

이런 느낌이 좋다. 살아 있는 것을 확인할 수 있어서 좋다.

실제로 비가 오고 천둥번개가 치는 것은 아니다.

마음속에서 일어나는 비요, 천둥번개다.

그는 비가 온다고 생각한다. 하면 떨어지는 비를 손으로 만지듯이 빗줄기를 느낄 수 있다. 천둥도 치고 번개도 보인다.

온몸의 감각을 일깨울 필요가 있을 때, 그가 주로 사용하는 심상(心象)이다.

바짝 곤두선 긴장과는 전혀 다른 느낌도 든다.

고요, 평화, 정적…….

금강반야선공은 육체와는 전혀 다른 상태를 주문한다.

육체는 긴장감으로 솜털까지 팽팽하게 곤두섰는데, 머릿속은 느긋하게 산천 경계를 유람하는 식이다.

얼핏 보면 굉장한 부조화처럼 보인다. 하나 실제로 경험해 보면 의외로 잘 어울리는 한 쌍의 조화라는 데 놀라게 된다.

차가운 머리와 뜨거운 몸의 조합이다.

자신의 싸움 방식은 무림에서도 통한다.

절정무인이라는 사람들과 겨뤄도 절대 뒤지지 않았다.

심공도 모르고, 초식도 모르며, 체계적으로 무공을 수련한 적도 없는 사람이 어떻게 해서 살아남을 수 있었던 것일까?

그는 비로소 해답을 찾아냈다.

그는 전장에서 살았다. 크고 작은 싸움을 수십, 수백 번은 더 치렀다. 무수한 시간을 삶과 죽음의 갈림길에서 서성거렸다. 순간적인 판단 착오가 곧바로 죽음으로 이어지는 상황을 무수히 목도했고, 몸소 겪었다.

그는 삶을 갈구하는 감각이 남다르게 발전했다.

본인은 의식하지도 못한 사이에 전투 병기에 맞도록 몸과 정신 구조가 재편되었다.

비무는 못한다. 하나 싸움이라면 어떻게든 한다.

거기에 하나 더, 냉철한 두뇌가 가미되었다.

예전에는 냉철이고 뭐고 없었다. 싸움을 시작하면 앞뒤 가리지 않고 오직 본능에 따라서 움직였다. 머릿속이 하얗게 탈색되어 생각이고 뭐고 할 틈이 없었다. 움직이고, 치고, 또 움직인다.

금강반야선공을 배운 후로는 머릿속에 새로운 감각이 생성되었다.

그놈의 성질은 느긋하다. 태평하고 몹시 게으로다. 그래서 평상시에는 있는 줄도 모른다.

위험이 밀려들자 놈도 움직인다.

제일 먼저 경종을 울리고, 두 번째로는 대처해야 할 방도를 본능처럼 일러준다.

의문의 색욕이 치밀자 놈은 머리와 육신을 분리시켰다.

완벽한 분리는 아니다. 놈은 머릿속에 틀어박혀서 몸을 냉철하게 지켜본다. 몸을 완벽하게 통제할 수 있는 장치를 갖춘 후, 분리해 버렸다.

피는 혈관을 따라서 돈다. 진기도 경맥을 헤엄쳐 다닌다. 간, 심장, 창자…… 모든 장기들이 정상적으로 움직인다. 단지 몸에서 일어나는 감각만 머리로 전달되지 않는다.

육체적인 활동은 지속하면서 정신 감각만 끊어버린 것이다.

소양단은 몸에 축적되었다.

방광경도 건드리고, 독맥에도 흐르고, 임맥도 독아(毒牙)에 물어 뜯겼다.

전신이 소양단의 약효 아래 지배되었다.

한데 묘하다. 정신 감각이 차단되니 몸에서 일어나는 욕정이 느껴지지 않는다. 몸이 뜨겁게 달궈지는 것은 알겠는데 아무런 느낌도 고통도 없다.

금강반야선공의 특이한 효능을 몸으로 체득하는 순간이

었다.

누가 알려준 적도 없고, 알려진 바도 없는 공능이 그의 머릿속에서 피어난 것이다.

그는 혼절한 것이 아니었다. 가사 상태라고 해야 적합할 것이다. 육신은 축 늘어져 혼절한 상태이나 정신은 그 어느 때보다도 냉철하게 깨어 있었다.

설영영과 사내는 다른 곳에서 대화를 나눴어야 한다. 다른 말은 다 해도 서인이라는 말은 하지 말았어야 한다. 그랬다면 사약란이 보낸 벗인 줄 알고 혼란스러웠을 게다.

'안선?'

얼핏 든 생각이다.

살수들이 공격하지 않고 놔준 것도 이런 계획이 숨어 있었기 때문 아닐까?

천하제일요부에게 정사를 맡겼으니 뒤로 물러서서 관망하는 것이 더 낫다고 판단했을 수도 있다.

여자가 명문혈을 통해 진기를 들이밀었다.

순간, 금강반야선공은 이게 웬 떡이냐 싶었는지 냉큼 빨아들였다.

계야부 자신도 놀랄 정도로 신속한 흡수였다.

그의 몸은 소양단 때문에 고통스러운 상태다. 머리는 몸 안으로 들이밀어진 진기가 상처 회복에 도움이 된다 생각하고 냉큼 흡수해 버린 것이다.

사내가 진기를 밀어 넣었을 때도 같은 현상이 일어났다.

계야부는 두 번의 경험을 통해서 새로운 진기 흐름도, 진기 운공법을 파악해 냈다.

명문혈을 통해 진기가 들어올 때, 가장 효율적으로 받아들이는 방법이다.

자, 그럼 다시 말해보자.

머릿속에 금강반야선공이 들어 있는가?

아니다. 금강반야선공은 단지 심공일 뿐이다. 생명이 없는 구결(口訣)에 불과하다.

하면 머릿속에서 머리와 육신을 분리시키고, 진기를 빨아들이고, 새로운 진기 운용법을 알려준 괴물은 무엇인가?

계야부 자신이다.

금강반야선공을 수련함으로써 자신도 미처 알지 못하던 정신 영역을 개발해 낸 것이다. 조금 더 자세히 말하면 고도로 발달된 육체 감각이 정신 감각까지 일깨워 놓았다.

몸만 강하고 정신이 약한 경우는 드물다. 몸이 강하면 정신도 강해진다.

그는 살기 위해서 육체 감각을 극대화시켰다. 한데 이것이 자신도 모르는 사이에 정신 감각까지 같이 발달시켜 왔다.

금강반야선공은 거적을 들추고 안에 숨겨져 있던 비밀을 끄집어낸 것에 불과했다.

그가 잠시 정신을 가다듬을 때, 또 다른 영약이 입에 넣어졌다.

두 남녀의 대화를 통해서 약의 이름이 청혈생아단이라는 것은 알았지만 어디에 쓰는 약인지는 알 도리가 없었다.

어쨌든 둘의 이야기를 들어보면 나쁜 약 같지는 않다.

쏴아아아아……!

몸에 들어온 약은 순식간에 소양단을 밀어냈다. 아니다. 밀어낸 것이 아니라 성질을 완화시킨 후에 흡수해 버렸다.

춘약이 무엇인가. 양기를 북돋아주는 약이다. 많이 쓰면 독이 되지만 적게 쓰면 좋은 약이 된다.

금강반야선공은 청혈생아단을 받아들였을 뿐만 아니라 소양단까지 녹여서 흡수했다.

그러느라고 늦게 깨어났다.

독을 약으로 중화시키려니 전진하는 속도가 더뎠다.

여인은 또 다른 수도 썼다.

소혼금침!

사내가 놀라는 것으로 미루어 상당히 안 좋은 것 같은데…….

금침이 혈도를 파고들 때, 머릿속에서 불경 한줄기가 장엄하게 흘러나왔다.

―관자재보살(觀自在菩薩) 행심반야파라밀다시(行深般若波羅密多時) 조견오온개공(照見五蘊皆空) 도일체고액(度一切苦厄)…….

마하반야바라밀다심경(摩訶般若波羅密多心經)이다.

사람이 평생을 살아가면서 취하고 버릴 것에 대한 근본을 설파한 불경이다.

갑자기 왜 언감생심 불경이 생각날까?

ー무무명(無無明) 역무무명진(亦無無明盡) 내지(乃至) 무노사(無老死) 역무노사진(亦無老死盡)…….

'무명도 없고, 무명의 다함도 없고, 늙고 죽음도 없고, 또한 노사의 다함도 없고…….'

푸욱!

첫 침이 운문혈(雲門穴)을 파고들었다.

육체란 아끼기 시작하면 한없이 아까운 것이다. 반면에 쓰기 시작하면 이처럼 유용하게 쓰이는 것도 없다. 한데 어떤 이는 아낌없이 쓰고, 어떤 이는 아까워서 쓰지 못한다.

이런 현상이 모두 어디에서 기인하는 것인가.

마음이다.

자신을 움직일 수 있는 사람은 자신뿐이다.

왜 이때…… 소혼망아술, 실혼인이 거론되는 이때에 뜬구름 같은 불경이 읊어지는 것인가.

두 번째 침이 어깨에 있는 수오리(手五里)를 찔렀다.

그 순간, 계야부는 금강반야선공의 힘을 똑똑히 봤다.

순순히 당해서는 안 된다는 생각을 했을 뿐인데, 수오리를 찌른 침이 경혈을 자극하지 못하고 바로 옆으로 비켜났다. 아니다. 침은 정확하게 수오리를 찔러들었으니 자신이 경혈을 옆으로 움직였다고 보는 게 맞다.

'이혈(移穴)!'

혈도를 움직여 제압을 피했다.

색불이공(色不異空) 공불이색(空不異色).

마하반야바라밀다심경에 나오는 글귀다.

나타난 성품이 공(空)과 다르지 않으면, 공의 성품이 색과 다르지 않다.

있는 것이 없는 것이요, 없는 것이 있는 것이다.

세상의 진리는 유무일체(有無一體)를 이해하는 데서 시작된다. 유무일체를 꿰뚫으면 삼세(三世)를 따로 떼어놓고 생각하는 것이 아니라 함께 어울려 생각하게 된다.

흔히들 '과거는 지나간 것이다. 미래는 아직 오지 않았다. 그러므로 중요한 것은 현재다' 라고 말한다.

틀린 말이다.

과거가 중첩되어 현재가 되었으며, 현재가 쌓여 미래를 만든다.

나는 현재라는 문에 서 있을 뿐이다.

없는 것을 아끼고 볼 줄 알아야 한다.

이런 큰 진리에 비하면 인체 경혈의 미미한 움직임은 그야말로 새 발의 피인 것을.

'훗!'

계야부는 웃었다.

자신이 이혈을 한 것인지 우연히 된 것인지 아직 알 수 없
다. 몇 번 더 해보면 확실히 알 수 있을 것이다.
계야부는 실혼인까지 들먹여지는 소혼망아술이 은근히 기
대되었다, 빨리 세 번째 침을 찔러주었으면…….

그는 소혼망아술을 배웠다.
신지(神志)를 건드려 백치와 비슷한 상태로 만든 후 강력한
주문을 건다.
설영영은 뭐라고 한마디로 딱 잘라서 말할 수 없는 요상한
향(香)을 사용했다.
"추향(追香), 추향, 추향, 추향……."
그녀는 계야부에게 중독이라도 시킬 생각인지 코에 대고 향
을 흔들어댔다.
이게 무슨 향일까?
계야부는 잠시 생각하다가 말았다.
그는 그녀가 펼친 소혼망아술에 온 정신을 집중시켰다.
그녀의 침술은 거미줄처럼 촘촘히 짜여져 있다. 침을 맞아
도 지장없는 곳이라 생각해서 무심코 맞다가는 큰일 난다. 어
느 순간, 극심한 어지럼증이 치민다. 그럼 끝이다. 멀쩡한 정
신으로 이 세상에서 갖는 마지막 느낌이 어지러움인 것이다.
계야부는 자신이 침 맞은 곳을 몇 번이고 되뇌었다.
정신을 망가뜨리는 것은 정신을 드높이는 것과 같은 선상에
서 있다. 양날의 검처럼 살(殺)도 되고 활(活)도 된다.

그녀의 소혼망아술을 연구하다 보면 금강반야선공을 수련하는 데도 큰 도움이 될 것이다.

설영영은 나타날 때와 마찬가지로 홀연히 떠났다. 시간이 없다는 사내의 재촉에 아쉬움이 잔뜩 묻은 발걸음을 돌리고 말았다.

그 후에도 계야부는 여전히 가사 상태에서 깨어나지 않았다.

급하게 서둘 필요가 뭐 있는가.

류청지와 한 달 동안 살수 시합을 하는 이유가 무엇인가. 무림에서 살아가는 방법을 배우고자 함이 아니었던가.

무공을 배워야 한다면 배운다. 하지만 배울 시간이 없다. 사약란의 위치는 지금 당장이라도 공격받기 딱 좋은 곳이다. 그녀가 그런 위치에 있으면, 그녀가 사랑하는 모든 사람들도 그런 위치에 있다고 봐야 한다.

그녀에게 짐을 지울 수 없어서 어떻게든 무림에서 살아갈 방책을 마련해 보고자 한 달이라는 시간을 번 것이 아닌가.

류청지의 살수를 피하면 그럭저럭 무공을 배울 시간은 벌 것이다. 류청지를 피하지 못하면 아예 발을 들여놓지 않는 것만 못하다. 괜히 사약란에게 짐만 지울 뿐이다.

류청지가 너무 과한 살수인가?

아니다. 사약란을 노리는 곳은 안선이다. 안선의 교사라는 사람들은, 적어도 계야부가 겪어본 바에 의하면, 류청지보다 강했으면 강했지 못하지는 않았다.

류청지 정도에 살아남지 못한다면 언제든 혹이 될 수 있다.

그런 일을 겪어서야 쓰겠나. 주위에 호법이라는 자들을 주렁주렁 달고 다녀서야 말이 되나.

사일도와 사약란도 그런 점을 알기에 이번 유희를 받아들인 게다.

계야부는 가사 상태에서 그동안 보아왔던 모든 무공들을 정리했다.

안선 교사들의 무공도 떠올렸다. 그리고 그들의 수법을 면밀히 분석했다. 류청지의 살수는 물론이고, 춘약과 청혈생아단, 한 번 몸을 휩쓸고 지나간 세공단까지 구석구석 샅샅이 뒤졌다.

싸웠던 장면을 회상했다.

약을 복용했을 때 몸에서 어떤 변화가 일어났는지 되새겼다.

금강반야선공이 만들어준 인위적인 가사 상태는 계야부를 세상과 완전히 단절된 밀실에 들어간 것과 같은 환경을 조성해 주었다.

육신에 신경 쓸 일도 없다. 오로지 생각에만 집중하면 된다.

금강반야선법의 진기 흐름도를 기본 바탕으로 하고, 설영영의 소혼망아술의 경맥 타격술을 가미시켰다.

금강반야선공은 너무 온유하다.

평생 마음을 닦으며 수련에 용맹 정진하기는 좋으나 손발을 부딪쳐야 하는 공방에는 적합하지 않다.

반면에 소혼망아술은 정신을 극도로 타격한다.

사람들이 흔히 말하기를, 미친놈은 아무도 못 건드린다고 한다. 물불 안 가리고 덤벼들기 때문이다. 자신의 안위 따위는 조금도 염려하지 않기 때문이다.

쓰는 손속마다 동귀어진이라면 어떤가. 감당할 자신이 있는가?

소혼망아술을 사용하다 보면 몸에 무리가 올 것이다. 부작용도 생길 것이다. 비정상적인 방법으로 경혈을 자극하기 때문에 분명이 어디엔가는 이상이 생긴다.

어쩔 수 없다. 지금은 시간이 없다. 그나마 이런 길이라도 알 수 있으니 천만다행이지 않나.

소혼망아술을 사용하면 온전한 정신을 유지할 수 없기 때문에 행동을 유도하는 강력한 자력이 필요하다.

설영영은 향을 사용하여 이지를 지배하려고 했다.

계야부는 금강반야선공을 썼다.

금강반야선공으로 정신을 지배하고, 육신을 관찰하면서 경혈을 타격하는 방법이다.

하면 정상적인 자와 미친 자의 경계 정도에서 수족을 놀릴 수 있을 것이다.

그는 세공단도 주목했다.

세공단을 복용한 후 이 갑자 내공이 생성되었다.

없던 내공이 갑자기 생긴 것이다.

내공이 물건도 아니고 약 한 알 복용했다고 불쑥 생겼다가 어느 날 갑자기 보름달이 떴다고 사라진다?

세공단은 특정 경혈을 자극한다.

강에다가 둑을 쌓아놓은 것과 마찬가지다. 한데 둑을 받치는 힘이 너무 미약하다. 오랜 세월에 걸쳐서 쌓은 돌담이 아니라 약으로 급조한 담이기 때문이다.

강물이 갇혀 호수를 이루듯, 미미한 진기들이 모여 강대한 진기가 생성된다.

이 갑자 내공이 불쑥 생긴 것이 아니라 시간이 지나면서 점차 증가된 이유였다.

세공단이 용해되는 과정이라고 생각했다.

몸이 약효를 받아들이는 시간이 필요할 것이라고 생각했다.

그것이 아니다. 세공단은 복용 즉시 녹아버렸다. 강물에 단단한 제방을 쌓았다. 나머지는 강물이 갇혀서 호수가 되는 과정이 남았을 뿐이다.

그렇게 해서 완성된 것이 이 갑자 내공이다.

한 달이 지나면 약효가 사라지고, 둑이 무너진다. 하면 잔뜩 쌓아놨던 이 갑자 내공이 해일로 변해서 쏟아져 내린다.

그 힘은 미증유다.

닿는 것, 걸리는 것은 모조리 쓸어버린다.

쌓였던 호수 물이 휩쓸고 지나가는 곳, 경맥은 초토화가 되고 만다.

세공단이 사람을 죽이는 게 아니다. 보름달이 죽이지도 않는다. 자신의 진기에 자신이 상하는 것이다.

세공단을 다시 복용하면 한 달을 산다?

그럴 수밖에 더 있나. 약효가 떨어져 사라지는 제방 대신에 새로운 제방이 호수를 받쳐 주니 이 갑자 내공을 온전히 쓰면서 새로운 한 달을 맞이할 수 있게 된다.

사약란의 금침술은 경맥을 일시적으로 아주 굳건한 상태로 만들어주었다.

해일을 감당할 수 있을 정도로 단단한 벽을 만들어주었다. 성난 해일이 경맥을 휩쓸며 전신을 일주할 수 있게 길을 열어주었다.

세공단 때문에 벌어졌던 일들이 일목요연하게 떠올랐다.

그렇다. 이 갑자 내공은 다른 사람의 것이 아니었다. 세공단이 만들어준 것도 아니었다. 자신의 것, 자신이 만든 것이었다.

사람은 누구나 몸에 이 갑자 내공을 품고 다닌다.

하늘이 인간을 위해 내려준 힘이다.

그 힘은 여간해서는 나타나지 않는다. 대부분의 사람은 죽는 순간까지도 써보는 일이 없다. 소수의 몇몇 사람만이 응집된 이 갑자 내공을 써보고는 기적을 일으켰다고 한다.

달려오는 마차가 아이를 덮치려고 할 때, 어머니가 괴력을 발휘해 마차를 세운다. 다른 때 같으면 들어 올릴 엄두도 못 낼 큰 바위를 위급한 상황에 처하자 단숨에 들어 올린다.

없던 힘이 생겨난 것이 아니다.

몸속에 흐르는 미약한 힘들을 모아 일시에 터뜨린 결과다.

순간적으로 제방을 쌓았고, 미미한 진기들이 모여 호수가 되었고, 이 갑자 내공이 밖으로 드러나 괴력을 발휘하게 된 것이다.

절체절명의 위급한 상황이 세공단 역할을 해준다.

다시 말하면 인간 스스로 제방을 쌓을 수 있는 길이 있다. 누구라도 단숨에 이 갑자 내공을 얻을 방도가 있다.

그 작용은 몸이 하는 게 아니라 머리가 한다.

머리에서 제방을 쌓으라고 명령을 내려줘야 한다.

그전에 정말 정말 위급한 상황이고, 이 갑자 내공을 쓸 수밖에 없다는 인식을 머릿속에 각인시켜야 한다.

자신의 위험은 아랑곳하지 않고 오로지 아이만을 위해 달려오는 마차에 뛰어드는 어미처럼 절박해야 한다.

이 갑자 내공은 그럴 때를 대비해서 하늘이 숨겨놓은 선물이다.

간절하게 갈구하는 자, 힘을 얻는다.

만약 그런 상태를 인위적으로 머릿속에 각인시킬 수 있다면, 수시로 제방을 쌓을 수 있다면…… 그런 길을 발견한다면…… 쇠붙이라고는 평생 호미만 잡아본 농부가 하루아침에 이 갑자 내공을 지닌 고수로 변모하는 것도 꿈만은 아니다.

세공단은 그런 길을 열어준 획기적인 약이다.

세공단의 약효를 한 달에서 일 년이나 이 년 정도로만 늘여도 복용할 사람이 많을 것이다.

세공단은 부작용이 있을 수 없다. 경맥에 손상이 오는 것도 아니다. 약을 복용한다고 머리에 이상이 생기거나 몸에 무리가 가는 것도 아니다.

세공단이 풀지 못한 숙제도 있다.

하늘이 열어준 길은 완벽하다. 일시에 호수를 만들었다가 아무 무리도 없이 해제시킨다. 평소에는 꿈도 꾸지 못할 바위를 번쩍 들어 올렸다가 놓았다고 해서 경맥이 뒤틀리지는 않는다.

둑을 만들었다가 풀어놓는 것까지는 세공단과 같지만 그 후의 변화는 완전히 다르다. 세공단은 속수무책으로 손을 놓아버리는 경우이고, 하늘은 완벽하게 경맥을 보호한다.

그 길만 찾는다면…….

계야부는 이 세상에서 오직 자신만이 그 길을 찾을 수 있을 것이라고 확신했다.

똑똑해서 자신하는 것은 아니다. 무공을 심도 깊게 연구한 적도 없다. 단지 세공단을 복용해 봤고, 하늘이 주신 힘을 써봤고, 금강반야선공이 앞길에 횃불을 밝혀주고 있으니 그 길을 찾을 수 있는 사람으로는 자신이 유력하다는 뜻이다.

계야부는 좀처럼 깨어나지 않았다.

第十八章
귀영(鬼影)

　계야부와 류청지가 약속한 기한은 한 달이다. 육교사와 계야부가 약속한 기한도 한 달이다. 하나 시작 날짜가 다르다. 육교사가 나섰을 때, 계야부와 류청지는 이미 보름을 보내고 있었다.

　사약란은 결과 보고를 손꼽아 기다렸다.

　약속된 한 달이 채워졌다.

　계야부가 살수를 견뎌냈든 살검에 몸을 뉘였든 어떤 결과가 나왔으리라.

　소식이 없다.

　하루가 지났다. 또 소식이 없다.

　그럴 사람들이 아닌데, 일절 소식이 끊겼다.

'사단이 생겼어!'

그녀는 즉시 움직이고 싶었다. 하나 그럴 수 없다.

산서성(山西省)에서 투살진기(透煞眞氣)의 흔적이 발견되었다.

영구 봉인(封印)된 마공이 출현한 것이다.

사체를 분석한 결과 아직 오성(五成) 수준에 불과하다는 판단이 내려졌다.

지금은 잡는 게 용이하지만 향후 일이 년만 지나면 사정이 달라진다. 그때는 난다 긴다 하는 무인들도 부딪치지 않으려고 몸을 피하기에 급급할 것이다.

무총 서지단은 총통기(總統旗)를 내걸었다.

단순한 깃발이 걸린 게 아니라 무총과 중원 각 문파들 간의 약속이 걸렸다.

그 순간부터 하남(河南), 호광(湖廣), 절강(絶江)에 존재하는 모든 문파는 만사를 제쳐 놓고 투살진기의 흔적을 쫓는 데 주력하고 있다.

개방(丐幫)이 십만 개방도를 총동원하여 온갖 소문을 주워 듣고 있고, 소림이나 무당파(武當派)에서 파견된 고수들도 언제든 동원할 수 있는 태세를 갖췄다.

서지단이 자체적으로 양성한 삼백이십 명의 천악망, 아홉 명으로 이루어진 구룡(九龍), 사십사(四十四) 멸혼검대(滅魂劍隊), 칠십육(七十六) 홍포대(弘布隊) 등도 칼을 벼르고 있다.

사약란 자신도 시간을 다투는 보고를 받아야 한다.

서지단 전체가 지금이라도 투살진기를 발견하면 즉시 달려가야 할 형편이다.

그녀에게 주어진 공적인 임무다.

반면에 계야부에게 일어난 사단은 사적인 입장에서 처리해야 한다.

공무가 급한데 사적인 사건에 매달려 달려갈 수는 없다.

'미안해요.'

그녀는 침통한 음성으로 말했다.

"지통(地通)에게 전서를 보내. 그동안 보고 들은 것을 종합해서 즉시 보고하라고 해."

"넷!"

어디선가 대답 소리가 들려왔다.

그녀를 물샐틈없이 보호하는 사명사귀(邪瞑四鬼)의 음성이다.

총주는 그녀가 납치되었다가 풀려났다는 소식을 듣자마자 즉시 사명사귀를 보내왔다.

무총 서지단까지도 우습게 아는 자들이 있다.

무총의 후계자인 사일도를 공공연히 암살하려는 세력이 존재한다.

그녀 앞에 사명사귀가 나타났을 때, 사약란은 그들을 물리치지 않았다.

한 번 생긴 일은 두 번도 생길 수 있다. 서인이 빠져나갔기 때문에 전과 같은 용도로는 사용되지 못한다고 해도, 그녀는 무총을 협박할 수 있는 좋은 도구다.

아버지가 보내온 사명사귀의 무공은 어느 정도일까?

사약란은 시험하지 않았다. 아버지와 오라버니는 서로 숙의했을 터이고, 그래서 선택된 사람들이 사명사귀다. 시험하지 않아도 안선 교사 정도는 상대할 수 있는 고수들이라는 걸 안다.

사약란은 손으로 이마를 짚었다.

머리가 아프다. 마음이 타들어간다.

늑대 같은 사내에게 끌려가 어찌 된 영문인지 파악할 틈도 없이 정이 들고 말았다. 자신을 납치했던 사내가 자신을 위해서 방패막이가 되었다고 해서 마음을 연 건 아니다. 단순히 목적을 위해서 몸을 준 것도 아니다.

그가 좋다.

'아니야, 아냐……'

그녀는 머리를 살래살래 흔들었다.

아무래도 그가 무림에 적응하는 것은 무리인 것 같다.

그는 정공법(正攻法)을 구사한다. 무엇이든 닥치면 뛰어넘으려고 한다. 때로는 돌아갈 줄도 알아야 하고, 피하기도 해야 하는데, 그는 그런 것이 없다.

무림에서 기장 살아남기 힘든 부류다.

하필이면 그런 부류의 사내에게 마음을 열었던고.

더군다나 그는 사일도를 죽일 수 있는 서인까지 지니고 있다. 다른 여자와 교합을 갖지 않는 한은 절대 빠져나가지 않을 혼약의 징표를 지녔다.

그가 안선의 목표가 되었다면 오래 버티지 못할 것이다.

틀림없이 그랬을 것 같다. 안선의 목표가 되어 목숨이 경각에 달렸을 것 같다.

그녀와 사일도가 계야부의 어처구니없는 제안을 모르는 척 눈 감고 받아들인 데는 두 가지 이유가 있었다.

계야부는 무림에 발을 들인 이후, 승승장구했다.

부사영과 함께 위지패문이 마련한 관문을 너끈히 통과했다. 살수들의 치밀한 공격을 막아냈다.

천악망의 틈새를 파고들어 엽위상의 자존심에 상처를 입히기도 했다. 서지단 군사의 납치라는, 무림인이라면 생각도 하지 않을 무모한 행동을 태연히 해냈다.

그러고도 보름 넘게 살아남았다.

기가 막히게 운이 좋다고밖에 할 수 없다.

그 후로도 그는 계속 이겼다.

십교사에게 좌절을 당하고, 육교사에게 죽임을 당할 뻔한 사건도 그를 멈추지 못했다.

결국 그는 더욱 정밀하게 변형된 천악망을 뚫고 들어와 자신을 구해주었다.

결과적으로 그는 하고 싶은 것을 모두 해냈다.

하지만 그는 알아야 할 게 있다. 그가 이긴 모든 사건들이 얼마나 인위적인 것인가를, 만약 누군가가 진심으로 그를 죽일 작정이었다면 어린아이 팔목 비트는 것보다 쉬웠다는 것을.

아닌가? 육교사는 그를 진심으로 죽이려고 했다. 살수를 썼고, 불로 태웠다.

그는 살아남았다.

특정한 목적을 갖고 살살 다뤄주기도 했지만 운도 정말 좋았다.

사약란과 사일도는 무림의 무서움을 일깨워 주려고 했다.

류청지라는 살수를 맞이해서 자신이 얼마나 미약한 존재인지 절실히 깨닫기를 바랐다.

한 달 동안 무림에서 살아갈 방도를 마련해 보겠다는 그의 말은 믿지 않았다.

무림에 몸담은 사람이라면 그의 말이 얼마나 터무니없는 것인지 잘 알 것이다. 그런 식으로 보름 동안 절학을 수련하여 살수왕의 공격을 막아낼 수 있다면 누가 하지 않으랴.

그는 무림의 무서움을 깨달을 필요가 있다.

또 한 가지 이유는 십일영자의 반감을 해소해야 한다는 것이다.

그들은 계야부를 죽이려고 한다.

사일도나 사약란의 의중과는 상관없이 서인을 지녔다는 이유만으로 암암리에 살수를 쓸 것이다.

절대 건드리지 말라는 명 같은 것은 통용되지 않는다.

그들은 사일도를 위해서라면 한목숨 기꺼이 내놓을 사람들이다.

사일도에게 위협이 될 소지가 너무도 분명하기에 십일영자 중 누군가는 손을 쓴다. 그런 후, 명을 어긴 대가로 자기 스스로 자진할 것이 빤히 보였다.

그러면 계야부는 십 중 십 죽는다. 그가 살아날 방도는 전혀 없다.

계야부는 류청지에게 자신을 청부한 것보다 더 큰 위협에 노출되어 있었던 것이다.

사일도와 사약란은 계야부의 청을 들어줄 수밖에 없었다.

사약란이 수궁사로 서인을 택하는 순간부터 예정된 일이었다.

계야부가 아니라 그 누구라도 상관없었다. 사약란의 부군이 되는 자는 반드시 거쳐야 할 죽음의 관문인 셈이다.

사약란에게는 천형이다. 그리고 이 천형은 모순되게도 그녀를 가장 아끼는 오라버니가 손수 만들었다.

"날 죽일 수 있는 사람은 너밖에 없어."

사일도가 그 말을 할 때까지만 해도 그 말이 사약란이 선택한 사내만이 그를 죽일 수 있다는 말이 될 줄은 본인도 몰랐다. 거기까지 생각하기에는 너무 어렸다.

이래저래 십일영자와 계야부는 일전을 피할 수 없는 처지였다. 그리고 그 싸움은 누가 봐도 일방적으로 십일영자에게 유리했다. 사약란이 어떤 배우자를 선택하든 간에 죽을 수밖에 없는 운명처럼 생각되었다.

사약란도 그런 점을 안다. 그러면서도 계야부가 섶을 지고 불속으로 뛰어드는 모습을 지켜보기만 했다.

그를 사랑하지 않아서?

사랑이라는 감정이 무엇인지 모르겠다. 사랑이니 뭐니 하는 감정을 딱히 생각해 본 적이 없다.

단지 그가 옆에 없으면 절절히 보고 싶다. 그가 받을 고통을 생각하면 마음이 아려온다. 자신의 모든 것을 주어서라도 그를 편안하게 해주고 싶다.

그런데도 그가 죽음을 향해 걸어가도록 내버려 둔 것은 믿는 구석이 있기 때문이다.

"쯧! 고약한 것…… 서지단까지 편히 가라고 놈을 붙여줬더니만 어느새 쌀이 익어 밥이 되었누. 고이얀…… 저놈들이 눈에 불을 켜고 있으니 내버려 둬도 죽을 모양새…… 놈을 보내라. 빈승이 뒤를 봐주마."

성오존자의 전음이었다.

성오존자가 계야부의 뒤를 봐준다면 천하의 류청지도 어쩔 수 없으리라.

그래서 안심하고 보냈다.

보름이 지나도 죽거나 다쳤다는 소식은 들려오지 않았다. 당연하지 않은가, 성오존자가 뒤를 봐주고 있는데.

한데 한 달이 넘어서까지 아무런 기별이 없다는 건…… 왠지 불안하다.

'존자께서 계시니 별 탈은 없을 텐데…… 일단 보고부터 받아보고…….'

2

류청지는 살행을 준비했다.

계야부와는 마지막 만남이 될 것이다.

지금까지처럼 감각을 좇아서 검을 쓰지 않는다. 철저한 준비와 계획을 토대로 일격필살(一擊必殺)의 살수를 쓴다. 놈을 주시하다가 십 할 승산이 있다고 판단될 때 공격한다.

그는 계야부를 얕보지 않았다.

무지렁이, 일개 무부 등등 그를 비하하는 말도 사용하지 않았다.

그가 옛날에는 장군이었다고 했나? 상관에게 미움을 받아서 강등, 전출되었다고 했나?

지금부터는 장군으로 대해준다.

그는 명망 높은 장군이다. 그를 시기하는 정적이 정식으로 청부해 왔다. 그래서 살행을 한다.

기한은 나흘, 기회는 한 번.

다른 조건은 없다. 무조건 죽이기만 하면 된다.

계야부에 대해서는 알 만큼 알고 있으니 한결 좋은 조건이라고 할 수 있다.

한데 사지(死地)에 빠지고 말았다.

계야부를 암습하기 위해 이동을 하던 중 느닷없이 강력한 살기가 전신을 덮쳐 왔다.

류청지는 깜짝 놀랐다.

근처에는 적이 없었다. 경계를 할 만한 자도 없었다. 자신이 옴짝달싹할 수 없을 정도로 강한 살기를 내뿜는 자가 다가오는 것을 까마득히 몰랐다.

그가 살수였다면 자신은 이미 죽었다. 살수는 살기를 내뿜지 않고 검을 쓸 수 있기 때문이다.

류청지는 걸음을 옮기지 못하고 진땀만 흘렸다.

시간이 흘렀다.

대치 상태는 계속되었다.

어디서 살기가 뿜어져 나오는지는 알아냈다.

전면, 오 장 밖에 있는 수풀 속.

자신이 역습할 방도는 없나?

없다. 거미줄에 단단히 걸려 버렸다. 한 걸음이라도 움직였다가는 당장 살수가 터져 나오리라.

상대는 무엇을 기다리는가? 지금 공격해도 충분할 텐데, 자신 정도는 가볍게 뉘여 버릴 수 있는 무공인데, 왜 살기만 뿜어내고 공격은 하지 않는가.

'계야부!'

류청지는 상대의 의중을 짐작해 냈다.

그는 자신이 움직이는 것을 바라지 않는다. 자신의 발길을 묶어놓아야 할 일이 있는 것이다. 현재 그만한 일이라면 딱 하나밖에 없다. 계야부에게서 서인을 빼내는 일이다.

계야부를 잡아갈 이유가 없다. 어떻게든 여자와 정사만 벌이게 하면 되는데 무엇 하러 고생고생하며 끌고 가겠는가.

그를 윽박지를 필요도 없다.

열 여자 마다할 사내가 어디 있으랴. 요염한 자태가 물씬 풍기는 여인을 붙여주면 불길은 저절로 일어나리라. 마다할 수도 있다. 그때는 또 다른 방법이 있다. 사내를 욕념에 휩싸이게 만드는 방법은 수만 가지나 된다.

계야부는 저항하지 못한다.

그를 죽이는 것, 여자와 관계를 갖는 것…… 모두 마찬가지다. 선택권은 계야부에게 있지 않다. 공격하고자 하는 사람이 마음대로 할 수 있다. 그만큼 그는 취약한 존재다.

류청지는 또 한 번 그를 죽이지 못한 것을 후회했다.

이상한 노릇이다. 이번에는 반드시 죽인다. 어떤 일이 있어도 꼭 죽인다. 맹세에 다짐을 더하건만 막상 그와 부딪치면 다음 한 번의 기회는 더 있을 것 같다는 생각이 든다. 그래서 죽이는 것을 꼭 한 번만 더 뒤로 미루곤 하는데, 그때마다 사단이 생긴다.

류청지는 다급해졌다.

어떻게 몸을 빼낼 방도가 없을까?

그는 걸음을 옮겼다. 앞으로 한 걸음을 막 떼어놓았다.

쏴아아아……!

예리한 경기(勁氣)가 팔꿈치 밑으로 파고들어 왔다.

'훗!'

류청지는 다시 한 번 놀랐다.

숨어 있는 자는…… 누군지 짐작도 가지 않지만 상당한 고수임에는 틀림없다.

방금 전에 쏘아 보낸 것이 경기가 아니라 암기였다면 옆구리에 깊은 상처를 입었을 게다.

그는 정확히 안압보(雁押步)의 허점을 공격했다.

움직일 수 없다. 움직이면 죽는다. 이번에는 경고에 그쳤지만 다음에는 목숨을 노릴 것이다.

느낄 수 있다. 상대의 의중이 환히 들여다보인다.

'제길!'

류청지는 툴툴거렸다.

사지에 빠져도 단단히 빠졌다.

사지(死地)란 도저히 살아 나올 수 없는 위험한 곳을 말한다.

살수에게는 세상천지 어느 곳 한 군데 사지가 아닌 곳이 없다. 살행을 할 때도, 살행이 끝난 후에도 항상 마지막 곳에서 마지막 일을 하고 있다는 생각을 떨치지 못한다.

지금이 그렇다. 류청지는 자신의 목숨이 붙어 있다고 자신하지 못했다. 그도 계야부와 마찬가지로 공격자의 의중에 목숨을 맡긴 처지가 되어버렸다.

상대는 왜 공격하지 않는 것일까? 이렇게 짓누르고 있는 것보다는 단숨에 죽이는 것이 낫지 않을까? 자신이라면 열 번이고 백 번이고 그렇게 했을 텐데.

자신을 죽여서는 안 되는 이유가 있는 게다.

그게 뭘까? 그것만 알아내면 탈출로를 구할 수 있을 텐데.

류청지는 진땀을 흘리며 수풀을 쏘아보았다.

반나절을 꼬박 붙들려 있었다.

뜨거운 태양이 서녘으로 뉘엿뉘엿 넘어갈 무렵에서야 살기는 거둬졌다.

나타날 때처럼 흔적없이 사라져 버린 것이다.

누굴까? 누구이기에 이토록 강한 것일까?

수풀 속에 있던 자는 관용을 베풀었다. 그가 살심을 품었다면 자신은 이미 죽은 시신이 되었을 게다. 살수이기에 상대와 자신의 기량을 측정하는 데는 누구보다도 정확하다고 자부한다.

'계야부!'

그는 철저한 계획이고 뭐고 생각할 겨를도 없이 달려갔다.

계야부는 나무토막처럼 쓰러져 있었다.

"놈!"

그는 다짜고짜 살검을 쳐냈다.

더 이상 서인 때문에 고민하는 일이 있어서는 안 된다.

서인을 이미 빼앗겼을 수도 있다. 땅에 썩은 나무처럼 널브러져 있는 꼴이 딱 그렇다.

그러거나 말거나 일단 죽이고 본다.

쒜에엑!

살검이 계야부의 머리를 찍어갔다.

귀영(鬼影)이란 형체를 잡을 수 없는 희미한 영상을 말한다.

육안으로 확인할 수는 있지만 형체가 흐릿해서 정확하게 꼬집어 말할 수 없는 상태다.

제일식 뇌성진단(雷聲震丹), 우렛소리가 단전을 진동시킨다.

생물, 무생물을 막론하고 움직이는 것은 모두 소리와 진동을 일으킨다.

청각은 그 소리를 잡아채어 우렛소리로 변화시킨다.

바람 소리, 물소리, 개미가 기어가는 소리까지 쩌렁쩌렁 울리는 소리가 되어 단전을 두들긴다.

제이식 명향진파(鳴響震波), 단전이 울리면 진동이 일어난다.

단전에서 솟구친 진기는 경맥을 흐르지 않는다. 경맥을 무시하고 삼백육십오 개의 혈도를 직접 타격한다.

어떻게 이런 일이 가능할까?

진동을 이용하기 때문이다. 단전을 진앙으로 하는 지진이 특정 혈도로 곧장 뻗어가기 때문이다.

진파의 개수는 혈도의 개수에 맞춰져야 한다.

속도 조절도 중요하다. 가까운 혈도는 느리게 타격하고 먼 거리는 쏜살같이 달려간다. 그래서 인체의 모든 혈도가 동시에 쩌렁 울려야 한다.

경맥을 빼놓고는 진기의 흐름을 생각조차 하지 않는 일반 무인들에게는 기상천외한 운공 방식이다.

하나 분명히 가능하다.

검지 끝에는 상양혈(商陽穴)이 있다. 수양명대장경(手陽明大腸經) 중 하나의 혈이다.

만약 손가락이 잘려 나간다면 수양명대장경의 경맥 흐름은 어떻게 되는 것일까? 상양혈이 없으니 흐름을 멈춰야 할까? 아니다. 손가락이 잘려 나가도 수양명대장경은 건재하다. 상양혈을 제치고 검지 밑마디에 있는 이간혈(二間穴)에서 되돌리기 때문이다.

경맥은 고정된 것이 아니다. 수시로 변한다.

진파가 단전에서 각 혈로 이어지는 새로운 경로를 찾아냈다고 해서 놀랄 일은 없다.

제삼식 심중상상(心中常常), 마음속에 두고두고 기억한다.

기억한다는 말은 붙잡아놓는다는 말로 해석해야 한다. 혈도에 맺힌 진파를 붙들어놓는 단계다.

제사식 보존원모(保存原貌)는 진파로 인해 혈도가 지닌 특성을 조금도 손상시키지 않는 것이며, 제오식 강력배증(强力倍增)은 진파의 힘이 오히려 혈도의 특성을 배가시키는 것을 뜻한다.

귀영십삼식 중 제오식까지만 연마해도 내공이 두 배로 증가하는 효험을 본다.

제육식부터는 밖으로 표출하는 힘에 주안점을 둔다.

기여백설(肌如白雪)은 진파가 밖으로 쏘아져 나가서 살갗 표면에 하얀 눈처럼 곱게 쌓이는 것을 말하며, 제칠식 폭풍한설(暴風寒雪)은 진파가 일어나는 현상이 마치 폭풍에 곱게 쌓인 눈을 휘말아 올리는 것처럼 사납다는 뜻이다.

이것은 물론 내면의 변화다.

제오식까지 외면의 변화는 없다. 육식과 칠식도 준비 작업일 뿐이므로 특정한 변화를 일으키지는 않는다.

외적인 변화는 팔식부터 일어난다.

제팔식 연무공몽(煙霧空濛)은 칠식 폭풍한설을 진상(眞像)으로 변화시킨 결과다.

단전에서 뿜어져 나온 진파가 피부 표면에서 눈보라처럼 피어나 뿌연 연무를 만들어낸다.

제일식 뇌성진단에서부터 팔식 연무공몽까지는 거침없이 이루어진다. 하나 구식 전이진파(轉移震波)를 운용하려면 다시 단전으로 돌아가야 한다.

단전에서부터 진파를 움직인다. 진파와 연결된 혈도는 미미한 전이(轉移)를 일으키게 되고, 이는 살갗에 달라붙은 눈보라를 움직이는 결과로 나타난다.

사람 몸이 미미하게 움직이지 시작하는 것이다. 자신은 움직이지 않고 가만히 있는데, 몸이 부르르 떨리며 진동을 일으킨다.

십식 마의반와(螞蟻盤窩)는 개미가 집을 옮긴다는 뜻이다.

진파를 일으킨 상태에서 공수(攻守)를 위해 움직인다. 제오식 강력배중의 영향으로 본신진기보다 두 배는 강한 힘을 이끌어낸 상태에서 유령처럼 움직인다.

십일식 저료마사(著了魔似) 단계에서는 귀신이 된다.

귀신의 움직임처럼 눈으로 보지만 확인할 수 없는 단계가 된다. 몸통을 베어낼 수는 있지만 혈도를 찍는 것은 불가능한 상태다.

전신이 뿌연 연무에 휘감겨 있다. 연무가 부르르 떨리며 진동을 일으킨다. 손이 두 개, 세 개로 보이고, 팔이 무척 빠른 속도로 움직였을 때처럼 잔상을 불러온다.

십이식은 수심유급(水深溜急)이다.

물은 깊고 흐름은 빠르다. 십일식 저료마사까지의 제반 과정이 물이 흐르듯 자연스럽게 흘러나와야 한다. 생각을 하고 변화를 일으키는 것이 아니라 무의식중에 변화가 흘러나와야 한다.

수심유급이 극성에 이르면 뿌연 눈보라에 강철 같은 힘이 실린다.

세상의 어떤 병기도 파해할 수 없는 호신지공(護身之功)이니 갑옷을 든든히 받쳐 입은 것과 다를 바 없다.

제십삼식 불가마멸(不可磨滅)은 말 그대로 불멸을 뜻한다.

몸이 철벽이니 도검(刀劍) 같은 외부적인 타격은 너끈히 받아낸다.

진파로 형성된 눈보라는 그물처럼 촘촘히 짜이며 강하게 얽힌다. 황소 열 마리가 달라붙어도 떼어낼 수 없는 강한 인력(引力)이 서로를 옭아맨다.

이 인력의 힘은 상당히 세다.

티끌보다도 수천 배나 작은 기파(氣波)가 얽혀서 만든 기망(氣網)은 통으로 만든 철탑보다도 강건하다.

도검으로는 끊거나 잘라낼 수 없다.

독(毒)처럼 체내로 침입하여 타격을 가하는 물질도 소용없게 된다.

진파는 강한 진동을 일으킨다. 몸에 좋지 않은 물질이 들어오면 강력하게 밀어낸다. 위장, 혈액, 폐…… 어디든 상관없다. 독성 물질들은 체내로 침입하기도 전에 제거된다.

귀영십삼식은 열세 가지의 초식이 아니다. 하나의 신공을 성취 단계만 열세 단계로 구분해 놓았다.

귀영을 일으킨 상태에서 무공을 전개하면 그야말로 신의 무공이 된다. 그 누구도 당적할 사람이 없게 된다.

위험이 감지된다.

쉐에엑!

가공할 속도다. 필살의 의지도 담겼다.

진파는 단전을 울리는 것으로 시작한다. 내부를 뒤흔들며 혈도에 충격을 준다. 그러다가 종내에는 몸 전체를 울린다.

진파는 흐름에 민감하다.

기류의 변화 같은 외기의 변화는 일어나는 즉시 느끼게 된다. 온도의 변화에도 민감하다. 낮과 밤처럼 심한 온도 차가 나는 경우를 말하는 것이 아니다. 정상적인 사람은 절대 느끼지 못할 미미한 온도 변화까지 알아낸다.

날아오는 검은 무척 차갑다. 너무 차가워 얼음으로 만든 것 같다. 반면에 땅에 닿은 두 발은 무척 뜨겁다. 진기를 오로지 두 발에 모았다는 뜻이다.

상대는 변화를 염두에 두고 있지 않다. 오직 일격필살만 바라보고 달려온다.

뇌성진단, 명향진파, 심중상상, 보존원모, 강력배중, 기여백설!

귀영이 저절로 일어났다. 그리고 혼절 상태에 빠져 있던 계야부의 정신을 온전한 상태로 돌려놨다.

계야부는 눈을 떴다. 두 발은 시구각보를 밟고 있었다.

파앗!

그의 신형이 허공으로 둥실 떠올랐다.

타앙!

류청지의 검이 목표를 타격하지 못하고 자그마한 돌덩이를 거칠게 후려쳤다.

실로 간발의 차이다.

또 하나, 간발의 차이로 날아온 게 있다.

쒜엑!

목표는 류청지, 막기는 이미 늦었다.

류청지는 검을 놓아버리고 뒤로 펄쩍 물러섰다. 검까지 회수하려고 했다가는 날아오는 물체에 맞아서 큰 손해를 봤을 게다.

타악!

류청지가 서 있던 자리에 작은 나뭇가지가 박혔다.

계야부가 아닌 류청지를 노리고 날아온 암수다. 살기는 담겨 있지 않다. 그를 물러서게 하기 위해 위협만 가했다.

류청지는 자신의 발길을 움켜잡았던 수풀 속 괴인을 떠올렸다.

그가 방해한 걸까?

아니다. 방법이 다르다. 수풀 속 괴인은 정말 벨 준비가 되어 있었다. 뜻에 따르지 않고 몸을 움직였다면 정말 죽었다. 반면에 나뭇가지는 공격 형태만 취했을 뿐, 살기가 없다. 오로지 물러서게 하려는 의도만 담겨 있다.

한데 그는 늦었다. 자신이 계야부의 반응을 예상치 못해서 헛손질을 한 것처럼, 그도 자신의 신법을 한 수 낮게 평가한 바람에 목적을 이루지 못했다.

뒤로 물러서게는 만들었지만 이미 계야부가 죽은 후이다. 그가 피하지 않았다면 말이다.

"어느 방면의 고인이시오!"

류청지가 옆을 돌아보며 쩌렁 일갈을 내질렀다.

커다란 바위 뒤, 나뭇가지가 날아온 곳이다.

"소리 좀 작작 질러라. 귀 안 먹었다!"

바위 뒤에서 정갈한 승복을 입은 노승이 걸어나왔다.

“성…… 오존자님.”

류청지는 못마땅한 듯 인상을 찡그렸지만 황급히 포권지례를 취해 예를 다했다.

“허허허! 노승이 자넬 잘못 봤군. 역시 살수는 살수야. 덤벼들 때 보니 이빨 선 승냥이 같더군. 무공과 살행은 다르다는 걸 깜빡했어. 하마터면 저자를 죽일 뻔하지 않았나.”

성오존자가 계야부를 쳐다보며 말했다.

“놀라기는 저도 마찬가지지요. 방금까지만 해도 사경을 헤매던 자가 딱 목이 달아날 찰나에 정신을 차린 것도 기막히지만, 제 검을 피해냈다는 건 더욱 기가 찰 노릇입니다.”

류청지도 계야부를 쳐다봤다.

그의 눈가에서는 살기가 지워지고 없었다.

성오존자가 나타난 이상 계야부를 죽인다는 건 불가능하다. 나뭇가지를 던져서 개입 의사를 분명히 밝혔으니 검을 겨눌 기회조차 사라졌다고 봐야 한다.

죽일 수 없는 자에게 살기를 띠는 것만큼 소모적인 것도 없으리라.

그것보다…… 필살을 확신한 공격이 무위로 돌아갔다. 분명히 피할 수 없는 처지였는데…… 약간의 사정도 담지 않은, 전심전력, 최선을 다한 공격을 피해냈다. 그것이 놀랍다.

“아미타불! 그렇지. 가장 잘못 본 사람은 계야부지. 내가 나설 필요도 없을 만큼 높은 성취를 이뤘을 줄이야 어찌 알았겠나. 허! 오래 살다 보니 이런 일도 있군.”

성오존자의 눈빛에 의문이 깔렸다.

성오존자와 류청지는 곤혹스러웠다.

그들이 판단한 계야부는 누구든 언제라도 죽일 수 있는 자였다. 분명히 사경을 헤매기 전까지만 해도 그랬다. 한데 반쯤 죽었다가 깨어난 후로 갑작스럽게 무공이 늘었다.

꿈속에서 무공이라도 익힌 것일까? 아니면 죽음의 위험을 무릅쓰고 본신 무공을 숨기고 있었던 것인가. 어느 쪽이든 말이 안 되기는 마찬가지다.

'죽은 것처럼 가사 상태를 유지한다. 마음속에 연공실을 차리고 수련을? 혹시…… 금강반야선공?

성오존자는 반신반의하며 물었다.

"자네가 방금 전에 펼친 무공이 혹시…… 금강반야선공인가?"

"맞습니다."

"허! 오의를 깨닫는 자가 없어서 사장된 무학인 줄 알았더니 임자가 따로 있었군. 현세에 금강반야선공을 깨닫는 자가 나오다니. 그것도 군인이……."

성오존자는 믿지 못하겠다는 듯 입을 쩍 벌렸다.

3

성오존자는 금강반야선공을 넘겨줄 때까지만 해도 계야부가 그것을 자신의 것으로 만들 것이라는 생각은 하지 않았다.

단순히 사전투광신보를 조금 더 빨리 운용하는 데 그치고 말 것이라고 생각했다.

금강반야선공은 무공이 아니라 선공이다.

수십 년 면벽참선을 하고도 깨달은 사람이 없어서 죽은 선공이라고까지 불린다.

그 속에는 성오존자도 포함되어 있다.

불문의 제일고승이라는 그조차도 금강반야선공을 몸에 붙이지는 못했다.

금강반야선공을 거쳐 간 사람들 중에는 똑똑하다는 사람이 무척 많았다. 천재, 수재 소리를 듣는 사람들이 부지기수였다. 덕(德)이 높았던 사람도 있고, 무공이 특출 난 사람도 있었다.

한데 그 누구도 금강반야선공과 인연을 맺지 못했다.

왜 그랬을까?

금강반야선공이 그토록 지고무상한 절학인가?

아니다. 오히려 정반대로 금강반야선공이 깊이 파고들 만한 가치가 없기 때문이다.

먼저 무인의 입장에서 살펴보자.

무인의 경우에는 금강반야선공을 얻어도 큰 도움을 얻지 못한다.

금강반야선공은 무공이 아니다. 신공은 더더욱 아니다. 초식을 얻는 것도 아니며, 내공이 발전하지도 않고, 하다못해 이목이 영민해지는 효과조차도 없다.

권각을 놀리는 데 아무런 도움도 되지 않는다.

그러면서 어렵다. 흘깃 쳐다보는 것만으로 이해된다고 해도 거들떠볼까 말까 한데 진심으로 깊이 파고들어도 좀처럼 정진할 수 없을 만큼 난해하다.

무인이 금강반야선공에 매달릴 리가 없다.

불도에 전념하는 불자나 도를 얻고자 하는 도인들은 무인들과는 전혀 다르게 생각한다. 그들에게 금강반야선공은 연이 닿기를 학수고대하는 무가지보(無價之寶)다.

금강반야선공은 마음을 편안케 해준다.

조금 더 발전하면 육신의 감각을 완전히 차단시킨 채 정신만 예리하게 각성(覺性)하는 상태가 된다. 세상의 일을 잊고, 잡념이 끼어들 틈을 주지 않은 채 염두에 둔 화두(話頭)에만 매달릴 수 있게 된다.

머릿속이 가장 맑은 상태에서 구원하고자 하는 화두에 몰입할 수 있으니 이보다 더 큰 은혜가 어디 있으랴.

그렇다. 금강반야선공에서는 아무것도 얻을 수 없다. 단지 얻고자 하는 것에 집중할 수 있게끔 완벽하게 환경 조성을 해준다.

이것이 금강반야선공의 모든 것이다.

무인으로 치면 무공을 수련하는 연공실쯤으로 생각할 수 있다.

연공실을 마련하고자 평생을 매달리는 자가 있다면 뭐라고 말할 것인가.

바보, 멍청이……

평생 동안 금강반야선공에만 매달리는 자는 우둔한 자다. 구도는 하지 않고 구도 방법에만 매달리는 것이기 때문이다.

그런 연유로 금강반야선공을 깊이 파고드는 사람은 없었다.

잠깐 훑어보고 자신과 인연이 없다 생각하면 곧 놓아버렸다.

성오존자도 같은 생각이었다.

그도 젊었을 적에 금강반야선공을 훑어봤고, 자신과는 인연이 닿지 않는다 싶어서 팽개쳐 두었다.

그로부터 거의 오십 년의 세월이 흘렀다.

이제 죽을 날을 받아뒀다 생각하니 그동안 무엇을 해왔는지 손에 꼽히는 게 없었다.

아직도 마음이 번거롭다.

완전히 세상으로부터 초탈할 수 없다.

타인에게는 존자라는 극존칭을 듣고 있지만 정작 자신을 돌아보면 아직도 진아(眞我)의 변두리에서만 빙빙 맴돌고 있다.

그때, 눈에 들어온 것이 금강반야선공이다.

마음을 평화롭게 하고, 세상과 인연을 끊고, 자신만의 정신 세계에서 오로지 화두 하나만 생각할 수 있는 것.

젊었을 적에는 '뭐 이런 게 다 있어?' 하며 내팽개친 것인데, 지금에 와서 돌아보니 자신이 평생 쌓아온 구도가 겨우 금강반야선공의 경지에 불과했다.

부처님과 대화를 나누기 시작하면 하루고 이틀이고 깊이 대화를 나눌 수 있다.

금강반야선공은 단숨에 그런 입장을 만들어준다.

부처님과 대화를 나눌 때, 옆에서 시끌벅적한 소리가 나면 주의가 흐트러진다.

금강반야선공은 그렇지 않다. 시끄러운 소리가 아니라 난리가 나도 본인이 깨고자 하지 않으면 각성된 의식이 한눈을 파는 경우가 없다.

그런 면에서 보면 오히려 금강반야선공이 더 낫다.

부처님 말씀에 체득하고, 중생을 구도하는 궁극적인 구도의 길을 제외한다면 금강반야선공이 단연 앞선다.

그는 지금에 와서는 모든 불제자들에게 금강반야선공을 깊이 파고들라고 말한다.

불제자들은 존자가 한 말이기에 금강반야선공을 들춰본다. 하나 깊이 파고드는 자는 없다. 몇 번 뒤적거리다가 인연이 닿지 않는다며 손을 놓아버리는 게 오늘날의 현실이다.

계야부에게 전수할 때는 그런 말도 하지 않았다.

계야부처럼 군대에서 오직 살육만 일삼던 무뢰한이 선공에 심취할 리 없기 때문이다.

그저 사전투광신보가 조금 더 빨라지는 효과만 주려고 했다.

그는 금강반야선공을 자신의 것으로 만들었다.

굉장한 일이다.

본인이 알고 있을지 모르지만 이제 그는 자신이 하고자 하면 뭐든지 할 수 있는 인간이 되었다.

그는 정신을 집중할 수 있는 훌륭한 기틀을 마련했다.

무인에게 금강반야선공은 단순히 밀폐된 연공실 정도가 아니다. 모두들 그렇게 생각해서 거들떠보지도 않지만 실은 그보다 훨씬 큰 효과를 지니고 있다.

무공 연마란 사람들과 섞여 있다고 할 수 없는 게 아니다. 혼자 세상과 동떨어져 있다고 훨씬 나아지는 것도 아니다.

연공실에 틀어박혀 있어도 오로지 무공에만 전념하기는 어렵다.

번잡한 생각에 휘말린 시간이 무공에 몰두한 시간보다 훨씬 적을지라도 잡념이 들지 않을 수 없다.

금강반야선공은 그런 게 없다. 몸은 시끄러운 객잔 침상에 누워 있을지라도 그의 정신은 절해고도 외딴 곳으로 이동하여 아무 소리도 듣지 못하게 된다. 그리고 오로지 생각하고자 하는 것에 몰두하게끔 만들어준다.

집중하는 시간이 많으면 이해하는 능력이 발전하는 것은 말할 필요도 없다.

범인(凡人)이었던 그가 천재가 되었다고 하면 딱 맞을 게다.

어떻게 이런 일이…… 어떻게 한낱 군인에 불과했던 자가 금강반야선공 같은 심오한 선공을 체득할 수가…….

계야부는 오랜 시간 동안 가사 상태에 빠져 있었다.

그 시간 동안 분명히 어떤 무공을 연마했을 것이다. 근육을 사용하는 면에서는 미숙하지만 초식을 이해하는 면에서는 탁월한 성취를 이루었을 게다.

어떤 무공을 수련했나?

어느 정도나 발전했나.

최소한으로 생각한 것이 류청지의 살검을 피할 정도다.

성오존자는 계야부의 무공을 확실하게 보고 싶었다.

"자네 검을 써줘야겠네. 사정을 봐주면 곤란해. 전력을 다해서 때려눕혀 보게. 살수왕 류청지의 이름을 걸고 말이네."

살수왕 류청지라는 이름은 땅에 떨어졌다.

며칠 전까지만 해도 누구 앞에서든 당당할 수 있는 이름이었으나 지금은 아니다.

누군지도 모를 놈들에게 큰 곤욕을 치렀다.

계야부가 도와주지 않았다면 벌써 죽었을 몸이다.

살수가 살수에게 당한 것이다. 죽지는 않았지만 완벽하게 당했다고 보는 편이 맞다.

호랑이가 개떼에게 물려 죽는 경우였다.

살수는 기습만 하는 게 아니다. 기습을 할 경우가 절반 정도 되고, 정면 승부를 걸 경우도 절반은 된다.

누구에게 쉽게 꺾일 검이라고 생각해 본 적이 없다.

한데 그런 생각을 갖게 되었다.

만변천자를 만났을 때, 도저히 이길 수 없는 상대라고 생각했다. 실제로도 그랬다. 계야부를 죽이러 오기 전에는 거의 반나절 동안이나 발목이 잡혀 있었다.

놈의 얼굴도 보지 못했다. 누군지 파악할 정신도 없었다. 살벌하게 쏘아져 오는 살기에 주눅이 들어 발을 떼지 못했다.

살수왕이라는 이름에 먹칠을 하는 치욕적인 사건이다.

그는 자신감을 잃었다.

사일도와 함께 중원 천하를 돌아다니면서 살수왕의 존재를 단단히 각인시켰다.

'누구든 노려서 죽이지 못하는 자가 없다'는 말을 당연하게 받아들이게끔 만들었다.

그런데 이게 뭔가!

방법은 있다. 아직 연성하지 않은 살법(殺法) 팔초와 구초를 연성하면 된다. 하면 근래에 당한 치욕 같은 일은 두 번 다시 당하지 않을 게다.

돌아가는 즉시 폐관수련을 한다.

그런 그에게 성오존자는 살수왕의 이름을 걸고 계야부를 죽이란다.

살수왕의 이름을 걸고…… 계야부를 죽이던가 류청지가 죽던가 양자택일을 하라는 소리다. 살수가 임무를 완수했다는 것은 상대가 죽었다는 뜻이다. 반면에 임무 실패는 살수의 죽음으로 귀착된다.

살수 중의 살수인 살수왕의 이름을 걸고 시행하는 살행이라면 양단간 한쪽은 끝난다.

조사, 계획 수립, 잠입, 살행이라는 일반적인 방식을 따를 수도 없다.

성오존자의 말은 지금 즉시 살행을 시도하라는 뜻이니 계야부의 면전에서 일대일의 승부를 벌여야 한다.

류청지는 검을 들고 계야부 앞에 섰다.

'달라졌어!'

류청지는 마른침을 삼켰다.

예전의 계야부가 아니다. 지난 한 달여 동안 암습을 가할 때마다 쩔쩔매던 그가 아니다.

필살의 일격을 피해낼 때 뭔가 이상한 느낌이 들기는 했는데, 그것이 무공 발전으로 이어질 줄은 꿈에도 몰랐다.

잠자고 일어났다고 해서 무공이 발전한다면 모든 무인들이 검을 내려놓고 잠만 쿨쿨 청하리라. 잠깐 죽었다가 깨어나서 확 달라질 수 있다면 몇 번이라도 벼랑에서 뛰어내리리라.

무인은 강해지고 싶다는 열망 때문에 지옥의 불길도 들이마신다. 하물며 목숨을 건 도전쯤은 얼마든지 한다. 그까짓 것을 못하랴. 강해진다는데 몇 번인들 못 죽으랴.

"계야부!"

"마지막으로…… 해봅시다."

계야부가 검과 도를 들어 올렸다. 자모도로는 가슴을 가리고 일 척 검은 그를 겨눴다.

'훗!'

순간, 류청지는 가슴이 덜컥 내려앉는 충격을 받았다.

빈틈이 없다. 뚫고 들어갈 구석이 없다. 아니…… 어찌 된 것이 술도 마시지 않았는데 놈을 식별할 수가 없다. 몸이 두 겹, 세 겹으로 겹쳐 보인다. 마구 흔들린다.

도대체 인사불성에 빠졌던 놈에게 무슨 일이 벌어진 것인가!

'허점이 보이지 않으니 허수(虛手)로 빈틈을 만들어내야 할 것. 억지로 만든 빈틈은 나타났다 싶으면 사라지고 없으니 목숨을 걸고 단번에 끝낼 것.'

엄밀히 말하면 이럴 때는 공격해서는 안 된다. 하지만 살수왕의 이름을 걸었으니 공격한다. 절반…… 아니다. 삼 할의 가능성에 목숨을 걸고 공격한다.

계야부와 싸우면서 자신이 밀린다는 생각은 추호도 해보지 않았다. 하지만 지금은 한다. 하루 전만 해도 먹이에 불과하던 자가 이제는 먹이사슬의 꼭대기에 올라서 있다.

"타앗!"

류청지는 검을 득달같이 쏘아냈다.

세상은 정체되어 있지 않다. 언뜻 봐서는 영원히 움직일 것 같지 않은 바위나 나무도 꾸준히 움직인다. 흔들리고, 자라고, 깎이면서 세상의 흐름에 동참한다.

단전에서 일어난 진파는 세상의 흐름도 잡아낸다.

쒜에엑!

서슬 퍼런 장검이 날아온다.

눈앞에서 공기의 물결이 출렁거린다.

검이 공기를 가르면서 일으키는 파랑이 한 폭의 산수화처럼 아름답게 펼쳐진다.

검에는 진한 살기가 배어 있다. 걸리기만 하면 단번에 절단해 버리겠다는 의지가 심어져 있다.

한데 목표가 없다. 뚜렷하게 어느 한 지점을 향해 나아가는 게 아니라 막연히 공기의 물결만 일으킨다.

'허수!'

계야부는 두 걸음 물러서서 거리를 유지했다.

아주 간단한 대응에 살벌한 공격이 무위로 돌아갔다.

파앙!

장검의 기세가 돌변했다. 빠르기만 하던 검에 힘이 실렸다. 그리고 강력한 벼락이 되어 하늘에서 뚝 떨어져 내린다.

철옹성처럼 두꺼운 방어막을 힘으로 찢겠다는 뜻이다.

이 검을 피하기 위해서는 네 걸음 정도 물러서야 한다.

방금 전처럼 아주 간단한 대응으로 폭급하기 이를 데 없는 검을 막아낼 수 있다.

계야부는 물러서지 않았다.

'후웁!'

큰숨을 들이쉼과 동시에 진파를 일으켰다.

타타타타탁!

수십 줄기의 벼락이 순식간에 혈도를 강타했고, 벼락을 맞은 혈도는 파르르 경련을 일으키며 진력이란 진력은 모두 끌어모았다.

그는 자신이 지닌 힘을 알고 싶었다.

진파로 두 배 이상으로 불어난 힘이 정통 무인의 패검을 막아낼 수 있는지 궁금했다.

그는 자모도에 진기를 가득 싣고 밑에서 위로 쳐올렸다.

까앙!

검과 도가 강렬히 충돌하며 불똥을 튕겨냈다.

이번 격돌은 류청지에게 유리했다.

위에서 아래로 쏟아져 내리는 힘과 아래에서 위로 거슬러 올라가는 힘은 같은 힘을 쏟아부어도 결과는 판이하게 갈라진다. 하늘에서 땅으로 떨어져 내리는 가속은 순식간에 검에 실린 힘을 두 배로 증폭시킨다.

검과 도는 허공에서 찰떡처럼 딱 붙어서 꼼짝도 하지 않았다.

"끄응!"

류청지가 거친 숨을 토해냈다.

계야부는 담담했다. 별로 힘을 쓰는 것 같지도 않았다.

승부는 끝났다. 현 시점에서 류청지가 쓸 수 있는 수단은 별로 없다. 반면에 계야부는 아직도 병기 하나가 더 남았다. 더군다나 서로 몸이 바짝 붙어 있는 상태다.

검을 들이밀기만 하면 끝난다.

류청지도 당하고 있지만은 않을 것이다. 어떤 방법을 써서라도 반격을 시도할 것이다.

그래도 끝나기는 마찬가지다.

어제의 계야부가 아니다. 서로 비등한 존재, 아니, 류청지보다 한 걸음 더 나아간 존재가 되었다. 류청지가 발버둥을 쳐도 충분히 짓누를 무공을 지녔다.

　계야부는 여기서 그치고 싶지 않았다. 시작한 김에 하나 더 알아볼 것이 있다.

　검에 귀영을 심으면 어떻게 될까?

　파파파파팟!

　단전에서 진파가 일어났다. 혈도가 떨쳐 울리고, 피부에 미세한 진동이 일었다. 그리고 몸에서 일어난 진동은 검과 맞닿아 있는 자모도에까지 전달되었다.

　파라랑! 타앙! 탕탕탕!

　자모도가 검은 연속으로 타격했다.

　떨어졌다가는 붙고, 붙었다 싶으면 다시 떨어졌다. 수십, 수백 번의 진동이 곧 공격으로 이어졌다.

　"허엇!"

　류청지의 안색이 급변했다.

　몹시 놀란 듯, 당황한 듯…… 죽음을 각오한 듯.

　검을 떼고 물러설 수도 없다. 검과 자모도는 비등한 힘으로 서로를 압박하고 있기 때문에 먼저 손을 뗀 사람이 손해를 보게 되어 있다. 조금이라도 힘을 빼면 상대의 병기가 성난 물결처럼 치고 들어올 것이다.

　한데 계야부는 뗐다 붙이기를 자유자재로 하고 있다.

　내공에서 현격한 차이가 난다는 뜻이다. 어린아이가 젖 먹던 힘까지 쥐어짜 내도 어른의 장난기 어린 힘을 당해내지 못하듯이 비교조차도 안 될 정도로 현격히 차이가 난다.

류청지는 귀영을 알지 못했다. 그런 무공이 있으리라고는 짐작도 하지 못했다. 그렇기에 검에 가해지는 공격이 오로지 내공의 힘으로 펼쳐졌다고 판단할 수밖에 없었다.

계야부가 죽이고자 하면 막아낼 방도가 없으리라.

어쩌다가 이렇게 되었나. 어쩌다가 천하의 살수왕이 부딪치는 족족 나가떨어지는 꼴이 되고 말았나.

타앙!

자모도가 검을 거세게 밀어냈다.

계야부는 죽일 의도가 없었다.

"저 먼저 가겠습니다."

류청지가 성오존자에게 말했다.

계야부를 죽이고 싶어도 죽일 수 없는 처지가 되었다. 굳이 죽이고자 하면 못할 바는 없다. 무림의 승부란 것이 무공으로만 이루어지는 건 아니니까. 그리고 그 싸움이야말로 류청지가 가장 잘하는 싸움이니까.

하지만 물러간다. 지금 같아서는 암습할 기분도 나지 않는다. 쥐구멍이라도 파고들어 가서 살법 팔초와 구초를 연마하고 싶은 생각밖에 없다.

계야부에게 졌다고 해서 하는 생각이 아니다.

만변천자를 상대하기 위해서는 그 정도의 무공은 필요하다.

자신을 죽음의 문턱까지 끌고 갔던 살수들과는 언젠가 다시 만나리라. 그들에게 진짜 살수가 어떤 것인지 뼈저리게 가르쳐 줘야 하지 않겠나.

"그러게."

성오존자도 그를 잡지 않았다.

그의 호기심 어린 눈길은 계야부에게 틀어박혀 떨어질 줄
몰랐다.

第十九章
독행(獨行)

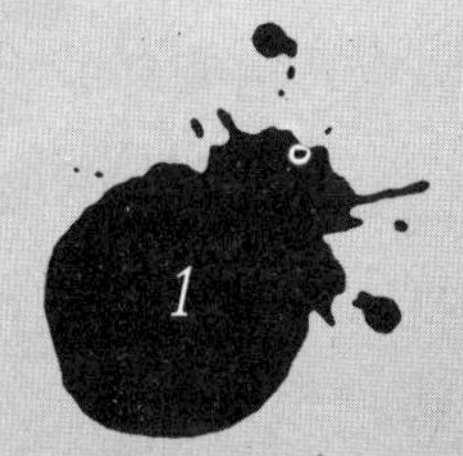

터벅…… 터벅! 터벅…… 터벅!

두 사람이 길을 걸었다. 계야부가 앞서 걸었고, 성오존자가 뒤를 바싹 따랐다.

"계속 따라올 생각입니까?"

"어디 가는데? 서지단? 류청지에게 죽지 않고 돌아가니 금의환향인 셈인가?"

계야부는 성오존자 같은 사람이 낯설었다.

성오존자처럼 명성이 자자한 사람과 지내본 경험이 없었다. 윗사람을 모셔본 경험은 있지만 말똥구리가 된 다음부터는 그마저도 잊어버렸다.

세상을 살면서 거치적거리는 건 없다.

주의해야 할 사람도, 공경해야 할 사람도 없다.

그에게는 명령을 내리는 사람과 같이 명을 받드는 동료와 죽여야 할 자들만 존재했다.

세상에서 존경을 받는 사람, 그것도 불문에 적을 둔 고승을 어떻게 대해야 할지 낯설기만 했다.

"그게 따라오는 것하고 상관있습니까?"

입에서 나오는 말이 퉁명스러울 수밖에 없었다. 어디를 가든 가급적이면 혼자 가고 싶었다.

"상관있지, 상관있다마다. 왜 상관이 없어. 자네 몸에는 서인이란 놈이 틀어박혀 있네."

'그놈의 서인……'

계야부는 툴툴 웃었다.

서인은 지금도 그렇지만 앞으로도 계속 발목을 잡아당길 게다. 무슨 일만 생기면 서인 어쩌고저쩌고 하면서 간섭하는 자들이 나타날 게다. 류청지나 성오존자처럼.

굉장히 불편한 것은 사실이다.

하나 싫지는 않다.

서인은 사약란의 선물이다.

그녀를 생각하면 아직도 가슴이 쿵쾅거린다.

자신과 같은 야인이 사약란같이 미모와 지혜를 겸비한 최상의 여인을 배필로 맞이할 줄은 정녕 몰랐다.

그녀와 만난 시간이 너무 짧아서 아는 것보다는 모르는 것이 더 많으리라. 하지만 처음 만났을지라도 그녀 같은 여인이라면 혼인하고자 하는 사내가 줄을 서리라.

생각만 해도 그리움이 사무친다.

성오존자의 음성이 들려왔다.

"그건 사일도에게는 치명적인 독이 되지. 한마디로, 이 세상에서 사일도를 가장 쉽게 무너뜨릴 수 있는 자를 거론하라면 자네가 될 걸세. 하니 감시를 안 할 수 없지."

도대체 사일도와 사약란은 서인에 무슨 짓을 한 것인가.

세상에 서인으로 수궁사를 하는 여인이 사약란뿐만은 아니다. 드물기는 하지만 전혀 없지는 않다. 이 세상에는 서인을 취하는 사내가 많다.

한데 사일도를 죽일 수 있는 서인은 오직 자신이 가진 것뿐이다.

뭘 어떻게 했기에 이런 일이 벌어지는 것인가.

계야부는 고개를 좌우로 흔들었다.

생각하면 머리만 아프다. 생각하지 않아도 될 것을 애써 생각해서 머리 아플 이유는 없다.

서인은 사약란의 선물, 무슨 일이 있어도 지킨다.

서인은 그녀의 몸이다. 그녀의 마음이요, 정조다.

서인을 놓는다는 것은 다른 여인과 몸을 섞는다는 뜻이다.

사약란을 두고 그런 짓을 할 수는 없다.

서인이 사일도를 죽일 수 있는 흉기이든 아니든 상관없다. 황제를 죽일 독물이라서 천하인의 추격을 받는다 해도 신경 쓰지 않는다. 목숨을 끊을지언정 놓지 않는다.

그녀가 준 선물, 놓을 생각이 없다.

"훗!"

계야부는 웃었다.

"웃어? 내가 웃긴 말을 했나?"

"존자께서는 제 무공이 사일도에 필적한다고 보십니까?"

"턱도 없지."

"하면 제가 사일도를 죽여야 할 이유라도 있습니까?"

"누가 네놈이 죽인데? 네놈 몸에 서인이……."

"하면 빼가십시오."

"뭐, 뭐야?"

"서인, 빼가세요."

"이놈아, 그건 여자만……."

"여자는 제 몸에 손 못 댑니다."

"말로는 뭔 말을 못할까. 솔직히 너도 혈기왕성한 젊은이인데, 예쁜 여자가 옷 홀딱 벗고 꼬리를 살래살래 흔들면 넘어가지 안 넘어가겠어? 거기다 수작만 약간 부리면……."

"소양단이라고 아십니까?"

"투박하지만 기골은 있는 놈인 줄 알았는데, 별 이상한 걸 다 알고 있구나."

"화향호리는 아십니까?"

"……!"

성오존자의 눈에서 번갯불이 튀었다.

성오존자의 눈빛으로 미루어 화향호리를 아는 게 분명했다.

뿐만 아니라 화향호리의 소양단이 일반적인 소양단과는 전혀 다르다는 사실도 확인했다.

"화향호리를 만났느냐! 소양단은…… 복용했고!"

여유있는 음성이 아니었다. 묵직하고 침울함이 가득 배인 답답한 음성이었다.

계야부도 어리둥절했다.

"절 지켜보셨던 듯한데…… 화향호리를 보지 못하셨단 말입니까?"

그는 가사 상태에 빠졌어도 주변에서 일어나는 상황을 눈으로 본 것처럼 기억한다.

두 남녀가 나눈 말이 뇌리에 박혀 있다.

류청지의 발목을 잡은 자가 있다는 것을 안다. 두 남녀와 함께 있는 동안은 류청지의 공격을 걱정하지 않아도 된다는 점까지 인식했다. 마치 상황을 지켜보고 자신이 스스로 생각한 것처럼 뚜렷하게 인식되었다.

류청지의 발목을 잡을 정도라면 대단한 고수일 것이다. 또한 류청지와 같은 살수다.

청혈생아단을 복용시키는 것도 알았고, 소혼금침으로 소혼망아술을 펼치기까지 했다.

꽤 긴 시간이다.

성오존자가 잠시 한눈을 팔았다고 해도 감시를 목적으로 숨어서 지켜봤다면 두 남녀를 보지 못했을 리 없다.

성오존자는 두 남녀가 떠난 후에 도착했다. 그렇게밖에 생각할 수 없다.

"그렇군, 그랬어. 허허허! 비주화서(飛走花鼠)가 나타난 게 우연이 아니었어. 잠깐 한눈을 파는 사이에 화향호리가 접근 했고…… 허허허! 류청지, 그놈은 사망흑사(死亡黑蛇)에게 발목이 잡혔겠군."

계야부는 대충 상황이 어찌 돌아갔는지 짐작했다.

"사망흑사가 살수입니까?"

"최고지."

성오존자는 말을 하면서도 눈길에 매서운 신광을 담고 계야부의 전신을 면밀히 더듬었다.

그의 가장 주된 관심사는 단연 서인이다.

서인이 계야부의 몸에 있나 없나. 화향호리를 만났고, 소양단을 복용했으니 이미 빠져나갔을 가능성이 높은데, 놈이 이토록 자신있어하니 관계를 갖지는 않은 것 같고…….

바쁘게 돌아가는 성오존자의 머릿속이 환히 보이는 듯했다.

시간이 갈수록 성오존자의 낯빛은 부드럽게 풀렸다. 서인이 있다고 믿은 것이다.

"류청지와 비교하면……."

"살수란 자들은 비교가 곤란해. 먼저 발견하는 자가 오 할의 승산을 가져간다면 말 다한 게지. 천외무봉(天外無峰)으로 군림하던 자도 하루아침에 시신이 되어 나뒹구는 게 살수들이야."

계야부는 오반(吳盼)이란 이름을 가졌던 노인을 떠올렸다.

성오존자는 불문의 고승 같지 않게 친근하다. 말투도 편해졌고, 툭툭 던지는 이놈저놈 소리도 정겹다.

고승이 아니라 생사를 같이했던 전우, 오반 같다.

환갑을 넘긴 나이였지만 가족을 먹여 살리겠다는 일념 하나로 살기천한 군 생활을 견뎌냈다. 결국은 적진으로 건너간 후 소식이 끊기고 말았지만…….

오반의 말투와 행동이 꼭 이랬다.

"화향호리, 비주화서, 사망흑사…… 사사귀(四死鬼) 중 세 명이 나타났으니 타사웅묘(打死雄猫)도 있었을 텐데?"

화향호리와 함께 있던 자가 타사웅묘인가?

"사내 한 명이 화향호리와 함께 왔더군요."

"허허허! 사사귀도 안선이었나. 안선의 뿌리가 상상외로 깊군. 만변찬자에 사사귀. 허허! 또 누가 있을지……. 그나저나 자넨 참 운이 좋군. 사사귀 중 두 명과 마주치고도 목숨을 부지한 자는 자네가 처음일 거야."

"그토록 강합니까?"

"인연이 생겼으니 조만간 또 만나겠지. 그들이 얼마나 강한지는 그때 알아보게. 허허허! 금강반야선공이 청심(淸心)을 유지하는 데 탁월한 효과가 있다지만 화향호리의 소양단까지 이겨낼 줄은 몰랐군. 반야대능력(般若大能力)도 무너졌거늘, 한낱 선공이…… 허허!"

"반야대능력?"

"그런 게 있네."

성오존자의 미간이 잠시 찌푸려졌다.

반야대능력을 연마했던 소림사의 고승이 화향호리의 소양단에 걸려들어 정기를 빼앗겼다는 느낌이 든다.

"좋아, 보아하니 이 늙은 중을 떼어내지 못해서 안달하는 표정인데…… 한 번에 하나씩만 하지. 우선 네 무공이 얼마나 발전했는지 확인해야겠어."

"좋습……."

계야부는 말을 끝마치지 못했다.

쒜에엑!

느닷없이 눈앞에 독수리 발톱이 훅! 하고 다가왔다.

성오존자는 그의 허락을 구한 게 아니다.

계야부는 반사적으로 귀영을 일으켰다. 두 발은 벌써 사전투광신보를 펼쳐 뒤로 오 보나 물러서고 있었다.

"존장이라고 너무하시는……."

계야부의 말은 쩌렁 울리는 호통에 묻혀 버렸다.

"분영(分影)도 아니고 환영(幻影)도 아니고…… 요상한 무공을 쓰는구나!"

쒜에엑!

이번에는 독수리 발톱이 두 개나 다가왔다.

아니다. 독수리처럼 날쌔지만 중압감은 훨씬 깊다. 발톱에 실린 힘도 걸리기만 하면 온몸이 뜯겨 나갈 것처럼 굳세다. 용의 발톱이라고 해야 마땅할 듯싶다.

계야부는 병기를 꺼내 마주 쳐갔다.

물러선다고 멈출 공격이 아니다. 작심하고 쳐오는 공격이니 한바탕 드잡이질을 해야 끝난다.

한편으로는 자신감도 넘쳤다.

성오존자의 공격이 천둥번개처럼 급박하고 위맹하지만 충분히 싸울 수 있을 것 같다.

그의 손이 보인다. 몸이 보이고 발이 보인다. 온몸이 허공을 어떻게 휘젓는지 흐름이 보인다.

신법으로 흐름을 끊고 병기로 정체된 곳을 친다.

금강반야선공과 귀영의 조합은 성오존자 같은 초절정고수의 공격마저도 한눈에 꿰뚫어 볼 수 있는 힘을 준다.

파파파팟!

자모도가 번뜩였다. 한 자 길이의 기형 단검이 시퍼런 검광을 쏟아냈다.

문득, 성오존자의 두 손이 하나로 뭉쳐졌다. 합장(合掌)!

몸은 움직이지 않는다. 금강부동(金剛不動)!

'흐름이!'

계야부는 도검을 쏟아내다 말고 황급히 뒤로 물러섰다.

성오존자가 움직임을 멈추니 흐름도 끊겼다. 사납게 흘러내리던 폭포가 느닷없이 망망대해로 변해 앞을 가로막았다.

흐름이 보이지 않으니 칠 곳도 없다. 허점이 보이지 않는다.

사실 성오존자는 온통 허점투성이다. 어디를 쳐도 될 것 같다. 검과 도를 잘 운용하면 일초에 승부를 가를 수 있을 것처럼 보인다.

하지만 계야부는 다른 것을 보았다.

순식간에 성오존자는 입장을 반대로 바꿔 버렸다. 그는 고요한 산이 되어 자신의 흐름을 본다. 자신이 움직이면 움직일수록 허점은 많이 드러나게 되어 있고, 그중 한 군데를 쳐왔을 때 막을 방도가 없으리라.

자신은 성오존자를 보지 못하는데, 그는 자신을 본다.

계야부는 물러설 수밖에 없었다.

"호오!"

성오존자가 합장을 풀며 탄성을 토해냈다.

"금룡십이해(金龍十二解)로 선수를 취했으나 여의치 못해 대금룡산수(大金龍散手)까지 펼치고, 거기에 보리옥룡인(菩提玉龍印)은 펼칠 기회조차 얻지 못했으니……."

계야부는 성오존자의 말뜻을 알아듣지 못했다. 하나 이 자리에 무인이 있어서 방금 말한 것을 들었다면 기절초풍하여 계야부를 다시 볼 것이다.

"네 무공이 여기까지 이른 줄은 몰랐구나."

"계속해야 합니까?"

계야부는 검과 도를 넣지 못했다.

성오존자는 동문서답(東問西答), 하고 싶은 말만 했다.

"몸에 탄진(僤振)이 일어나니…… 천축(天竺) 무공을 수련했구나."

"천축 무공은 접해본 적이 없습니다."

"쯧! 미련한 놈! 자신이 뭘 수련했는지도 모르다니. 네가 수련한 게 귀영십삼식 아니더냐?"

"그, 그게!"

계야부는 말문이 턱 막혔다.

귀영십삼식이 천축 무공이었던가? 그러고 보니 무공만 익혔지 무공 연원에 대해서는 아무것도 모른다. 언제 생긴 무공인지 누가 수련했던 무공인지…….

"무공만 떠돌 뿐 수련한 자가 없었거늘…… 허! 금강반야선공에 귀영십삼식이라……. 사전투광신보와 시구각보까지 합쳤으니 절정고수에 올라설 기틀은 마련한 셈."

'훗!'

계야부는 속으로 웃었다.

남들이 말하길, 성오존자의 무공은 하늘에 닿았다고 한다. 가히 천신이라는 소리를 듣는다고도 한다. 당금 무림에서 열 손가락 안에 꼽힐 초절정고수다.

자신은 그런 사람의 무공을 한눈에 읽었다. 공격을 받아냈고, 역공까지 취했다.

방금 전의 일전은 엄밀히 말하면 동수(同手)다.

최강 무인이라는 성오존자와 어깨를 나란히 한 것이다. 한데 뭐? 절정고수에 이를 기틀은 마련한 셈이라고? 개도 물어가지 않을 그놈의 자존심은…….

"이해할 수 없는 것은 강해진 내공. 흠! 이것도 역시 금강반야선공의 묘용…… 소양단을 복용하고 가사 상태에 빠졌다……. 소양단과 금강반야선공이 부딪치니 잠시 완충 지대가 필요할 터…… 그게 가사 상태군. 가사 상태에서 소양단의 기운을 녹여냈어."

성오존자는 실눈을 뜨고 계야부의 전신을 훑어내려 갔다.

눈빛이 칼날처럼 날카롭다. 온유함만을 담아내던 눈길에 칼이 숨겨져 있는 줄은 진정 몰랐다.

"화향호리가 잠자코 기다렸을 리는 만무. 비주화서가 내 눈길을 잡아끌었다고 해도 그 시간은 일다경을 넘지 못할 것이고…… 욕정에 사로잡혀 날뛰어야 할 자가 혼절했으니…… 이 노옴! 또 뭘 복용했느냐! 화향호리가 먹인 게 뭐야?"

"청혈생아단이라는 소리를 들었습니다."

퉁명스럽게 대답했다.

잠깐 손속을 나눈 것만으로 지난 과거를 줄줄이 꿰어내는 모습에 질리고 말았다. 조금만 더 이야기를 나누다 보면 뱃속에 회충이 몇 마리나 들어 있는지까지 알려줄 판이다.

"청혈…… 생아단? 허허허! 화향호리가 아주 크게 손해를 봤구먼. 청혈생아단을 내놓다니…… 허허허! 급했군, 아주 급했어. 허허허! 그래, 그럼 이해가 되지. 청혈생아단이라면 반 갑자 내공을 올려놓았을 터. 거기에 탄진을 일으키면 거의 이 갑자 내공에 필적하게 되지. 세공단을 복용했을 때와 비슷해졌겠군."

정말 질렸다. 뱃속을 열고 환히 들여다보는 것 같다.

"화향호리가 반쯤 미쳤겠군. 청혈생아단까지 내놓았는데 빈손으로 돌아가려니 약이 바싹 올랐겠어. 안 그래?"

“한 번에 하나씩만 하자고 하시지 않았습니까? 이거, 계속해야 합니까?”

계야부가 여전히 손에 들고 있는 검과 자모도를 들썩여 보였다.

“아! 그거! 시작한 김에 한 번 더 하자. 한 대는 패줘야겠거든. 이놈아, 언젠가 내 눈앞에서 약란이를 납치해 간 벌을 내린다고 했지? 약란이 서방이 되어버렸으니 패 죽일 수는 없고, 한 대만 맞아라. 맞기 싫어도 어쩔 수 없어. 한 대는 패야겠거든.”

“하하! 좋습…… 이런!”

계야부는 이번에도 말을 하다 말고 부리나케 뒤로 물러섰다.

한 번은 그렇다 치고 두 번씩이나…… 성오존자같이 명망 높은 고인이 말하는 도중에 느닷없이 기습을 가할 줄이야.

쒜에엑! 파파팟!

눈앞에서 손 그림자가 현란하게 피어났다.

“삼절수(三絶手)니라. 이어서 일노박룡수(一怒博龍手)를 펼칠 터이니 잘 막아보거라.”

현란하던 수영(手影)이 싹 사라졌다.

‘뭐……!’

계야부는 두 눈을 부릅떴다.

뎅뎅뎅뎅뎅……!

머릿속에서 금강반야선공이 급박하게 종을 쳐댄다. 류청지에게 공격을 받았을 때보다도 더 급박하다.

위험이 다가온다. 일노박룡수라고 했나? 어디서 어떻게 공격해 오는 것인가!

계야부는 성오존자의 몸에서 눈을 떼지 않았다. 한데,

퍼억!

복부에 작은 돌멩이가 얹혔다.

귀에 울리는 소리는 둔탁한데, 복부에서 느껴지는 감촉은 모르는 사람이 지나가면서 손으로 툭, 건드린 정도에 불과하다.

"빠르군요."

계야부는 씩 웃으면서 검과 도를 거뒀다. 그때!

뻐어어어억!

갑자기 돌멩이가 닿았던 곳에서 진통이 일어났다. 송곳을 빙빙 돌리며 쑤셔 넣을 때처럼 오장육부가 후벼진다. 아니다, 아니다. 도끼로 전신을 난타당하는 느낌이다.

"커어억!"

계야부는 들고 있던 검과 도를 놓쳐 버렸다.

눈앞이 샛노랗게 변하면서 사지가 후들거렸다. 구토도 치밀었다. 어제저녁에 먹었던 것까지 기어올라 왔다.

"크으윽!"

급기야 계야부는 무릎을 털썩 꿇고 주저앉았다. 그리고 두 손으로 복부를 움켜잡은 채 땅바닥을 데굴데굴 굴렀다.

"한 대 때린다고 했잖아."

"……."

"내 눈앞에서 약란이를 데려간 대가치고는 싸게 먹힌 거야."

고통은 잠시 동안 지속되다가 멈췄다. 하지만 계야부는 그 시간이 억겁처럼 길게 여겨졌다. 지금까지 살아오면서 그토록 아팠던 적은 없었던 것 같다.

"일노박룡수. 기억하겠습니다."

기억할 것은 많았다.

성오존자는 본신 무공을 펼쳐 보였다.

단 한 수뿐이었지만 당금 무림에서 열 손가락 안에 지칭된다는 성오존자의 진재절학이 세상에 드러난 순간이었다.

일초지적(一招之敵)도 되지 못했다.

계야부는 성오존자의 두 손을 똑똑히 보았다. 손이 공기를 가르는 순간, 단전에서 일어난 진파가 움직임을 감지할 터였다. 두 발도 놓치지 않았다. 신법이나 보법이 펼쳐지면 머릿속에서 대응책이 강구되기 전에 몸이 먼저 반응할 것이다.

분명히 성오존자의 모든 것을 눈에 넣어두고 있었다.

한데 주먹이 터졌다. 느닷없이 복부에서 진통이 일어났다. 아무런 움직임도 없었는데, 움직이는 흐름이 느껴지지 않았는데…….

모진 고통을 겪고 난 지금도 어떻게 해서 당했는지 알지 못한다. 다시 부딪친다고 해도 파해할 가능성은 없다. 또 한 번

이상한 타격을 당할 뿐이다.

전에도 이런 경우가 있었다. 만변천자와 부딪쳤을 때 속수무책으로 무너졌다.

자신이 지닌 무공으로는 어느 정도까지는 통하지만 성오존자 같은 절대고수에게는 한참 못 미친다.

성오존자는 그런 점을 일깨워 준 것이다.

"한 대 쳤으니 싸움은 끝났고……."

"남은 게 또 있습니까?"

"허허허! 빨리 떨쳐 버리고 훨훨 날아가고픈 모양이군. 그래도 하던 말은 마저 해야지? 화향호리가 청혈생아단까지 빼앗기고 그냥 갔을 리는 만무하고…… 무슨 수작을 부리긴 했을 텐데…… 뭐냐?"

"소혼금침으로 소혼망아술을 펼치더군요."

"뭐, 뭣!"

성오존자가 깜짝 놀라 손을 뻗어왔다.

쒜에엑!

다섯 손가락이 갈퀴가 되어 완맥을 잡아챘다.

계야부는 피하고 싶었다. 피하려고 했다. 성오존자의 손가락을 똑똑히 보았고, 공기를 가르는 순간 흐름을 읽었다. 그리고 진파를 강하게 떨쳐 냈다.

성오존자는 가볍게 완맥을 움켜잡았다.

역시 안 된다. 흐름을 분명히 읽었는데, 갑자기 형체가 사라져 버렸다. 아주 잠깐 동안 시선을 잃었다. 적을 앞에 두고 눈

뜬장님이 된 것과 마찬가지다.

귀영은 상대를 술 취한 사람으로 만든다. 만취하여 형체를 제대로 볼 수 없는 지경으로 이끈다.

성오존자는 귀영의 잔상을 이겨냈다. 정확히 실체를 잡아냈다. 뿐만 아니라 귀영과 같은 수법으로 자신을 장님으로 만들었다. 술 취한 사람으로 만드는 것보다 훨씬 지독하다.

산 넘어 산, 하늘 위에 하늘이 있다더니…….

성오존자는 계야부의 반항을 아예 모르는 듯 지그시 눈을 감고 맥을 살폈다.

"소혼망아술에 당한 것 같지는 않은데……?"

"이혈(移穴)을 시켰습니다."

"이혈? 허허허! 잔재주란 잔재주는 죄다 배웠구나. 좋아, 좋아. 좋구나, 좋아."

성오존자가 완맥을 놓고 일어섰다.

"네놈 하는 것으로 봐서는 서지단으로 가는 것 같지는 않고…… 중원 천지에 아는 놈 하나 없으면서 어딜 쏘다니겠다는 건지 모르겠지만 마음대로 해봐라. 중원을 네 뜻대로 휘저어봐. 허허허!"

그것이 끝이었다.

성오존자는 정말로 계야부에 대해 미련을 떨쳤는지 휘적휘적 걸어갔다.

그는 곁에 있다는 것만으로도 사마(邪魔)가 침습하지 않는 든든한 울타리였다.

그가 간다는 것은 보호막이 걷힌다는 것을 뜻한다.

이제 육교사가 나타날 것이다. 사사귀라는 자들도 기회다 싶어서 다시 등장할 게다.

성오존자는 이 모든 짐을 계야부에게 떠안겼다.

믿는 것이다. 계야부가 스스로 헤쳐 나갈 것이라고.

하지만 서인이 사일도의 목숨을 좌지우지하는 기물이라는 점을 생각하면 상당한 모험이 아닐 수 없었다.

2

계야부는 향냄새를 맡았다.

무슨 향인지는 알지 못하겠다. 그런 쪽으로는 워낙 문외한인지라 그저 냄새가 좋다 나쁘다는 정도가 향냄새를 판별하는 전부다.

이 냄새는 좋지 않았다.

우선 향이 너무 진하다. 잠시 맡았을 뿐인데 코가 얼얼하고 머리가 욱씬거린다. 장점은 너무도 특이한 향인지라 한 번만 맡아도 영원히 잊어버릴 수 없을 것 같다는 거다.

‘추향.’

향을 쫓아라.

화향호리가 소혼망아술을 펼치며 주문처럼 외웠던 말이다.

계야부는 추향의 뜻을 알게 되었다.

이상한 것은 자신은 맡을 수 있는 향냄새를 성오존자는 맡지 못했다는 거다.

단순한 향이 아니다.

소혼망아술과 밀접한 관계가 있는 향이다. 이혈로 소혼망아술을 피해냈지만, 그래도 간접적인 자극은 피할 수 없어서 향냄새를 맡게 된 것이다.

계야부는 향냄새를 쫓아서 걸음을 옮겼다.

조금만 심사숙고하면 지금이라도 서지단으로 가는 것이 옳다는 것을 안다. 사약란에게 자초지종을 이야기하면 자신이 생각한 것보다도 훨씬 좋은 생각을 이끌어낼 것이다.

그렇게 하는 것이 백번 옳다.

옳은 줄 알면서도 행하지 않고, 성오존자까지 떼어놓고, 혼자서 향냄새를 쫓아간다.

왜? 몰라서 묻나. 먼저 건드려 왔지 않은가.

군대에 있을 적에는 해야 할 일이 명확했다. 상관에게 지시받은 일만 수행하면 되었다. 무엇을 알아오라 하면 알아오면 되는 것이고, 누구를 죽이라고 하면 죽이면 되었다.

다른 것은 돌아볼 필요가 없었다.

목적만 달성하면 더 크고 더 중요해 보이는 것이 있어도 거들떠보지도 않고 돌아섰다.

무림은 다르다. 무엇을 해야 할지 모르겠다.

왜 무림에 나왔나. 무림에 나와서 무엇을 하고 있는 것인가. 사람은 왜 죽이고 있는가.

왜…… 싸우나.

아무 이유도 없이, 아무 상관도 없는 사람들을 죽였다. 자신과 반대쪽에 서 있었다는 이유로 처음 본 사람들을 죽였다.

무공을 시험한다며 알지도 못하는 자들을 죽이라고 했다. 그래서 죽였다. 사약란을 납치하면서 엽위상이 이끄는 천악망을 건드렸다. 몇몇 무인은 죽이기까지 했다.

그때까지만 해도 안선이 아군이요, 무총이 적이다.

한데 사약란을 납치하는 순간부터 적과 아군이 바뀐다. 자신이 납치했고, 머리에 검상까지 입혔던 사약란은 평생을 함께 살아가야 할 부인이 되었다.

무림은 정말 기묘한 곳이다.

정신을 바짝 차리지 않으면 눈 뜨고도 코 베일 곳이다.

계야부는 무림에서 자신이 무엇을 해야 할지 알지 못했다. 단지 하나, 몇몇 사람만은 용서할 수 없다는 생각이 든다.

첫 번째 인물은 두말할 필요도 없이 만변천자다.

다른 일은 모두 덮어버릴 수 있다. 하지만 자신에게 살수를 펼쳤고, 불지옥에 빠뜨린 사실만은 명확하게 계산해야 한다.

두 번째로 용서할 수 없는 자는 화향호리다.

그녀와는 안면이 없다. 본 적이 전혀 없다. 그런데도 느닷없이 나타나서 춘약을 먹이는가 하면, 악독하게도 소혼금침으로 정신이상을 일으키는 소혼망아술을 펼쳤다.

이 두 사람은 악의를 품고 자신을 대한 사람들이다. 결코 용서할 수 없다.

그가 무림에 나온 이후 이 두 사람 못지않게 큰 타격을 준

인물이 있다.

얼굴밖에 아는 것이 없는 십교사다.

그에게 당한 상처는 굉장히 컸다. 며칠을 끙끙 앓고도 모자랐다. 그의 몸에 새겨진 흉터 중에 그가 입힌 흉터가 제일 깊다. 또한 그는 무림에 나온 이래로 처음으로 패배라는 것을 안겨준 사람이다.

하지만 그는 용서할 수 있다.

적 대 적의 입장에서 서로에게 검을 겨눴기 때문이다. 공정한 싸움을 했고, 패배했다.

그는 강자일 뿐, 원수는 아니다.

적의 입장에서 마주 선 사람은 꼭 그만큼의 경우로 대해주면 된다. 정도가 지나쳐서 적아를 떠나 용서할 수 없는 입장이 되면 두 팔 걷어붙이고 찾아 나선다.

그는 절대 용서할 수 없는 두 사람 중에 한 사람을 만나러 가는 길이다.

무림에서 무엇을 하며 살아갈지는 모르지만 자신에게 칼질을 한 자는 용서할 수 없다는 생각이다. 그리고 그것은 다른 사람의 힘과 지혜를 빌릴 수 없는, 그 자신만의 싸움이다.

안선이니 무총이니 하는 거대 집단과는 전혀 상관없다. 그들 일에 간여할 생각도 없다.

건드리지만 마라. 건드리면 죽는다.

그들의 손짓이 자신에게만 국한된다면 지금까지 있었던 일은 없는 일로 치부할 수 있다.

솔직히 그것이 자신에게도 편하다.

안선은 치밀하면서도 거대한 조직이다. 만변천자 같은 사람도 조직의 일부에 지나지 않는다.

안선은 너무 작아서 보이지 않는 게 아니라 너무 크기에 보이지 않는다. 중원을 이끄는 무총 같은 곳에서도 존재 자체만 인식할 뿐, 실체는 파악조차 못하고 있는 거대 집단이다.

그런 곳을 상대로 싸운다는 것은 섶을 지고 불속으로 뛰어드는 것만큼이나 무모하다.

계야부의 시선은 만변천자나 사사귀에게 있지 않았다. 그는 그들 너머에 있는 안선을 노려보았다.

안선이 사약란을 건드린다.

자신을 건드리는 것만큼은 참고 넘길 수 있어도 자신이 보호해야 할 여인을 건드리는 건 용납하지 못한다.

그렇다. 그는 무림에서 해야 할 일을 찾았다. 아내를 건드리는 자들은 결단코 용서치 못한다. 자신의 이런 행동이 아내를 더욱 곤란하게 만들지라도, 세상 사람들에게 건드려서는 안 될 사람도 있다는 점을 알려주련다.

그는 단순하다. 복잡하게 생각하지 않는다. 적이면 공격하는 것이요, 아니면 내버려 둔다.

무림이라고 다를 바 없다.

그는 천천히 향냄새를 쫓아갔다.

파라라락……!

공기가 흔들렸다. 미미한 흔들림이 물결처럼 일렁이며 피부에 와 닿는다.

흐름의 세기도 감지한다.

물결이 스치고 지나갈 때마다 솜털이 곤두선다. 물결에 대응하기 위해 진파가 저절로 일어난다.

계야부는 숨어 있는 자를 찾아냈다.

'살수!'

근 한 달간이나 류청지를 보아온 몸이다.

귀영십삼식을 깨닫기 전에도 류청지가 공격해 오는 것은 감지해 낼 정도로 감각이 탁월했다. 하물며 귀영십삼식을 익혀 사물의 흐름을 감지하게 된 지금은 훨씬 쉽게 찾아낸다.

'사망흑사!'

성오존자가 말한 사사귀 중에 한 명이리라.

류청지의 발목을 잡은 자, 성오존자로부터 최고의 살수라고 인정받은 자.

계야부는 그가 숨어 있는 곳을 찾아냈지만, 무시하고 지나쳤다.

기이한 향냄새가 멀지 않은 곳에서 풍긴다. 그리고 그곳에는 화향호리가 있을 것이다.

파라라락!

흐름이 일어났다.

사망흑사가 움직인다. 계야부가 스쳐 지나가자 뒤로 돌아서 퇴로를 차단했다.

계야부는 포위까지 감지했으면서도 태연히 걸어갔다.

사사귀라는 사람들에 대해서 생각한 것이 있다.

그들의 무공은 어느 정도일까? 모른다. 짐작할 수 있는 것은 네 명이 합공을 펼쳐도 성오존자를 이기지 못한다는 사실이다. 그렇지 않았다면 벌써 성오존자를 치고 용무를 끝냈을 게다.

그렇다고 무시할 수준은 분명 아니다.

사망흑사는 류청지와 비등하다고 봐야 한다.

성오존자는 살수의 세계는 먼저 발견한 사람이 유리하다고 말했다.

물론 그렇다. 그도 적진을 넘나들며 암살, 납치를 일삼았다. 먼저 발견하고 암습을 거는 쪽이 훨씬 유리하다.

하지만 그것도 정도가 있다. 실력 차가 현격하게 벌어지면 암습이 아니라 암습 할아비를 가해도 안 된다. 어느 정도 수평적인 관계가 성립되었을 때, 선제공격의 효과가 발휘된다.

류청지와 사망흑사의 살법 경지는 비슷할 것이다.

그 한 가지만 봐도 사사귀의 무공은 상당하다고 할 수 있다.

또 하나, 사사귀의 무공을 엿볼 수 있는 부분이 있다.

성오존자는 사사귀 중 일인인 비주화서 때문에 잠깐 시선을 빼앗겼다고 했다.

비주화서란 별호만 봐도 그는 무척 빠른 날다람쥐다. 신법이 주된 무공인 것은 자명하다. 그것도 성오존자의 눈길을 빼앗을 정도이니 신법으로만 놓고 보면 중원무림에서 열 손가락 안에 지칭될 자일 것이다.

화향호리와 타사웅묘의 무공을 짐작할 만한 단서는 없다. 하나 근묵자흑(近墨者黑)이라, 사람은 끼리끼리 모이는 법이니 그 둘 역시 비주화서나 사망흑사에 뒤진다고는 볼 수 없다.

그들과 싸움을 하는 것은 계란으로 바위 치기다.

누가 봐도, 누가 생각해도 그렇다.

오직 한 사람, 계야부만은 그렇게 생각하지 않는다.

그는 죽을 자리를 일부러 찾아올 만큼 멍청하지 않다. 자신을 건드렸다고 해서 죽음이 뻔한 곳을 자기 스스로 찾아올 만큼 무모하지도 않다.

그는 자신의 무공을 냉정하게 판단했다. 성오존자에게는 무참히 패했지만 류청지의 공격은 거뜬히 막아냈다.

사사귀와 류청지와 동수라면 충분히 상대할 수 있다.

문제는 인원수다. 그들은 네 명은 자신은 혼자다. 그들이 합공을 가할 경우, 승산은 절반 이하로 떨어진다. 마음으로는 얼마든지 상대할 수 있을 것 같지만 현실적으로 류청지 네 명과 맞싸움을 한다면 패배할 공산이 높다.

다행스럽게도 사사귀가 합공하지 않을 것이다.

그들은 아직 진파를 모른다. 류청지에게 형편없이 당하던 계야부만 생각한다. 그런 자에게 네 명이 합공한다면 자존심에 먹칠하는 것과 진배없다고 생각할 게다.

생각은 정확하게 맞아떨어졌다.

사망흑사가 뒤를 가로막았다.

더 이상 다가올 생각은 하지 않는다. 아마도 그의 임무는 도주하는 길목을 차단하는 선에서 그치는 것 같다.

타사웅묘와 비주서화가 좌우측을 막을 것이고…… 전면에 화향호리가 나타날 것이다.

싸움이 벌어진다면 화향호리만 친다. 옆이나 뒤는 상관할 필요가 없다. 재빨리 치고, 그녀를 타넘어 앞으로 치달린다. 하면 쫓고 쫓기는 추격전은 될지언정 포위당해 합공을 받는 일은 없을 것이다.

'치고 전진! 사전투광신보가 있으니 쉽게 잡히지는 않을 것……'

공기의 파랑은 그가 생각한 대로 이루어졌음을 말해주었다.

뒤는 일찍부터 막혔고, 그로부터 십 장쯤 걸었을 때 좌우가 동시에 막혔다.

왼쪽이 비주서화이고, 오른쪽이 타사웅묘다.

왼쪽에서 흘러온 파랑은 지극히 미약하다. 깃털 한 조각이 하늘하늘 떨어져 내리듯 가볍기 이를 데 없다. 반면에 오른쪽 파랑은 날렵하고 날카롭다. 마치 얇디얇은 면도(緬刀)가 살갗을 확 긋고 지나가는 듯하다.

두 기운을 무시했다.

머릿속에는 오직 하나의 생각만 가득했다.

화향호리는 어떤 여자일까?

그녀를 봤고, 옆에 앉혔고, 단약까지 얻어먹었건만 얼굴이

기억나지 않는다. 그녀를 처음 봤을 때는 멀쩡한 상태였는데 넋 빠진 놈처럼 소양단을 주는 대로 받아먹었다.

그녀의 말을 거역하지 못했다. 거역할 힘이 없었다. 어떤 말을 해도, 설혹 스스로 목숨을 끊으라는 말을 했어도 받아줄 수밖에 없었던 상황으로 기억한다.

정말이지 아무것도 할 수 없었다.

그는 그런 상황을 이해하기 위해 오랫동안 생각했다. 향냄새를 쫓아오는 내내 어째서 그런 상황이 벌어졌는지 고민했다고 해도 과언이 아니다.

결론은 사술(邪術)이다.

그녀에게는 사람의 혼을 조종하는 힘이 있다.

당시, 그녀를 안고 싶다는 생각까지 한 것으로 기억한다. 사약란이 창창한 미래를 버리고 자신에게 모든 것을 걸었다는 것을 인식하면서도 화향호리를 안고 싶다는 생각을 억누르지 못했다.

독 같은 것에 중독되지도 않았는데 그런 마음을 느끼게 하는 것은 아무래도 사술밖에 없는 것 같다. 아니면 자신이 짐작조차 하지 못하는 어떤 무공이거나.

그녀를 만나면 똑같은 상황이 벌어진다.

그녀는 다시 사술을 펼칠 것이다.

받은 만큼 돌려준다는 악심(惡心)은 온데간데없이 사라지고 또다시 그녀를 안고 싶은 열망에 휘감길 게다. 전에 그랬던 것처럼 몸에 좋다며 내미는 소양단을 꿀꺽 삼키고 말리라.

물론 그에게는 금강반야선공이 있다.

소양단이 몸에 들어오는 순간, 금강반야선공이 가사 상태로 이끌 것이다.

하면 욕념에서는 벗어난다. 서인은 빼앗기지 않는다.

그러면 된 것인가? 그러자고 화향호리를 찾았나? 똑같은 일을 다시 당하려고?

화향호리가 멍청하지 않은 이상 같은 수를 되풀이할 리는 없다. 사술을 펼쳐서 이성을 제압한 후 다른 수를 쓸 것이다. 거기에 대한 대비책은 있나? 어떤 수인지는 아나? 여전히 금강반야선공이 지켜줄 것이라고 막연히 믿고 가는 것인가?

화향호리를 만나기 전에 풀어야 할 숙제들이다.

참으로 곤란한 문제다.

"호호호! 한동안 못 볼 줄 알았는데, 너무 빨리 만나는 것 아냐?"

전면에서 그녀가 나타났다.

화향호리는 예뻤다.

단정한 이목구비, 검고 큰 눈, 가늘면서 진한 눈썹, 작은 입, 붉은 입술, 반듯한 코…….

잠옷을 입은 듯 어깨를 환히 드러낸 옷은 그녀를 고혹적인 모습으로 변모시켰다. 음탕하다는 생각은 들지 않는다. 지적이면서 미태(美態)가 뛰어나다는 생각만 든다.

"뛰어난 줄은 알았지만…… 소혼망아술에 걸리지 않았네? 어떻게 빠져나왔을까? 보면 볼수록 신비한 남자야."

그녀가 하얀 이를 드러내며 웃었다.

'욱!'

계야부는 가슴이 콱 막히는 충격을 받았다.

말도 안 되는 생각이지만…… 아무 생각 없이 달려가서 그녀를 껴안고 싶다.

그녀가 자신 앞에 나타난 이유가 무엇인가? 정사를 벌이자는 것 아닌가. 한마디로 마음껏 취할 수 있는 꽃이다. 침만 질질 흘리며 지켜볼 것이 아니라 당장에라도 꺾을 수 있다.

그녀는 방중술도 뛰어날 것이다. 온몸에 자르르 흐르는 교태만 봐도 침상 기술을 추측할 수 있다.

계야부는 자신의 머릿속에서 일어나는 생각을 제삼자의 눈으로 지켜봤다.

금강반야선공이 있었기에 가능한 관상(觀想)이다.

자연히 심장이 막힐 만큼 놀랄 수밖에 없다.

그녀는 아무런 행동도 취하지 않았다. 독을 푼 것도 아니다. 단지 눈앞에 나타나서 몇 마디 말만 흘렸을 뿐이다. 한데 마치 본능처럼 욕념이 치민다.

'대단한 사술……'

계야부는 아랫입술을 잘근 깨물며 말했다.

"사사귀라는 것은 안다. 화향호리, 사사귀가 안선에서 어느 정도의 위치에 있는지 알고 싶다. 말해줄 수 있나?"

스릉!

그는 말을 하면서 한 자 길이의 검과 자모도를 꺼냈다.

화향호리의 눈가에 이채가 반짝 스쳐 지나갔다.

"호호호! 우리 지금 싸우자는 거야? 아니지? 싸워서 뭐 하게. 나…… 안고 싶지 않아? 그렇게 못생기지는 않았지?"

그녀의 말을 듣는 동안 양손에서 힘이 빠져나갔다.

병기를 놓고 싶다. 그녀 말대로 싸워서 뭐 하나. 서인이라는 것, 줘버리면 되지 않나. 사내가 살아가면서 한두 번 객고(客苦)를 달래보지 않은 자가 어디 있던가. 어차피 언젠가는 다른 여인에게 넘어갈 서인, 이 여자에게 줘버리자.

'미치겠군!'

계야부는 머릿속을 휘젓고 있는 음심을 떨쳐 내기라도 하려는 듯 머리를 크게 흔들었다.

사사귀와 만나면 좋지 않은 일이 생길 것이라는 건 이미 생각했던 바다. 그럼에도 굳이 향냄새를 쫓아서 화향호리를 따라온 데는 두 가지 이유가 있다.

하나는 자신만의 철칙을 만들었다는 거다.

무림에서 살아가는 동안 누가 되었든 자신을 함부로 건드리지 못하게 만들겠다.

이것은 말똥구리의 자존심이다.

또 하나는 사사귀의 가치를 평가했을 때, 그가 꼭 넘어야 할 산이라는 결론을 얻었기 때문이다.

그가 판단하기로 사사귀는 육교사를 넘어서지 못한다. 또한 자신은 지금 당장에라도 육교사, 십교사와 싸워야 한다. 하면 그보다 못한 사사귀는 반드시 뛰어넘어야 한다.

시간이 없다거나 무공이 약하다는 핑계는 통하지 않는다. 육교사와 싸우면서도 그런 소리를 할 것인가.

어떻게든 이길 방도를 찾아야 한다.

상식적인 사람들은 이해하지 못할 사고방식이다.

무공의 편차라는 것은 너무도 극명해서 쉽게 따라잡을 수 없는 것이다. 더군다나 비무도 아니고 결전일 경우에는 지극히 심사숙고하는 게 마땅하다.

지는 것을 알면서도 자신이 나서서 싸움을 건다?

죽기로 작정한 자이지 않은가.

정말 이해할 수 없다.

하나 계야부는 그렇게 살아왔다. 그에게 주어진 명령은 혀를 내두를 만큼 어려운 것들이었다. 생환 가능성이 지극히 낮아서 항상 마지막 임무일 것이라고 생각했다.

어려움 앞에서 탈출구를 찾는 것은 그의 특기다. 그가 가장 잘하는 재주다.

"만변천자와 그대들…… 어느 쪽이 상전이오?"

"호호호! 그게 그렇게 중요해? 우리 골치 아픈 건 따지지 말자."

화향호리는 대답을 피했다.

만변천자와의 상하 관계뿐이 아니다. 안선에 대한 것은 일절 함구할 것이다.

사사귀에게서 알아낼 것은 없다.

자신을 상대하기 위해 사사귀 네 명 전부가 동원되었다는 건 분명 과하다. 하나 서인이 무총 후계자인 사일도를 죽일 수 있는 최대 병기란 점을 감안하면 납득할 수 있기도 하다. 그런 면에서 보면 오히려 무총의 안일함을 질책해야 할 것이다.

역시 성오존자는 물러가는 게 아니었다. 계야부 곁에서 그를 지켜줬어야 한다.

"세상을 너무 어렵게 산다. 간단간단하게…… 당신은 남자. 난 당신같이 강한 남자를 좋아하는 여자. 이거면 된 거 아닌가? 호호호!"

화향호리가 짤랑짤랑 교소를 터뜨리며 다가왔다.

계야부는 그녀의 걸음걸이에서 경계심을 읽었다.

일정한 보폭, 가벼운 걸음걸이, 언제든 물러설 수 있게 삼 푼의 진기는 뒷다리에 실었고…….

'기회는 한 번뿐!'

쒜에엑!

독수리가 땅을 박차고 날아올랐다.

3

중원은 넓다.

세상은 더 넓다.

달과 태양과 별들까지 아우르는 광대한 세상도 있다.

인간계(人間界), 축생계(畜生界), 아수라계(阿修羅界)…… 세상에는 이십팔 차원의 세계가 존재한다.

태양을 중심으로 형성된 광대한 우주가 하나의 세계다.

이러한 세계가 천 개 모였을 때 소천계(小千界)라 부르며, 소천계 천 개가 모였을 때 중천계(中千界)라 하고, 중천계가 천 개 모이면 대천계(大千界)라 부른다.

대천계는 고정되어 있지 않다. 항상 부단히 움직이면서 변화를 추구한다.

새로 태어나는 세상이 있다. 별이 새로 태어날 수도 있고, 꽃이 새로 피기도 하며, 사람이나 동물이 탄생한다.

생(生)도 변화 속에 한 부분이다.

태어난 것들은 생명력을 지속시킨다.

여기에도 변화가 있다. 태어난 것에 안주하지 않고 성장을 꾀한다. 자라고, 굳건하게 유지한다.

주(住)가 일어나는 것이다.

변화는 여기서 그치지 않는다. 앞으로 계속 나아간다.

성장의 극한점을 지나간다. 쇠락을 향해 나아간다. 질병, 노화, 죽음…… 받아들이기 싫고 인정하기 싫은 나쁜 변화들이 성장 다음으로 다가올 미래요, 변화다.

괴(壞)다.

모든 것이 무너진다.

중원을 휘어잡은 황제도, 천하제일인도, 석학도 괴의 변화를 거스르지는 못한다.

공자(孔子), 맹자(孟子)…… 많은 선현들이 무너짐을 받아들였다. 부처 역시 무너짐의 진리에 순응했다.

인간이 가장 받아들이기 싫고 무서워하는 변화다.

그것으로 끝인가?

인간이 흔히 되뇌는 흥망성쇠(興亡盛衰)는 주와 괴의 변화만을 말할 뿐이다. 범인들은 탄생을 간과하며, 괴 다음에 나타날 변화를 생각하지 않는다.

죽음 다음에도 변화는 일어난다.

공(空)이다.

인간의 육신은 썩어서 자연으로 돌아간다.

한 줌 흙이 된다.

또 하나, 자연으로 돌아가는 것이 있다. 인간의 영혼이다.

공이란 단지 자연으로 돌아간다는 뜻이 아니다. 조각조각, 흩어질 대로 흩어져서 공기 중에 스며든다. 자연의 일부가 되어 세상 속에 스며든다.

이를 공이라 한다.

분해된 물질은 다시 뭉친다.

물이 되어 흐르기도 하고, 바람이 되기도 하며, 돌이 되기도 하고, 사람으로 환생하기도 한다.

천지자연은 모두 하나다.

무총이나 안선은 강건하게 일어섰다.

수많은 변화 속에서도 우주라는 거대한 공간이 여전히 존재하듯이 사람은 스러질지라도 무총이나 안선이라는 공간은 천년만년 지속될지도 모른다.

관심이 없다.

성주괴공의 진리 앞에서는 모두 한 줌 모래일 뿐이다.

사사성(謝仕城)은 관심거리다.

그가 무총을 일으키는 과정을 지켜봤기에 남은 생을 어떻게 정리할지 궁금한 면이 없지 않아 있다.

아직도 인간사에 연연한 것을 보면 아직도 머릿속에서만 성주괴공을 외쳐 대고 있는 것 같다.

사일도나 사약란은 흥겨운 눈으로 본다.

그들은 이제 막 일어나는 촛불이다. 앞으로 더욱 큰 불꽃을 피워낼 동량들이다. 성한 것은 스러지고, 그들이 스러진 자리에 대신 올라설 큰 그릇들이다.

계야부는 흥미롭다.

그는 이제 갓 태어난 갓난아기다. 데이는 줄도 모르고 뜨거운 불길을 덥석 움켜잡는 철부지다.

더군다나 그는 얌전하지 않다. 태어나자마자 온 방 안을 휘젓고 다니며 이것저것 마구 만져 댄다. 무너뜨리기도 하고, 찢기도 하고, 짓밟기도 한다.

그가 어떤 방식으로 성장해 나갈지 상당히 궁금하다.

성오존자는 입가에 웃음을 머금고 계야부를 지켜봤다.

"어찌 보고하면 좋겠습니까?"

등 뒤에서 조심스런 음성이 들려왔다.

"어찌 보고할 생각인가?"

"장군께서 저러고 다니는 것, 마음에 들지 않습니다. 꼭 물가에 내놓은 어린아이 같아서 불안불안합니다. 더군다나 존자께서도 옆에 있지 않으시니……."

사내는 성오존자가 원망스러운 듯 퉁명스럽게 말했다.

계야부가 서지단에 돌아갈 때까지 옆을 지켜줄 줄 알았는데 훌쩍 비켜섰으니 섭섭하다는 투다.

성오존자는 빙긋 웃었다.

계야부와 사약란의 관계는 이미 널리 알려졌다. 적어도 무총과 연관된 사람들은 거의 알고 있다고 봐야 한다.

지통이라 불리는 사내가 계야부를 '장군' 이라고 부르는 것만 봐도 알 수 있다.

계야부는 장군이었다. 하나 좌천되어 말똥구리로 지내다가 강제로 퇴역당했다.

무시하는 자의 입장에서는 한낱 퇴역 군인이다. 하나 존중하는 자의 입장에서는 그의 전력 중 가장 화려한 '장군' 이라는 호칭을 끄집어낼 수밖에 없었으리라.

무인이 아니었으니 마땅한 별호도 없고, 뭐라고 부르기는 해야 할 것이고, 사약란의 부군이니 이름을 불러댈 수도 없고…….

결국 그들은 '장군' 이란 호칭을 선택한 듯하다.

무인이 별호로 '장군' 이란 말을 쓰는 경우는 전무한데, 참 재미있게 되었다.

성오존자가 웃음을 흘리며 말했다.

"지통이라 했나?"

"네."

“약란이 곁에 있은 지는 얼마나 됐노?”

“얼추 오 년 정도 되는 것 같습니다.”

“하면 서지단에 오기 전이군. 무총에 있을 때부터 붙어 있었
다는 건데, 하면 약란이 마음 정도는 읽을 줄 알아야지.”

“네?”

“약란이는 서지단에서 할 일이 많아. 투살진기를 쫓는
것…… 어쩌면 약란이가 세상을 살아가면서 겪어야 할 고난
중에 가장 큰 고난일지도 모르지. 약란이는 그 일에 집중해야
돼.”

지통이라 불리는 사내가 고개를 갸웃거렸다.

성오존자의 말뜻을 이해할 수 없다는 뜻이다.

사실 성오존자의 말을 알아듣는 사람은 당금 무림에 몇 손
가락 되지 않을 것이다.

투살진기는 위험하다. 아주 위험하다. 중원무림의 근간을
뒤흔들 수 있는 마공 중의 마공이다.

사약란은 투살진기의 위험을 즉각 알아차리고 총통기를 내
걸었다.

아주 현명한 행동이기는 하지만…… 투살진기를 찾아내고
분쇄하기는 무척 어려울 게다. 소림, 무당, 개방이라는 대방파
가 그녀를 밀어주고 있지만 투살진기와의 싸움은 쉽게 정리되
지 않을 것이다. 자칫 제거할 시기라도 놓치는 날이면 몇 년,
몇십 년 동안 혈우(血雨)를 뿌릴지도 모른다.

투살진기가 그토록 위험하다는 사실을 아는 사람은 별로

없다.

소림, 무당, 개방에서도 서지단에서 내건 총통기에 불만스런 목소리가 작지 않았다고 하니 말 다한 게 아닌가.

그런 그녀에게 계야부는 독이다.

계야부가 세상 물정 모르는 갓난아이라면 결정적으로 피해를 줄 수 있는 무거운 짐이 된다.

사약란의 고민은 여기에 있을 것이다.

계야부에게 신경 쓰지 않을 수도 없고, 그러자니 투살진기에 집중할 수 없고……. 공적인 임무를 생각하면 계야부에게 등을 돌려야 하고, 그러자니 그를 생각하는 마음이 깊고…….

"쯧!"

성오존자가 헛바람을 챘다.

사약란의 행동을 자유롭게 풀어줄 수 있는 열쇠는 계야부가 쥐고 있다. 그가 아무도 당해낼 수 없는 천하제일인이라면 사약란은 아무 거리낌 없이 하고 싶은 일을 할 수 있을 것이다.

한마디로 계야부는 자신의 존재 가치를 스스로 입증해야 한다.

그는 어느 정도인가? 어린아이처럼 감싸주어야 하는 자인가, 아니면 내버려 두어도 상관없는 자인가.

지금까지 사일도나 사약란의 눈에 비친 계야부는 뒤주 속에 꽁꽁 숨겨놓고 떨어뜨리면 깨질까, 바람이 불면 날아갈까 항시 가슴 졸이며 돌보아야 하는 철부지나 다름없다.

그러한 판단을 계야부 스스로 깨줘야 한다.

성오존자는 계야부를 내버려 둬도 괜찮은 자라고 판단했다.

서지단에 돌아갈 때까지 옆에 바짝 붙어서 지켜줄 생각이었다. 한데 그와 말을 나눠보니 그럴 필요가 없었다. 직접 손속까지 섞어서 확인까지 했다.

그는 약하지 않다.

괜히 장군이 아니었다. 괜히 말똥구리가 아니었다. 말똥구리의 신화를 일궈낸 것은 운도 많이 따라주었겠지만 순전히 그의 능력이 탁월했기 때문이다.

그는 강하다. 아주 강하다.

세상에는 십(十)의 무공을 지니고도 오(五)의 능력밖에 발휘하지 못하는 사람이 있는 반면에 삼(三)의 무공으로 십의 능력을 발휘하는 사람도 있다.

계야부가 그런 쪽이다.

그는 자신이 지닌 것을 최대로 활용할 줄 안다.

지형지물을 이용하는 것은 아예 몸에 붙었고, 병기의 활용은 절정고수에 못지않다. 단지 흠이라면 단시간에 여러 가지 무공을 흡수하느라 정련(精練)됨이 부족하다는 것인데…… 그것 역시 시간이 지나면 해결될 것이다.

먼 훗날이 문제가 아니라 지금 당장이 급한가?

지금 당장도 상관없다. 류청지와 한 달을 지내고도 살아남았다. 물론 류청지가 손에 사정을 담은 것도 있고, 여러 가지 일이 꼬인 점도 있지만 살아남은 것은 사실이다.

이런 수를 썼던 저런 수를 썼던 류청지의 손에서 살아남았다는 점에 주목해야 한다.

그게 계야부가 강한 점이다.

이 시점에서 무림에 내로라하는 무인들에게 물어보자. 류청지와 한 달을 지내면서 살아남을 자신이 있는가?

백이면 백, 없다고 할 것이다.

류청지는 그렇게 강한 자다.

한데 계야부는 살수왕이라고 일컫는 자를 한낱 범부로 전락시켜 버렸다.

이것이 우연인가?

이것이 진정한 계야부의 능력이라면?

무림에 새로운 강자가 나타났다.

그가 수련한 무공을 살펴보면 기가 차지도 않는다.

귀영십삼식을 본 사람은 많다. 하나 수련한 사람은 없다. 수련하기 싫어서 하지 않은 것이 아니라 귀영십삼식이 말하는 무리가 그동안 배워온 무리와 전혀 달랐기 때문에 수련할 엄두가 나지 않았다.

그런 무공을 계야부는 천연덕스럽게 익혔다.

우연인가?

금강반야선공을 본 사람은 무수하다. 너무 많아서 손에 꼽을 수도 없다. 불문에 몸을 둔 사람이라면 호기심에서라도 한두 번쯤 수련해 봤다.

하나 성오존자 자신을 포함해서 그 누구도 계야부만큼 금강반야선공의 묘의를 깨닫지 못했다.

세상 사람들 모두에게 가질 기회를 제공했지만 오직 그만이 가진 것이다.

이것은 절대 우연이 아니다.

그에게는 사람들 눈에 띄지 않는 능력이 있다.

그가 귀영십삼식을 완전히 몸에 붙이고, 금강반야선공을 온전히 체득하는 날, 그에게 검을 들이댈 자는 흔치 않을 것이다.

그는 내버려 둬도 된다.

사일도나 사약란도 그 점을 알고 마음 편히 하고 싶은 일에 집중해야 한다.

부모가 자식을 세상에 내놓는 것과 같은 이치다.

처음에는 잘할 수 있을까 가슴 졸이며 지켜보지만 한 번, 두 번 든든한 모습을 지켜보게 되면 그다음부터는 무슨 일을 하든 믿고 지원해 준다.

계야부가 지금은 무림에 적응하지 못할지라도 한 사람 몫쯤은 충분히 하고도 남는다.

성오존자는 그렇게 봤다. 그래서 과감하게 물러섰다.

"지켜보게. 하루 정도만 지켜본 후 마음 내키는 대로 보고를 하게. 자네가 본 대로만 보고를 하면 나머지는 약란이가 알아서 할 터……."

성오존자는 빙긋 웃으며 휘적휘적 걸음을 옮겼다.

"이, 이대로 가시는 겁니까?"

지통이 깜짝 놀라 말했다.

"가야지. 가지 않고 뭐 하나."

"이대로 가시면 장군은……."

성오존자는 지통의 다급한 마음을 뒤로하고 바람처럼 유유히 걸어갔다.

지통은 따라갈 수 없었다.

계야부가 사사귀와 부딪쳤다.

잡혀가던가, 이 자리에서 정사를 벌여 서인을 빼앗기던가 양단간 어느 하나는 벌어지리라.

'제길!'

그는 툴툴댔지만 숨어서 지켜보는 수밖에 달리 방도가 없었다.

第二十章
토사구팽(兎死狗烹)

　초식이란 무엇인가. 어렵게 말할 필요가 없다. 이어지는 일련의 행동일 뿐이다.

　하나 더하기 하나 더하기 하나는 셋.

　이 세 가지 동작을 연속으로 펼쳤을 때 초식이라고 부른다.

　초식은 동작과 동작의 연결일 수도 있다. 손과 발, 그리고 몸의 연결일 수도 있다.

　어떤 경우도 가능하다.

　정해진 방식에 따라서 공격을 이끌면 된다.

　하면 왜 무인은 초식에 연연하는가.

　초식대로 공격을 이끌다 보면 여러 가지 효과가 나타난다.

　내력을 더욱더 강하게 증강시킬 수 있다. 초식의 흐름은 내력의 운용과 밀접하게 연관되어 있어서 이어지면 이어질수록 내리막길을 구르는 눈덩이처럼 진기 집중이 강해진다.

그것만으로도 초식이란 것을 쓰기에 충분한데 더욱 기가 막힌 효능은 따로 있다.

초식은 구사하는 자에게도 하나의 길이지만 상대에게도 하나의 길을 제시한다. 상대가 구사하는 초식을 따라가기만 하다가는 앞뒤좌우 피할 곳이 없는 막다른 궁지에 몰리고 만다.

초식은 길을 만든다.

자신의 힘은 더욱 증강시키고 상대로 궁지로 틀어박는 길이다.

초식의 겨룸은 싸움이 일어나기 전부터 시작된다. 상대의 몸을 보며, 눈빛을 보며, 손과 발의 형태를 보며, 숨소리를 읽으며 상대가 사용할 초식을 머릿속에 그린다.

자신이 사용할 초식도 당연히 생각한다.

이 모든 일련의 과정이 눈 깜짝할 사이에 스쳐 지나간다.

상대를 보고, 병장기를 뽑고, 초식을 구사하며 달려드는 무의식적인 행동 속에 계산된 행동이 깔려 있는 것이다.

상대를 내 초식 속에 밀어 넣기만 하면 백전백승이다. 반대로 상대의 초식에 휘말리면 백전백패다.

초식은 싸움에서 이기는 길을 알려준다.

중원무림에 산재하는 수많은 초식은 사람들 공격하여 필히 이길 수 있는 수많은 방법이라고 말할 수 있다.

이런 연유로 무인이란 무인은 모두 초식에 매달린다.

자신이 지닌 비장의 수를 더욱 강하고 정교하게 다듬는 사람이 있는가 하면, 다양한 종류를 초식을 탐닉하는 사람도 있다.

방식이야 다양하지만 초식에 연연하지 않는 사람은 없다.

오죽하면 무초(無招)가 유초(有招)를 이긴다는 말까지 나왔을까.

초식의 한계를 넘어서면 더 이상 초식이 필요치 않는 단계가 오고, 그런 경지에 이른 사람이 내뻗는 일수(一手)는 수만 가지의 변화를 제압한다는 뜻이다.

무인과 초식은 떼어놓을 수 없다.

계야부는 검초나 도초를 사용하지 않는다. 사용한 적이 없다. 본능적으로 검과 도를 휘둘러왔다.

그래서 그의 공격은 늘 단발성이다.

연속성도 지닌다. 공격이 실패하는 순간 곧 다른 공격을 펼쳐 낸다.

어디를 어떻게 공격하자고 생각해 본 적은 없다. 무작정 치고 들어가면 공격할 곳이 보이고, 그곳을 공격한다.

초식이란 것에 호되게 당해본 적도 있다.

창을 쓰는 자였는데…… 찔러오는 것을 막고, 후려치는 것을 피하고…… 공격해 오는 건 모두 피했다 싶었는데, 어느새 궁지에 몰리고 말았다. 자신의 두 손은 엉뚱한 곳을 쳐갔고, 상대는 텅 빈 허점을 유유히 파고들었다.

옆구리를 된통 찔렸다.

그때 생각만 하면 지금도 옆구리가 쑤셔온다.

창에 꿰여 참새 꼬치가 된 것 같은 기분이 들었으니까.

그는 초식을 사용하지 않지만 초식의 무서움을 간과하지는 않는다.

단지 어느 것이 싸움에 더 유리한가를 따져 봤다.

그 결과, 초식을 사용하는 편이 유리하다고 결론지어졌다면 지금쯤 몇 가지 초식은 배워놨을 것이다.

그의 결론은 달랐다.

자신이 남보다 잘하는 것을 생각했다. 뛰어난 능력이 무엇인지 찾았다.

유난히 탁월한 동물적인 직감, 그리고 움직임.

그는 자신의 감각을 다듬는 데 필요한 실전을 충분히 치렀다. 많은 실전을 통해서 고도로 감각을 키워왔다.

지금에 와서는 버리려고 해도 안 된다.

도대체 몸에 붙은 감각을 무슨 수로 버린단 말인가. 초식이 아무리 좋다고 본능적인 움직임보다 더 좋을 수 있을까?

싸움은 역시 본능이다.

무인은 길러지지만 싸움꾼은 타고난다.

그는 자신의 판단을 믿는다.

쒜에엑! 파아앗!

화향호리의 전신에 검광이 작렬했다. 검광을 뚫고 한줄기

은빛 도선(刀線)이 흘러들었다.

화향호리가 놀란 눈으로 검광을 쏘아봤다.

그녀는 계야부가 자신에게 공격을 퍼부을 것이라고는 전혀 예상치 못한 듯했다.

"호호호!"

그녀는 짧게 맑은 교성을 터뜨렸다.

차앙!

맑은 검음과 함께 연검(軟劍)도 솟구쳤다.

검신이 낭창낭창 휘어져서 마치 버들가지처럼 흐느적거린다. 하나 검끝에 실린 잠기(潛氣)는 철판이라도 꿰뚫어 버릴 듯 매섭다.

차앙! 창창창!

연달아 사검(四劍)이 부딪쳤다. 그리고 일도가 틈새를 파고들었다.

스웃!

무엇인가 갈렸다.

자모도를 통해 전해져 오는 감촉이 기분 좋다.

'베었어!'

어디를 어떻게 베었는지는 모른다. 알려고 하지도 않았다. 봉사가 마구잡이로 휘두른 검에 엄청나게도 재수없는 자가 몸을 긁힌 것과 다를 바 없다는 것을 자신도 안다.

그는 재차 검광을 쏘아냈다.

어디를 어떻게? 그런 건 모른다. 본능적으로 겨드랑이 밑을

봤다. 팔을 들어 올리고 있는지 겨드랑이 밑이 환히 보였다.
그곳을 향해 검을 세차게 밀어 넣었다.

파르르…… 파파팟!

진파에 뒤흔들린 검은 순식간에 형체를 잃었다. 검이 벌새
의 날갯짓처럼 부르르 떨렸다. 검을 전개하는 계야부 자신도
정확한 검형을 잡아낼 수 없었다.

파르르릉!

떨리는 검이 여인의 겨드랑이를 파고들었다. 그리고 한 치
의 여유도 주지 않고 푹 찔러 들어갔다.

그 순간, 계야부는 좋지 않은 느낌을 받았다.

검이 허공을 벤 듯 밋밋하게 흐른다. 분명히 화향호리의 실
체를 찔렀는데, 찌르는 느낌이 없다.

파앗!

계야부는 공격할 때보다 더욱 빠르게 물러섰다.

쓰으웃! 파앗!

가슴에서 화끈한 통증이 일어났다.

물러서는 발걸음을 붙잡으려는 듯 그가 내딛었던 자리에 솟
구치는 선혈이 점점이 떨어졌다.

"후읍!"

"하아!"

두 사람은 동시에 큰숨을 쏟아냈다.

어떻게 일장 격돌을 벌였는지 모르겠다. 마구잡이로 검을
휘둘렀고, 느낌이 안 좋다 싶을 때 물러섰다.

그 결과는 양패구상(兩敗俱傷)이다.

앞가슴이 길게 벌어졌다. 한일자로 그어진 가슴에서는 붉은 핏방울이 줄줄 흘러내린다.

화향호리도 이득만 보지는 못했다. 계야부에 비하면 상처라고 할 것도 없지만…… 왼팔 어깨에서 흘러내린 핏물이 손등을 타고 뚝뚝 떨어졌다.

자모도가 벤 것은 그녀의 어깨였다.

"호호호! 호호호호!"

화향호리가 웃음을 터뜨렸다.

즐거워서 웃는 웃음이 아니다. 듣는 사람으로 하여금 소름이 오싹 돋게 하는 죽음의 마소(魔笑)다. 그렇다. 그녀의 웃음을 듣고 있자면 죽음의 손길이 발목을 움켜쥐는 것 같다.

섬뜩하다.

전장에서 이런 웃음을 짓는 부류가 있다.

그런 자들은 자신의 목숨쯤은 초개같이 여긴다. 적을 죽일 수만 있다면 팔다리 정도는 기꺼이 내놓는다.

그들은 죽음의 공포를 넘어섰다. 아니다. 넘어선 것이 아니라 아예 무감각해졌다. 너무 많은 죽음을 보았기에 방금까지 말을 주고받던 동료가 죽어가도 덤덤하게 쳐다본다.

그들은 세상 속에 파묻히지 못한다. 오직 싸움과 피만을 쫓아다녀야 한다. 그들은 전쟁을 하는 게 아니다. 전쟁의 일부분이 되어버렸다. 전쟁에 영혼이 흡수되었다.

그들이 이런 식으로 웃는다.

‘혈귀(血鬼)!’

계야부는 웃음소리가 커질수록 마음을 차분히 가다듬었다.

혈귀들과 싸울 때는 일 초에 승부를 갈라야 한다. 두 번, 세 번 드잡이질을 하면 반드시 손해 보게 되어 있다. 자신도 상대를 치겠지만 상대도 자신을 친다.

화향호리가 어떻게 전쟁의 귀신을 알고 있을까?

“죽엇!”

쒜에엑!

앙칼진 음성과 허공을 찢어발기는 파공음이 동시에 터졌다.

계야부는 움직이지 않았다. 반격할 생각도 포기한 듯 두 손을 축 늘어뜨린 채 쏘아져 오는 검을 노려보았다.

‘일 합!’

그의 모든 신경은 단 일 합의 격돌에 집중되었다.

먼저 격돌해 본바, 화향호리의 무공을 짐작할 수 있다.

그녀의 무공은 신랄하다. 부지런히 움직이지는 않지만 한 번씩 검을 뻗을 때마다 반드시 상처를 입힌다.

자신은 그녀의 검을 막을 수 없다.

눈으로 검을 좇다가는 당하고 만다. 그녀의 검을 보는 순간 이미 방어할 방도는 없어진다. 그리고 그때는 피할 수도 없다. 그럴 만한 시간을 주지 않는다.

오직 피하기만 할 뿐이다. 찰나의 판단이 목숨을 좌지우지하는 아주 위험한 도피지만 그가 취할 수 있는 유일한 선택이다.

하면 공격은 어떤가?

변칙과 기습을 섞지 않고는 옷깃조차 스치지 못한다.

그녀는 사전투광신보의 빠름을 알고 있다. 일 장 거리를 얼마 만에 다가서는지 정확히 안다. 뿐만 아니라 사전투광신보에서 시구각보로 넘어가는 변화까지 안다.

한마디로, 그가 사용하는 신법은 너무 단순하다.

빠르기도 하고, 변화도 막측하지만 운용의 묘(妙)가 전혀 없다.

이것은 어쩔 수 없는 현상이다. 신법을 실전에 사용한 적이 별로 없기 때문에 벌어지는 현상이니 많이 싸워보는 수밖에 없다. 평상시에도 늘 사용해서 겉돌지 않게 만들어야 한다.

어쨌든 당장 화향호리를 상대하기는 힘들다.

공격과 방어가 안 된다면 화향호리와 싸워서 이길 공산은 적다. 아니, 없다.

계야부는 단 한 수를 생각해 냈다.

자신이 감당할 수 없는 적을 만났을 때 종종 쓰던 방법이다. 십중팔구는 성공했던 방법이다.

쒜에엑!

화향호리의 연검이 후려치듯 갈라왔다.

계야부는 연검이 지척에 이를 때까지 기다렸다.

예기가 살갗을 저며온다. 연검의 금속성 감촉이 피부에 닿는다. 살을 찢고 들어온다.

순간, 계야부는 왼 손목을 비틀어 팔꿈치가 바깥쪽을 향하게 했다.

쩌엉!

팔에 바짝 밀착시켜서 거꾸로 잡고 있던 검이 연검을 받아냈다. 단지 팔목만 비트는 간단한 행동으로 검으로 된 기다란 철판 방패를 내세운 것이다.

방어만으로는 만족하지 못한다.

쒜엑!

자모도가 허공을 갈랐다.

이번 일격에는 혼신의 힘이 깃들어 있었다. 공격이 실패하면 어찌할 방도가 없기 때문에 전력을 다했다. 귀영을 일으켜 진기를 극한까지 끌어올렸다.

따앙! 따다다다당!

계야부는 한 번을 내려쳤는데, 격타음은 연달아 예닐곱 번이나 터졌다.

그가 여러 번 공격한 것은 아니다. 그럴 만한 재주도 없다. 진파가 만들어낸 걸작이다.

따앙!

급기야 연검이 뚝 부러졌다.

화향호리는 연검을 눈에 보이지 않을 만큼 바쁘게 움직였다.

팔을 잘라낼 줄 알았던 검이 불쑥 튀어나온 검을 후려쳤다.

약삭빠른 잔수다. 하나 화낼 여유가 없다. 연이어 벼락같이 후려쳐 오는 자모도를 막아냈다.

작은 도, 가벼운 손길, 평범보다 약간 빠른 속도.

무시하지는 못하지만 가볍게 막아낼 수 있는 공격이다.

그녀의 예상은 빗나갔다.

첫 번째 타격에 손목이 쩌릿 울렸다.

두 번, 세 번…….

변화를 주어야 한다는 생각이 들었지만 무식하게 내리꽂히는 칼날을 피할 방도가 생각나지 않았다.

그녀는 멍하니 상대가 이끄는 대로 검을 대주었고, 급기야 연검이 부러지는 사태까지 맞이했다.

계야부의 도법은 특이하다.

장한 일고여덟 명이 찰나의 간격을 두고 연속으로 한 점을 내려치는, 그것도 도끼나 대도 같은 중병(重兵)에 무지막지한 힘을 싣고 힘껏 내려치는 것과 같다.

참으로 무식한 도법이다.

화향호리는 말려들면 안 된다고 생각하면서도 말려들었다. 폭포처럼 피할 겨를도 주지 않고 내리꽂히는 무지한 힘 앞에 압도당하고 말았다.

엄밀히 말하면 계야부보다 그녀가 월등히 낫다.

속도나 변화, 정확성 등등 여러 면을 따져 봤을 때 계야부보다는 최소한 절반쯤 앞선다.

더군다나 계야부의 무공을 손바닥 들여다보듯이 안다.

사전투광신보에 이은 시구각보가 그가 가진 밑천의 전부다.

성오존자가 장난을 치는 바람에 사전투광신보가 훨씬 빨라졌지만 감당하지 못할 정도는 아니다. 아니, 어떤 신법을 펼치는지 알고 있으니 싸움은 끝난 것이다. 눈에 보이지 않을 만큼 빠르다 한들 잡아낼 방도는 얼마든지 있다.

일대일의 싸움에서 밀릴 이유가 전혀 없다.

백 번을 생각해 봐도 반드시 이긴다는 계산만 나오는 상대다.

한데 막상 싸워보니 밀린다.

그녀를 더욱 질리게 만드는 것은 계야부가 그녀의 비공(秘功)을 너무 쉽게 깼다는 것이다.

그는 색정마혼소(色情魔魂笑)를 견뎌냈다.

견뎌내서는 안 된다. 견뎌낼 리 없다. 실제로 견뎌내지 못했다. 넋이 반쯤 나가서 멍한 표정이 되어 그녀가 내미는 소양단을 순순히 받아먹은 게 얼마 전이다.

그는 색정마혼소를 이겨내고 달려들었다.

침을 질질 흘리면서 어떻게 입술이라도 탐내볼까 하고 치근덕거려야 되는데, 검과 도를 뽑아 들었다.

어떻게 그런 일이 가능한 것일까?

계야부가 불문의 신공이라도 수련했단 말인가?

성오존자…… 그가 옆에 붙어 있었으니…… 사사귀가 나타난 것을 아는 사람이니…… 그러고도 계야부를 버리고 갔다는 것은 사사귀 정도에 당하지 않으리라는 믿음…….

머릿속이 번잡했지만 성오존자가 수작을 부렸다는 정도는

쉽게 짐작되었다.

좋다. 색정마혼소는 전에 펼쳤던 적이 있으니 미리 준비한 게 있다고 치자. 그럼 천마광소(天魔狂笑)는 어떻게 파해했단 말인가. 색정마혼소와 성질이 완전히 다르고, 무림에 알려진 바도 거의 없는 무공인데 너무나도 가볍게 파해했지 않은가.

천마광소에 걸려들면 오금부터 저린다. 담이 약한 자는 선 자리에서 오줌을 질질 싼다. 거미줄에 걸린 거미처럼 공포에 질려 꼼짝 못하게 된다.

마음을 제압하는 심공(心功)으로 수련하기가 극히 까다롭다.

암암리에 절대비공을 두 개나 펼쳤는데, 계야부는 느끼지도 못한 듯하다.

이런 일이 어떻게 일어날 수 있단 말인가.

그녀의 놀람은 필설로 형언할 수 없었다.

"안선인가?"

계야부가 감정없는 음성으로 물었다.

승부는 끝났다. 그의 자모도가 화향호리의 목에 바싹 대어져 있다. 조금이라도 서투른 행동을 하면 가차없이 목을 베겠다는 의지가 진하게 느껴졌다.

"그래, 안선이야."

화향호리는 순순히 대답했다.

"만변천자?"

“만변천자 같은 사람이 우릴 부릴 수 있다고 생각해? 호호 호! 우린 사교사 휘하에 있어.”

화향호리의 음성에 색감(色感)이 묻어났다.

소용없는 줄 알지만 다시 한 번 색정마혼소를 펼쳤다.

“사교사…… 육교사, 십교사에 이어 사교사까지. 교사는 모 두 열 명인가?”

계야부의 음성은 소름 끼치도록 차가웠다.

“호호호! 그런 걸 적에게 묻는 사람이 어디 있어? 사나운 도 련님, 그런 건 도련님께서 직접 알아내셔야죠.”

화향호리가 생글생글 웃으며 다가섰다.

그녀는 손으로 옷섶을 만지작거려 언제라도 옷을 벗을 수 있다는 암시를 주었다.

무서운 행동이다.

수련한 적만 있지 펼친 적은 없는 천녀나염무(天女裸艶舞)의 기수식이다.

천녀나염무를 펼치려면 벌건 대낮에 발가숭이가 되어야 한 다.

그것은 싫었다. 상대와 자신, 단둘이라면 상관없지만 사사 귀 중 세 명이 눈을 번뜩이며 숨어 있는 상태에서 알몸이 되어 날뛰기는 정말 싫었다.

그것보다도 천녀나염무를 펼칠 필요가 없었다.

그가 상대했던 자들은 대부분 색정마혼소에 나가떨어졌다. 그나마 버텨낸 자들도 천마광소에 오금이 저려 순순히 목을 내밀었다.

정말 하기는 싫지만…….

한데, 그녀는 천녀나염무를 펼칠 기회조차 얻지 못했다.

철컥!

자모도의 칼날이 날카롭게 곤추세워졌다.

움직이지 마라. 움직이면 죽는다. 내 말이 진심인지 아닌지 시험할 요량이라면 해도 좋으나 결과는 네 스스로 책임져야 할 것…….

자모도가 소리없는 협박을 해왔다.

'이자는!'

그제야 화향호리는 자신이 정말 엉뚱한 자와 싸우고 있다는 것을 알아챘다.

계야부는 감정이 말라비틀어졌거나, 여인에게 관심이 없는 희귀종이다. 그렇지 않고서야 풋풋하게 풍기는 여인의 살 내음을 이토록 모질게 물리칠 수는 없다.

"내게서 서인을 빼앗으려는 것은…… 역시 사일도가 목표겠군."

화향호리는 아랫입술을 잘끈 깨물었다.

그녀는 할 것이 없었다.

어떻게 이런 일이 벌어진 것일까? 상대가 안 되는 자였는데, 되레 자신이 붙잡혀 곤혹을 치르고 있으니. 어디서부터 어떻게 꼬였기에 이런 일이 벌어진 것인가.

그때, 영준한 청년, 타사웅묘가 박수를 치며 나타났다.

짝! 짝! 짝!

오 척 단구(五尺短軀)에 꾀죄죄한 용모의 청년도 모습을 드러냈다.

비주화서라고 불리는 자다.

계야부는 그들을 쳐다보지도 않았다.

2

칼 중에서 가장 무서운 칼은 소리장도(笑裏藏刀)다.

껄껄 웃으며 술잔을 마주하면서 암중에 찔러대는 칼은 정녕 피하기 어렵다.

오래 살고 싶으면 항시 소리장도를 조심해야 한다.

계야부는 누구보다도 웃는 낯으로 태연히 배신하는 사람들을 잘 알고 있다.

말똥구리들이다.

의외인가? 그렇다, 의외다.

사실 말똥구리들의 의리는 대단하다.

적진에 침투하면 믿을 사람이라고는 동료밖에 없다. 서로가 서로를 믿고 의지하지 않으면 생환 가능성이 희박해지는 것이다. 또한 말똥구리로 이력이 붙은 사람들 중에는 동료에게 목숨을 한두 번쯤 맡겨보지 않은 사람이 없다.

그런 사람들이 웃는 낯으로 배신한다는 건 대단히 의외다. 하지만 사실이 그렇다.

어느 조직에나 눈엣가시 같아서 제거하고 싶은 자는 있기 마련이다. 같이 침투하는 말똥구리 중에 앙심을 품은 자가 있다면 살아 돌아오기 힘들다고 봐도 좋다.

배신하는 데 꼭 그런 이유만 있는 건 아니다.

말똥구리들 중에 한두 번쯤 배신해 보지 않은 사람은 없다고 해도 과언이 아닐 만큼 배신은 흔하다.

임무를 수행하다 보면 모두를 위해 한 명쯤 미끼로 내던질 때가 있다. 모두가 사정을 알고 있어서 자원하는 자가 있으면 좋지만 조장만 상황을 인식할 때도 있다.

그때는 아무래도 사실을 말해줄 수 없다.

웃으면서, 가볍게 다녀오라고 말한다.

말하는 사람의 입장에서는 선의의 거짓말이지만 미끼가 된 자에게는 청천벽력이다.

말똥구리들은 그런 일을 흔히 당한다.

덕분에 한 가지 습성은 생겼다. 어떤 일이든 이면에 뭐가 있는지 살피는 버릇이다.

타사응묘는 그냥 나타나도 되었다. 굳이 박수까지 칠 필요는 없었다. 무심히 넘길 수도 있는 행동이지만 화향호리의 목에 자모도가 걸쳐져 있는 상황에서는 과잉 행동이다.

비주화서의 등장도 낯설다.

그는 원래 모습을 나타내는 자가 아니다. 싸움보다는 질주에 목적을 둔 자이기 때문에 권각을 주고받는 진흙탕 싸움에 나타났다는 것은 아무래도 낯설다.

자신이 그만큼 중요한 존재인가? 아니다. 이들이 연수합공할 만큼 고수인가? 아니다.

‘암습!’

두 사람의 등장에는 이면이 있다. 그리고 계야부는 이면을 읽었다.

모든 감각을 등 뒤로 돌렸다. 실바람만 흘러도 느낄 수 있을 만큼 신경이 예민해졌다.

역시…… 암풍(暗風)이 불어왔다.

‘사망흑사!’

계야부는 순간적으로 판단을 내려야만 했다.

화향호리를 어떻게 할 것인가? 그녀를 벨 것인가? 베는 것은 좋지만 하면 사망흑사의 공격을 막아내지 못한다. 자신이 화향호리를 베는 순간 자신도 베이리라.

이것은 틀림없는 사실이다.

딱 하나, 믿는 구석이 있다.

이들이 무엇 때문에 자신을 공격하는가 하는 문제다.

두말할 것도 없이 서인이다. 서인을 빼앗으려면 여인이 필요하다. 사내는 열 명, 백 명이 있어도 서인을 가로채지 못한다.

한마디로 화향호리를 죽여도 사망흑사는 자신을 죽이지 못한다. 기껏해야 혈도를 점하는 정도다.

‘이혈……’

생각이 멈췄다.

그는 당장 귀영십삼식을 일으켜 혈도의 위치를 뒤흔들었다.

화향호리는 베지 않았다. 사망흑사에게 죽지 않고, 제압당하지 않는다면 굳이 화향호리를 죽일 이유가 없다.

그는 한 걸음 나서며 화향호리의 옆머리를 후려쳤다.

퍼억!

화향호리의 눈이 크게 뜨이는가 싶더니 곧 초점을 잃고 풀썩 쓰러졌다. 그 순간,

픽! 퍼픽! 퍼픽!

그의 등 뒤에서도 요란한 격타음이 터졌다.

"으음!"

"음!"

계야부가 잔뜩 인상을 찡그리며 신음을 토해냈다.

또 다른 신음도 있었다. 뒤에서 공격해 온 사망흑사가 묵직한 신음을 흘리며 물러섰다.

계야부가 인상을 찡그리며 고개를 돌렸을 때, 사망흑사는 어느새 사라지고 없었다.

그야말로 신출귀몰한 신법이다.

크게 놀라지는 않았다. 이런 류의 신법을 근 한 달 동안이나 겪어봤다. 류청지의 급습과 물러섬은 그야말로 한 폭의 그림처럼 아름다웠고 정교했으며 신비로웠다.

사망흑사가 류청지와 같은 부류라면 그다지 놀랄 일도 아니다.

"호오! 점혈이 안 된다? 이건 또 새로운 발견이군."

타사웅묘가 호기심 어린 얼굴로 계야부를 쳐다봤다.

계야부는 가타부타 말을 하지 않고 혼절해 있는 화향호리를 들어 어깨에 걸쳐 멨다.

"데리고 가려고?"

미안의 청년이 말했다.

계야부는 잠시 생각하더니 곧 자모도를 들어 타사웅묘를 겨눴다.

"빨리 끝내지."

"뭐?"

"이 싸움은 내가 조금 유리하겠군. 너희는 날 죽일 수 없지만 난 너흴 죽일 거야. 이 정도 이득이라면 합공도 용서해 주지."

"뭐야! 하! 하하하하!"

타사웅묘가 어처구니없다는 표정으로 웃었다. 하나 그는 곧 인상을 찡그렸다.

계야부의 말은 얄밉지만 사실이다.

그들이 받은 명령은 계야부에게서 서인을 빼내오라는 것이지 죽이라는 것이 아니다. 그 정도쯤은 화향호리 혼자서도 너끈히 해낼 줄 알았는데…….

이 싸움은 사사귀에게 불리했다.

단지 죽일 수 없다는 문제만 있는 것이 아니다. 계야부가 어떤 식으로 점혈을 풀어내는지 알지 못하기 때문에 무턱대고 손을 쓸 수가 없다.

상식적으로 생각해 봤을 때, 점혈이 되었다가 거의 동시에 해혈이 되는 경우는 없다. 점혈이 통하지 않는 경우는 처음부터 점혈이 되지 않는 경우뿐이다.

사람인 이상 혈도가 없을 수는 없고…… 타격에 둔감할 정도로 혈도가 손상되었다면 멀쩡히 움직이지도 못할 것이고…… 혈도를 움직이는 방법뿐이다.

이혈대법을 쓰는 자에게는 점혈이 통하지 않는다.

하면 혼절시키는 방법이 있다.

턱을 올려치거나 몽둥이로 머리를 후려쳐서 사나흘쯤 못 일어나게 만들면 된다.

한데 그나마도 쉽지 않다.

방금 전, 사망흑사의 오지(五指)에는 바위를 관통하는 진력(眞力)이 실려 있었다. 뼈마디 몇 개 정도는 부러뜨리고도 남을 힘이 그의 등을 후려쳤다.

계야부는 얕은 신음만 흘렸다.

사망흑사도 신음을 쏟아냈다.

뼈가 부러져야 할 사람은 인상만 찡그렸고, 공격한 사람은 손가락이 부러지는 충격을 받았다.

계야부의 몸에서 반탄력이 일어났다는 뜻이다. 그것도 본인의 의식하지 못하는 사이에 자연스럽게 형성되었다. 거의 타격과 동시에 반사적으로 방어막이 둘러쳐졌다고 보는 편이 맞다.

반탄력…….

계야부가 금종조(金鍾罩) 같은 외문 무공을 익히지 않은 것은 확실하다. 그렇다면 약간의 성취로도 아주 강한 보호막을 일으키는 특이한 신공을 수련했다는 뜻이다.

타격으로 그를 혼절시키기는 어렵다.

"죽이라는 명령을 받았으면 좋았을 텐데."

타사웅묘가 섭섭한 듯 손가락을 뚝뚝 꺾으며 말했다.

"다음에 기회가 있겠지."

계야부는 남의 일처럼 말했다.

세 사람은 나타날 때와 마찬가지로 순식간에 사라졌다.

화향호리가 계야부의 손에 잡혀 있는데도 그녀에 대해서는 한마디도 꺼내지 않았다.

그들에게 화향호리는 사망흑사가 암습을 가해왔을 때 이미 죽은 것이다. 그녀의 목숨을 아랑곳하지 않았기에 과감히 암습을 감행할 수 있었다.

계야부는 인적 드문 곳을 찾았다.

무작정 산으로 발길을 옮겼고, 다행히도 외딴곳에 을씨년스럽게 세워진 산신각을 찾아냈다.

산신각은 좁다.

혼절한 화향호리를 눕히고 그 옆에 앉자 조그만 공간이 꽉 찼다.

귀영을 일으켜 주위의 흐름부터 살폈다.

산에 들어설 때부터 살폈지만 뒤따르는 사람은 없다. 박쥐가 음파로 먹이를 찾아내듯, 진파를 흘려보내 곳곳을 살폈지만 사람의 흔적은 찾지 못했다.

그래도 안심할 수는 없다.

사사귀에게는 사망흑사가 있다. 비주화서의 능력은 어떤지 보지 못했으니 알 도리가 없지만 사망흑사의 잠입술이라면 진파로도 감지 못했을 가능성이 높다.

계야부는 급습을 대비하며 화향호리가 깨어날 때까지 기다렸다.

그녀는 곧 깨어났다.

머리가 아픈지 손을 들어 관자놀이를 만지작거렸지만 크게 불편한 데는 없어 보였다.

"죽이지 않았네?"

그녀는 자신이 아직까지 살아 있다는 게 의외인 듯 자조의 미소를 흘렸다.

"안선에 대해서……."

"아까 말했지. 그런 건 직접 알아내라고."

"그럴 생각이야. 직접 알아내야겠지."

화향호리는 너무도 차분한 말에 흠칫했다.

계야부의 눈빛이 맹수처럼 번들거린다. 사람의 온기는 전혀 느껴지지 않는다. 오로지 먹이를 노리는 냉혈동물의 눈빛만 남아 있다.

'이, 이놈…….'

이 순간 계야부는 사람이 아니다. 그녀 또한 여인이 아니다.

포식자와 뜯어 먹힐 먹이만 존재한다.

계야부는 힘으로 정보를 얻어낼 생각이다.

"뭐 하자는 건지 모르지만……."

그녀는 채 말을 끝내지 못했다.

"알게 될 거야."

불쑥 손이 튀어나왔다.

손에는 무엇인가 시커먼 것이 들려 있었는데…… 그것이 그녀의 허벅지를 힘껏 파고들어 왔다.

"아악!"

화향호리는 자신도 모르게 비명을 내질렀다.

정말 아프다. 송곳 수십 개가 한꺼번에 쑤시는 것 같다.

차갑기 이를 데 없는 사내 음성이 들렸다. 사내도 아니다. 악마의 음성이 들려왔다.

"날 뒤쫓았으니 내가 어떤 자라는 건 이미 알고 있을 게다. 난 무인이 아니다. 군인이다. 얼마 전까지만 해도 군인이었다. 군인 중에서도 최악, 말똥구리였다."

화향호리는 식은땀을 쏟아냈다.

계야부는 허벅지를 쑤신 시커먼 물체를 단단히 움켜잡고 있다.

그의 다음 행동은 무엇일까? 허벅지를 갈기갈기 찢어발기는 것일까? 손잡이를 휘휘 돌려 안을 휘젓는 것일까? 곧이어 다가올 고통은 상상만 해도 끔찍하다.

"내 앞에서 많은 놈들이 기개를 과시했다. 죽일 테면 죽여보라는 식이었는데, 그놈들 중 내가 알고 싶은 것을 말하지 않은 인간이 없었다. 하니 나중에 안선에 대해 줄줄 쏟아내더라도 창피해하지 않아도 될 게다."

"너 이 자식……."

화향호리는 이를 부드득 갈았다.

시커먼 물체가 끊임없이 요동쳤다. 살을 파고든 것으로도 모자랐는지 계속 미미하게 떨렸다. 그리고 그때마다 신경을 가닥가닥 끊는 듯한 통증이 머리를 뒤흔들었다.

"고통 앞에 장사는 없는 법."

계야부가 시커먼 물체를 확 뽑아냈다.

"아아아악……!"

화향호리는 있는 힘껏 비명을 내질렀다.

생살이 뜯겨 나갔다. 시커먼 물체가 허벅지 살점을 한 움큼 물고 찌지찍 살점을 뜯어냈다.

"아악! 아아악! 아악!"

시커먼 물체가 살점을 뜯어낸 후에도 화향호리는 비명을 멈추지 못했다.

화향호리는 아는 것이 없었다.

교사 휘하의 무인들은 직속 교사 외에 다른 교사들을 만나지 못한다. 자신이 모시는 교사가 누구인지조차도 모른다. 명이 떨어지면 받아서 이행할 뿐이다.

육교사는 만변천자다.

그 사실을 안 것도 얼마 전이다.

사실 사사귀는 만변천자가 안선의 일원이라는 사실조차도 최근까지는 전혀 몰랐다.

사사귀는 안선이 무엇인지도 모른다. 사교사라는 사람에게서 분에 넘칠 정도로 풍족하게 은자를 얻어 썼기 때문에 부하 노릇을 해준 것뿐이다.

이번 일만 해도 그렇다. 사교사가 원한 것은 계야부를 유혹해서 관계를 가지라는 게 전부였다. 물론 서인을 취하는 것이 목적이라는 말도 들었다. 하지만 서인이 사일도를 죽이는 독물이라는 사실은 근래에야 알게 되었다.

서인을 취하지 못했을 때 취할 행동 요령도 들었다.

얌전히 물러나라.

아무런 흔적도 남기지 말고 몸을 빼라.

그 말대로라면 사사귀는 첫 번째 시도가 실패했을 때 물러났어야 한다.

그러나 자존심 때문에 그럴 수 없었다. 한낱 무부조차 마음대로 하지 못한다면 사사귀의 자존심은 어떻게 되는가. 방법이 없는 것도 아니다. 소혼망아술을 벗어날 자는 없다.

계야부가 상식적인 인간이었다면 화향호리는 벌써 목적한 바를 달성했을 것이다.

화향호리는 아는 바를 전부 토설했다.

"으득!"

화향호리는 이를 갈았다.

무림에 나선 이래 이토록 처참하게 무너진 적은 없었다. 자신이, 천하의 화향호리가 죽음보다 더한 수모를 당할 줄은 꿈에도 생각해 본 적이 없다.

그녀는 옷을 찢어 양 허벅지를 감싸 맸다.

작은 산신각은 피로 범벅이 되어 발 디딜 곳이 없었다. 모두 그녀의 몸에서 빠져나온 피다. 군데군데 살점 덩어리도 떨어져 있었다. 그녀의 허벅지에서 뜯겨진 살점들이다.

허벅지를 감싸 매는 손이 덜덜 떨렸다.

"죽인닷! 반드시…… 내 손으로!"

그녀의 눈은 실핏줄이 터져 시뻘겋게 물들었다.

그녀를 버리고 물러났던 세 남자가 모습을 드러냈다.

"화향호리가 혈향호리가 됐군. 되게 당했는데?"

잘생긴 미청년이 비웃듯 중얼거렸다.

"꺼져."

"정말? 하! 이거 어쩐다? 그냥 가려다 안돼 보여서 금창약이라도 주고 가려고 왔는데……."

타사웅묘가 청옥색 단환을 꺼내며 말했다.

"꺼져."

화향호리는 거들떠보지도 않았다.

사실 그녀에게는 타사웅묘의 금창약이 절실하게 필요했다.

사사귀는 괴팍하여 기분 내키는 대로 행동한다. 무공은 정공(正功)보다는 사공(邪功)에 가깝다. 사람 목숨을 경시하는 편이며, 시시비비를 가리는 기준 잣대가 그날그날 기분에 따라서 달라진다.

사람들이 사사귀에 대해서 아는 건 이 정도에 불과하다.

사사귀가 네 절곡(絶谷)의 곡주(谷主)라는 건 까마득히 모른다.

타사웅묘는 절의곡(絶醫谷)의 곡주다.

그가 만든 금창약은 썩은 살에 새 살을 돋게 만드는 효험이 있다.

지금과 같이 큰 상처를 입었을 경우에도 그의 금창약을 바르며 한 시진도 안 되어서 정상적으로 활보할 수 있다.

그럼에도 불구하고 그녀가 호의를 거절한 것은 사곡이 맺은 협약 때문이다.

일(一)을 얻으면 일(一)을 준다.

타(他) 곡(谷)의 절대(絶對) 박투(搏鬪)에는 일체 간여하지 않는다.

곡 외(谷外)의 사건은 공동 대응한다.

사곡이 맺은 협약은 이 세 가지뿐이지만 그들의 행동 기준을 정하기에는 부족함이 없다.

화향호리는 계야부와 절대 박투를 벌였다.

처음부터 사사귀가 함께 싸운 것과 그녀 독단으로 나선 것은 개념이 다르다.

원래 사사귀는 이번 일을 삼항(三項) 곡외의 사건으로 치부하여 공동 대응하려고 했다. 한데 화향호리가 자존심을 내세위 독단 행동을 취했다.

물러서도 괜찮을 곳에서 소혼망아술을 펼쳐 버린 것이다.

그 순간부터 그녀와 계야부의 싸움은 사사귀가 간여할 수 없는 박투가 되었다. 그래서 그녀가 제압되고 끌려가도 간여하지 않은 것이다. 그나마 그녀의 명에라도 지켜주고자 사망흑사가 일격을 가해봤지만 최선을 다했어도 이득을 보지 못했으니 어찌할 것인가.

이번에도 마찬가지다.

타사웅묘의 금창약에는 제일항(第一項)이 적용된다.

금창약을 받으면 그에 상응하는 대가를 내놓아야 한다.

"그나저나 이런 일도 제대로 처리하지 못했으니…… 우리 이제 다른 물주를 찾아봐야 되는 것 아냐?"

비주화서가 말했다.

사교사라는 사람에게서 받은 은자는 상당히 많았다.

사사귀가 쓰는 용채 정도가 아니었다. 사곡 삼백여 명이 하고 싶은 것을 마음껏 하면서 편히 지냈다.

사교사가 단순하게 후원만 할 리는 없다고 생각했다. 언젠가 큰일을 맡길 것이고, 어쩌면 그 일로 인해 사곡이 몰락할 수도 있을 것이라고 생각해 왔다.

그런데 막상 맡겨진 일은 너무 수월하다.

반드시 해내야 한다는 제한도 없다. 안 되면 물러서라니, 이보다 좋은 조건도 없다.

"비서곡(飛鼠谷)은 그 돈을 다 썼나 보지? 염체도 없어라. 아

에 흥청망청 써댔구만. 우린 모아놓은 게 있어서 앞으로 일이
년 정도는 버틸 수 있어.”

타사웅묘가 코를 후비며 말했다.

사망흑사와 화향호리는 말하지 않았다.

화향호리는 말할 기분이 아니었고, 사망흑사는 원래 말이
없다.

“얄미운 줄은 알았지만 정말 얄밉군. 쯧! 그나저나 이 정도
는 화화곡(花花谷)이 처리해 줬어야 되는 것 아냐!”

비주화서가 말을 하다 보니 갑자기 부아가 치미는지 신경질
조로 말을 맺었다.

“화향, 자! 고집 부리지 마. 대가 없어도 돼.”

타사웅묘가 손에 들고 있던 금창약을 억지로 화향호리의 손
에 쥐어 주었다.

“괜찮다고 했지! 꺼지란 말이야!”

화향호리는 만사가 귀찮았다. 옆에서 주절거리지 말고 다
꺼져 버렸으면 하는 마음밖에 없었다. 그때, 타사웅묘가 그녀
의 귀를 활짝 열어젖히는 말을 했다.

“비주화서, 너 정말 아무것도 모르는 거냐?”

“뭘 몰라?”

“어! 정말 모르는 모양이네? 사망흑사, 너는? 너도 몰라?”

“토사구팽(兎死狗烹). 곡을 떠나기 전에 두 놈을 숨겨놨다.
그놈들이라면 사망곡(死亡谷)을 재건할 수 있을 터.”

웬만해서는 말을 하지 않는 사망흑사가 침울한 어투로 말

했다.

화향호리는 둔기로 뒤통수를 얻어맞은 것 같았다.

“지, 지금 뭐라는 거야!”

“화향, 너 하는 행동을 보고 짐작하지 못한 줄 알았다. 아무 대책도 세우지 않고 나왔지? 후후후! 지금쯤 화화곡은 잿더미가 되었을 거야. 산 사람은 없을 테고…… 다시 말해서 우리가 돌아갈 곳이 없다는 이야기지.”

“……”

너무 놀라면 말도 나오지 않는다.

화향호리와 비주화서는 눈만 끔뻑였다.

“아무 염려 말고 발라라. 사곡협약 따위는 없어졌어. 주고받을래야 뭐 내놓을 것이 있어야지. 모두 알거지가 되었는데.”

타사웅묘가 장난스럽게 웃으며 말했다.

“화향, 고집 부리지 말고 발라. 우리에게도 손님이 찾아올 거야. 손님 맞을 준비를 해야지.”

사망흑사가 거들었다.

화향호리는 손에 쥐어진 청옥빛 금창약을 침에 개어 상처에 바르기 시작했다.

그녀의 마음속에서는 활화산 같은 분노가 치미는 중이었다.

계야부를 향한 분노이기도 했고, 사교사에 대한 분노이기도 했다. 계야부는 자신과 은원 관계를 맺었지만 사교사는 화화곡과 은원을 맺었다.

적이 누구인가. 둘 모두다. 타사웅묘의 말이 사실이라면 계야부도 죽이고 사교사도 죽인다. 어떻게든, 반드시!

타사웅묘가 화향호리를 힐끔 쳐다본 후 정색을 하며 말했다.

"혹사, 성오존자는 정말 떠난 거야?"

"없다."

사망흑사는 짧게 대답했다.

"확실해?"

"……."

이번에는 대답조차 하지 않았다.

하기는 그가 있었다면 화향호리를 저 지경이 되도록 내버려 두지 않았으리라.

계야부가 화향호리를 데려가도록 내버려 둔 것은 화향호리를 짓이겨 봤자 어차피 나올 것도 없고, 그동안 계야부 곁에 누가 있는지 살펴보기 위해서였다.

세 명 모두 나름대로 뒤져 봤다.

타사웅묘와 비주화서는 아무런 흔적도 찾아내지 못했다. 하지만 사망흑사라면 뭔가 다르지 않을까 싶어서 물어봤던 것인데 돌아오는 대답은 똑같다.

"하면 계야부는 버려야겠군. 성오존자가 붙어 있다면 놈의 곁에 있는 게 안전하지만 지금 그놈 곁에 있다가는 벼락 맞기 십상이야. 잘 들어, 우린 지금부터 무총으로 간다. 얼마나 빨리 도착할 수 있느냐에 우리 목숨이 달렸어. 손님은 반드시 올 것이고, 우리 정도는 쉽게 죽일 수 있는 자일 테니까. 넌 어떻게 할래?"

타사웅묘가 화향호리를 쳐다보며 말했다.

여우라고 불리는 화향호리가 일이 어떻게 돌아갔는지 짐작하지 못할 리 없다.

이들은 사곡협약 같은 것은 애당초 신경 쓰지도 않았다. 단지 계야부가 필요했을 뿐이다. 그를 뒤따르는 사람들에게 도움을 청해야 했다. 그것만이 사교사로부터 목숨을 부지할 수 있는 유일한 길이다.

그런 연유로 그들은 계야부를 치지 않았다.

치면 안 되는 거였다. 사약란의 남편이 되어버린 그를 건드린다면 무총의 보호를 받기는 그른 일이 된다.

자신이 그에게 붙잡혀 모진 고문을 당하는 동안, 그들은 주변을 훑으며 자신들을 도와줄 사람이나 찾고 있었다.

"앞으로 사사귀라는 말…… 쓰지 마."

화향호리는 이를 부드득 갈았다.

'죽일 놈들!'

3

사약란은 전서 한 통을 받았다.

전서에는 두 눈으로 읽고도 믿지 못할 내용이 기재되어 있었다.

계야부가 사사귀의 공격을 받아냈다? 화향호리를 납치했으며, 사망흑사의 일격을 가볍게 견뎠다?

모든 내용이 믿을 수 없지만 그중에서도 단연 눈길을 끄는 대목은 성오존자가 계야부를 버리고 떠났다는 부분이다.

이것이 무엇을 말하는 것일까?

계야부가 버려졌다. 혼자가 되었다. 더군다나 그는 안선이 원하는 보물을 지니고 있다.

한마디로 먼저 줍는 사람이 임자인 셈이다.

그는 아주 위험하다. 그렇다고 안절부절못하지는 않았다. 아니, 성오존자가 곁을 지킬 때보다 훨씬 평온한 느낌을 받았다.

성오존자가 곁을 떠났다는 것은 안심해도 좋다는 뜻이다.

계야부의 무공이 탁월해서 누구에게도 해를 입지 않는다는 뜻이 아니다.

세상에 그런 사람은 없다.

무총을 세운 할아버지나 안선의 표적이 된 오라버니도 절대 무적이라는 말을 쓰지는 못한다.

그런데도 그들은 당당하게 무림을 활보한다.

할아버지나 오라버니보다 못한 사람들도 어깨를 펴고 무림을 횡행한다.

중요한 것은 무공이 얼마나 높냐가 아니라 무인으로서 몫을 해낼 수 있느냐이다.

계야부는 무인의 몫을 한다. 그는 무인이다.

성오존자는 그렇게 말하며 떠난 것이다.

계야부는 확실히 강해졌다.

한 달 전과 비교할 수 없을 만큼 강해졌다.

무공의 강함으로 보면 한 달 전이 더 강했을 수도 있다. 세 공단의 약효를 빌려 이 갑자 내공을 지녔을 때는 무림의 폭군이나 다름없었다. 그에게 죽음의 위협을 안겨주던 류청지도 그 당시에는 승부를 점칠 수 없었다.

무공이 한 달 만에 그보다 강해진다는 것은 기대하기 어렵다.

하나 무인은 무공만 강하다고 강한 게 아니다. 무인의 강함 속에는 여러 가지가 포함된다. 지략, 경험, 병기의 우수성…… 이 모든 것을 종합했을 때, 현재의 계야부는 과거보다 훨씬 강해졌다.

성오존자가 그를 떠난 일은 많은 것을 말해준다.

생각을 그렇게 정리해 보면 그가 화향호리를 제압한 것도 그리 놀랄 일은 아니다. 사망흑사의 일격을 받고 태연했다는 대목도 이해할 수 있다.

그는 한 달간의 사투가 끝난 후, 곧바로 서지단으로 돌아왔어야 한다.

서지단에는 그를 기다리는 사람이 있다. 부귀영화를 보장해주는 여인이다. 무공도 배울 수 있고, 영약, 영단도 복용할 수 있다. 학문에 전념할 수도 있고, 아무것도 하기 싫으면 그냥 가만히 놀고먹어도 뭐라고 할 사람이 없다.

사약란은 그에게 뭐든지 해줄 수 있는 여인이다.

십일영자에게 뭔가를 보여주기 위해 한 달간의 사투를 벌였다면 사투가 끝나는 즉시 돌아왔어야 한다.

그리고 이건 대부분의 사내들이 취하는 행동이었다.

그는 돌아오지 않았다.

사사귀와 부딪쳤고, 지금은 풍찬노숙(風餐露宿)하며 정처없이 중원을 떠돌고 있다.

부귀영화를 버리고 상거지가 되어 돌아다니는 것이다.

누가 봐도 정상은 아니다.

사약란은 이 부분에서 가슴 벅찬 감동을 맛봤다.

그녀는 계야부의 행동에서 자신에 대한 사랑을 읽었다.

어떤 때는 너무 사랑하기에 가까이 있지 못하는 경우도 있다.

가까이 다가갈수록 사랑하는 사람에게 해가 된다면 단장의 아픔을 느끼면서 멀어질 수밖에 없다.

현재, 계야부가 그렇다.

그는 사약란에게는 전혀 도움이 되지 않는다. 적에게 잡혀 있을 때는 큰 도움을 주었다. 하나 서지단으로 돌아와 안전이 보장된 지금은 그의 도움을 필요로 하지 않는다. 오히려 그녀가 계야부를 보살펴 줘야 할 게다.

서지단에는 계야부 정도의 무공을 지닌 사람들은 많다.

아무 거리낌 없이 마음껏 활용할 수 있는 인재들이다.

반면에 계야부는 반려자라는 위치에 있기 때문에 항시 적의 표적이 된다.

쓰이기는커녕 보호받아야 할 입장이다.

계야부도 그런 점을 알기에 서지단으로 돌아오지 않는 게다.

가진 것도 없이 중원을 떠돌면서 자신만의 성채를 구축하려는 게다. 사약란과 정식으로 혼례를 올리기 전에 자신만의 아성을 쌓아놓으려는 것이다.

그는 안선을 만나면 거침없이 부딪칠 게다.

절정고수를 만나면 한 수라도 배우기 위해 목숨을 걸 것이다.

그는 무인의 길을 걷고 있다.

'가가에게는 사람이 필요해.'

그를 지켜줄 사람, 고독을 함께 나눌 사람, 어려움을 같이 할 사람…… 누가 좋을까?

무총 사람은 아니다. 무총과 그는 적이 아니면서도 물과 기름처럼 섞이지 않는다. 악의는 없는데 늘 팽팽한 긴장감을 유지한다. 십일영자가 그렇고, 냉조검사 엽위상이 그렇다.

'아무래도 그들이 좋겠어.'

그녀는 계야부가 군 생활을 함께했던 말똥구리를 떠올렸다.

그의 이름은 부사영, 타사인을 수련한 지 꽤 됐으니 무공도 쓸 만해졌을 것이다.

그녀는 지필묵을 꺼내 전서를 적으며 호법을 불렀다.

"사명사귀."

"옛!"

"계야부를 보호해 줘요."

"안 됩니다."

사명사귀의 대답은 단호했다.

"지금 전서를 적고 있어요. 부사영과 오목을 그 사람 곁에 있게 해달라고. 오라버니는 이 부탁을 들어줄까요, 거절할까요?"

"들어주실 겁니다."

"다른 글도 적었어요. 그 사람을 밀법좌(密法座)로 임명해 달라고. 들어주실까요, 거절할까요."

"들어…… 주실 겁니다."

사명사귀가 내키지 않는 음성으로 대답했다.

밀법좌는 무총 총주가 자문을 구하는 사람이다.

나이, 배분, 무공, 학식…… 세간의 모든 잣대를 불문하고 총주가 임명하면 밀법좌가 된다.

현재 총주에게 몇 명의 밀법좌가 있는지는 총주만이 안다.

한마디로 밀법좌는 존재하지만 총주를 통하지 않고는 무림에 영향력을 행사할 수 없는 무명(無名) 인간들이다.

사약란이 계야부를 밀법좌로 임명해 달라고 전서를 보내면 두말 않고 임명될 것이다.

"밀법좌는 본 총의 귀빈이에요."

"알겠습니다. 명을 받들겠습니다. 한 가지 조건이 있습니다. 저희가 물러나기 전에 먼저 호위부터 구하십시오. 그들을 보고 안심이 되어야만 떠나겠습니다."

“고마워요.”

사약란이 방긋 웃었다.

계야부 곁에 부사영과 오목이 있고, 멀찍이 떨어져서 사명사귀가 호법을 선다면 다소 안심할 수 있다.

‘지통은 계속 뒤따르게 해야겠지. 무슨 일이 생기면 즉시 연락할 수 있도록…….’

사약란은 계야부의 안전에 만전을 기했다.

*　　　*　　　*

사일도 역시 한 통의 서신을 받았다.

사약란이 받은 것과 별반 다르지 않으나 그가 받은 서신에는 사사귀의 행동까지 포함되어 있었다.

“왕보, 절사곡에 대해서 알아봐야겠다.”

“사사귀요, 절사곡이오?”

“절사곡. 전서에 의하면 멸문했을 거라는데, 확실히 알아봐.”

“절사곡이라면 비공(秘空)이 전부터 주시하고 있었으니 금방 알아볼 수 있을 겁니다.”

왕보가 별문제 없다는 듯 가볍게 대답하고 일어섰다.

비공은 무총의 정보를 총괄하는 비목대(秘目隊) 대주의 별호다.

그들의 이목은 온 천하에 걸쳐져 있으니 대화 몇 마디 나누는 것만으로도 절사곡의 멸문 여부를 알아낼 수 있을 것이다.

"량준, 붕비, 석지. 사사귀를 마중 나가라. 고양이에게 물리기 직전인 생쥐들이니 눈짓만 해도 덥석 안겨들 게다."

"사내놈들이 안기는 건 별로 안 내키는데."

량준이 투덜거리며 일어섰다.

"화향호리도 있잖아. 넌 여자만 안아."

"여자도 안을 여자가 있고 안지 말아야 할 여자가 있는 거야. 불여우를 안았다가 무슨 봉변을 당하라고."

세 사람이 농담을 주거니 받거니 하며 물러났다.

사일도는 한참 동안 숙고했다.

"류청지가 만변천자에게 핍박을 받았다고 했는데…… 만변천자는 약속 날짜에 나타나지 않았어. 대신 족보 불명의 살수들이 날뛰었고, 사사귀가 나타났고…… 동나(冬娜), 어떻게 생각해?"

"지금까지는 성오존자 때문에 모습을 드러내지 않았을 것이라고 추측했는데, 그게 아닌 것 같습니다. 육교사의 행동에 모종의 제약이 걸리지 않았나 싶습니다."

바짝 말라 강팍해 보이는 청년이 말했다.

그는 십일영자 중 유일하게 무공을 모른다. 무가(武家)에서 태어났지만 무공보다는 학문에 뜻을 두고 경서(經書)들을 섭렵했다. 사서삼경(四書三經)을 비롯하여 십삼경(十三經)에 능통할 뿐만 아니라 유불선(儒佛仙)에 대한 체계적인 정리가 독보적인 경지에 올랐다고 평가받는 당대의 석학이다.

"안선에 대한 생각을 조금 수정할 필요가 있을 것 같습니다. 만변천자는 상당한 고수입니다. 솔직히 주공께서도 오백 초 이내에는 조금 힘들지 않을까요?"

"만변천자 같은 고수에게 비견한다. 날 그 정도로 높이 봐주 니 고맙군."

"천만에 말씀. 그 말씀으로 인해서 초수를 백 초 정도 줄이 죠. 사백 초를 넘기면 우세를 점한다."

"이제 봤더니, 날 놀리고 있군."

"제가 감히 어떻게 주공을. 그냥 무시하고 지나도 좋을 말을 받으셨으니 자존심이 상하셨다는 뜻. '만변천자 같은 고수' 라 는 말은 '만변천자 같은 놈' 이라고 바꿔서 들어야 옳을 듯싶 군요."

"하하하! 그렇게 들렸나?"

동나는 옅은 웃음을 흘렸다.

"그보다 이제 슬슬 주공께서도 움직이셔야 하지 않을지."

"계속해 봐."

"안선이란 곳, 드러난 조직원은 도려내 왔다는 사실을 주목 해야 합니다. 육교사와 십교사…… 무총 사람이라면 모르는 사람이 없게 되었죠. 특히 육교사의 경우는 만변천자라고 실 체까지 드러났습니다. 만변천자가 비록 신출귀몰하는 재주가 있다고 하나, 본 총에서 손을 쓰기로 작심한다면……."

"생포까지도 가능하다고 보는군."

"총주님의 능력을 모르십니까? 총주님께서 작심만 하신다

면 칠 주야 안에 무총 형당에서 만변천자의 진면목을 볼 수 있
다는 데 황금 만 냥을 걸겠습니다.”

“황금 만 냥? 하하하! 무총 건물들을 통째로 넘겨줘도 안 되
겠군.”

“그런 의미에서…… 저쪽에서 먼저 손을 쓸 것이다, 라는 게
저의 판단입니다.”

“제거 명령이 떨어졌다고 봐도 좋은가?”

“육교사는 십중팔구. 십교사는 드러난 것이 육교사보다 훨
씬 적으니 절반 정도?”

“흠!”

사일도는 손으로 턱을 괴고 생각에 잠겼다.

안선에 대해서 알 수 있는 절호의 기회다.

평상시 같으면 육교사와 십교사는 아무 가치도 없다. 그들
보다는 차라리 물지게를 지는 짐꾼이 더 가치있다. 아는 것은
교사가 훨씬 많겠지만 입을 열어 말해준다는 측면에서는 짐꾼
이 낫다.

육교사와 십교사의 존재는 진작부터 알았다.

사약란이 계야부에게 납치되는 순간, 십일영자는 거의 반사
적으로 움직였다.

사일도에게 사약란은 천금보화다.

사일도는 죽은 부모를 대신해서 사약란을 보살펴 왔다. 그
것이 오라비의 의무라고 생각한다. 그녀가 잘못되기라도 한다
면 상당한 심적 타격을 받을 것이며, 그녀의 죽음과 관계된 사

람들은 처절하고 잔인한 죽음을 면치 못할 것이다.

계야부는 전혀 몰랐지만 사약란을 납치한다는 것은 사일도와 적이 된다는 것을 의미했다.

계야부는 천운이 깃든 사내다.

그가 사약란과 부부지연을 맺지 않았다면 그녀를 납치했었다는 사실만 가지고도 천참만륙(千斬萬戮)되었을 게다.

이번 출행(出行)에서 육교사와 십교사의 존재를 발견해 냈다.

그때부터다. 그때부터 안선의 꼬리를 잡기 위해 감시의 눈초리를 번뜩여 왔다.

그들의 입을 통해서는 그 무엇도 얻어낼 수 없기에 차분히 뒤만 쫓았다.

상당한 인내가 필요한 작업이다.

육교사와 십교사 같은 고수의 뒤를 쫓는다는 건 상당히 어렵다. 또한 행동도 은밀해서 좀처럼 단서를 찾아낼 수 없다.

일 년, 이 년…… 어쩌면 십 년이 걸릴지도 모를 지난한 추적이다. 추적 과정에서 정체가 발각되어 죽임을 당할 수도 있다.

지금 그들을 죽이면 교사 두 명이라도 죽이는 게 되지만 추적을 한답시고 뒤를 쫓다가 애꿎게 죽음이라도 당하는 날에는 닭 쫓던 개 지붕 쳐다보는 격이 된다.

그래도 뒤를 쫓았다.

안선을 파악할 수 있는 유일한 길이기에 선택의 여지가 없었다.

한데 기회가 찾아왔다.

안선이 육교사와 십교사를 제거하고자 한다면? 몸담았던 문파에서 죽이려 든다면?

운명이라 생각하고 죽음을 맞이할 사람과 이를 악물고 살려는 사람으로 갈라질 게다.

육교사와 십교사가 죽고자 한다면 어쩔 수 없지만 만에 하나 살려고 한다면 그들에게 내민 구원의 손길에는 안선의 모든 것이 쥐어질 것이다.

하나 그들을 구하는 데는 큰 대가가 뒤따른다.

그만한 고수들을 제거하고자 나선 자라면 얼마나 가공할 고수이겠는가.

십일영자는 상대가 안 된다.

결국 사일도가 직접 나서야 한다.

"본 총은 어떨까? 본 총에도 너와 같은 생각을 가진 자가 있을 것 같은데."

"본 총에서 나선다면야……."

동나가 두 손을 들어 보였다.

사일도는 무총에 정식으로 간여하고 있지 않다.

무총에는 그가 할 일이 많다. 그가 원한다면 총주의 대리 역할까지도 할 수 있다.

바로 그 점이 문제다.

총주의 손자가 대사에 간여하면 편견이 생긴다. 올바른 판단 대신 사일도의 심중이 우선시된다.

그런 연유로 그는 모든 직책을 고사했다.

지금 그가 하는 일도 그와 같은 맥락을 이어가야 한다.

하고자 하는 일이 본 총에서 하는 일과 중복된다면 당장 중단하는 것이 마땅하다. 중복뿐만이 아니라 오히려 앞길을 막는 방해자 역할이라면 말할 것도 없다.

본 총에서도 안선에 관한 일이라면 눈에 불을 켜고 있을 것이다. 당연히 육교사와 십교사도 살피는 중일 테고…….

사일도가 불쑥 일어서며 말했다.

"한가한 사람들은 같이 유람이나 가지."

행동 방향이 정해졌다.

第二十一章
격동(激動)의 시작

계야부는 걷고 또 걸었다.

바쁘게 서둘지는 않았다. 천천히, 여유를 가지고 큼지막한 대로를 걸어갔다.

조만간 습격이 있을 것이다.

사사귀는 화향호리의 복수를 해올 것이다. 한동안 두 발로 걷기 힘들 정도로 뭉개놨으니 동료 된 입장에서 복수하지 않고 넘어가기는 힘들 게다.

복수 같은 것에 연연하지 않을 수도 있다.

말똥구리 같으면 그 정도 상처는 오히려 다행으로 여긴다. 적에게 잡혀서 목숨을 부지한 것만 해도 하늘이 보살폈기 때문이다.

더군다나 자신에게는 서인이 있다.

안선이 무엇 때문에 사일도를 죽이려고 하는지 몰라도, 그게 목적이라면 좀처럼 서인을 포기할 수 없을 것이다.

압도적인 무공으로 짓누를 수 있는 상대가 아니라고 판단했을 테니 쉽게 싸움을 걸어오지는 못한다.

하루, 이틀…… 시간이 흘렀다.

화향호리를 산신각에 눕혀놓은 날로부터 십여 일이 지났건만 변한 건 없었다.

세상은 조용했다.

계야부는 서둘지 않았다.

그의 마음은 침착했다. 고요했다. 조금이라도 들뜨려는 기분이 들면 길을 걷다가도 멈춰 서서 마음부터 진정시켰다.

이번 임무는 너무도 명확하고 간단하다.

적진에 침투하여 적군에 대한 사항을 수집할 수 있는 대로 수집해서 돌아오면 된다.

너무도 분명하지 않은가.

단 하나, 적이 어디 있는지 모른다는 점만 다르다. 적이 누구인지, 어디 있으며, 규모는 어느 정도이고, 군인은 몇이나 되는지 드러난 게 전혀 없다.

그 점만 다르다.

우선 적을 발견해야 한다.

모든 감각을 열고 세상을 지켜본다.

오가는 사람들, 장사치들, 논에서 일하는 농부까지 믿어서는 안 된다. 이 세상에 존재하는 모든 사람들이 적이라는 생각으로 살피고 또 살펴야 한다.

그 누구도 믿어서는 안 된다.

안선은 틀림없이 나타난다. 이 세상에서 가장 안선을 군침 돌게 만드는 미끼가 바로 자신이다.

어디서 어떤 식으로 나타날지 모르니 자면서도 경계를 게을리해서는 안 된다.

계야부는 천천히 걷고 있었지만 사실 그의 신경은 곤두설 대로 곤두서서 매우 피곤한 상태였다.

그런데다가 그의 신경을 건드리는 것이 있었다.

'저거…… 아무래도 안 되겠어.'

계야부는 미간을 잔뜩 찡그리며 산으로 발길을 틀었다.

귀영십삼식을 말똥구리들에게 주면 천하무적이라도 된 양 적진을 휘젓고 다닐 게다.

옆에서 누가 나타날까, 뒤에서 보는 사람은 없을까.

한시도 마음 편할 날 없이 지냈던 계야부에게 귀영십삼식은 천안(天眼)을 붙여준 것과 다를 바 없었다.

진파는 만물의 기운과 상응한다.

거침없이 통과하기도 하고, 강하게 부딪치기도 하면서 주변에서 일어나는 행동들을 낱낱이 말해준다.

뒤통수에도 눈이 있다. 등에도 눈이 달렸고, 발에도, 팔꿈치에도 눈이 붙었다.

두 눈으로 보는 세상도 있지만 온몸으로 느끼는 세상도 있다.

계야부는 나무 그늘에 몸을 숨겼다.

그러자 그도 움직이지 않는다.

지금까지 항상 이래왔다.

걸으면 그도 걸었고, 멈추면 그도 멈췄다.

계야부는 손을 들어 턱을 만지작거렸다.

저자를 어떻게 잡을까?

그는 자신과 필적할 만큼 감각이 뛰어나다. 귀영십삼식의 진파와 같은 무엇인가를 수련했으리라. 그렇지 않고서야 거리가 삼십 장이나 떨어져 있는데 눈으로 본 듯이 쫓아오고 멈출 수는 없다.

쫓아간다면 어떻게 될까?

사전투광신보로 잡아챌 수 있을까?

계야부의 판단은 ‘없다’ 이다.

그와 자신의 거리는 삼십 장이다. 자신이 신법을 펼치기 시작하면 그도 냅다 줄행랑을 칠 게다.

아무리 빠른 신법이라도 삼십 장을 단숨에 따라잡을 수는 없다.

하면…… 기다린다.

급한 사람이 우물을 파게 되어 있다.

지금과 같은 경우에는 누가 먼저 지루해하느냐에 따라서 승패가 갈라진다.

계야부는 사흘을 계산했다.

사흘 정도면 궁금증을 참지 못할 것이다. 벌써 떠나갔는데 엉뚱한 곳만 지키고 있지 않았는지 회의도 치밀 게다. 혹여 급살이라도 걸려서 죽지는 않았는지…… 별별 생각이 다 들리라.

계야부는 다리를 쭉 펴고 누웠다.

그가 뒤따른다는 사실을 알아챈 것은 얼마 전이다.

화향호리에게 모진 고문을 가할 때만 해도 누가 뒤쫓고 있다는 사실을 눈치채지 못했다.

귀영십삼식을 빠른 속도로 이해하고 발전시키면서 진파의 감도(感度)도 훨씬 넓어졌다.

흔히 말하는 십 장 밖에서 낙엽 떨어지는 소리도 듣는다는 말이 현실로 다가왔다.

그의 존재는 자연스럽게 드러났다.

그는 항시 삼십 장이라는 거리를 유지했다. 들판처럼 사방이 환히 트인 곳에서도 늘 삼십 장 거리를 두고 뒤따라왔다.

계야부도 지형지물을 이용해 몸을 숨기는 데는 일가견을 가졌지만 그는 훨씬 능숙했다. 어설프게 아는 정도가 아니라 더 이상 완벽할 수 없는 전문가 중의 전문가다.

이런 경우는 딱 하나뿐이다.

그는 올곧이 추적술만 수련했다.

다른 무공은 신통치 않을 것이다. 그의 나이가 얼마나 되는

지는 몰라도 추적술을 이런 경지까지 끌어올리려면 다른 무공에는 신경을 쓸 겨를이 없기 때문이다.

그는 벌건 대낮에, 몸을 가릴 수 있는 은폐물이 전혀 없는 지형에서도 몸을 드러내지 않고 추적할 수 있는 세상에서 몇 안 되는 사람이 틀림없다.

이틀이란 시간이 쏜살같이 지나갔다.

두 사람은 목석이 되어 움직일 줄 몰랐다.

계야부는 아쉽지 않았다. 그에게는 가만히 있는 시간이 금쪽처럼 소중했다.

나무 그늘에 편히 누워서 금강반야선공을 낮이고 밤이고 수련했다.

선공 수련에 들어가면 이내 몰입이 되었고, 수련에서 깨어나면 반나절은 금방 지나가 있었다.

금강반야선공은 수련으로는 충차를 높일 수 없다. 오직 생각하고 또 생각해서 깨우침을 얻어야 한다.

정신을 놓고, 혼백마저 떠나보낸다.

육체는 텅 빈다. 정신적으로 죽음을 맞이한다. 아무것도 없는 빈껍데기를 만든다.

깨달음을 그때 찾아온다.

이 세상에서 얻은 모든 경험, 학문 등등을 완벽하게 버렸을 때 새로운 생명이 탄생한다.

정신적인 죽음을 아무나 이끌 수는 없다.

몰입에 몰입을 거듭해도 진실로 공허(空虛)의 상태에 돌입

하는 순간은 아주 잠시뿐이다.

그때 얻은 것이 있으면 손에 쥐고 나오는 것이고, 아무것도 깨닫지 못하면 다음 죽음을 기약할 수밖에 없다.

계야부는 그와의 싸움을 소중한 재충전, 재도약의 기회로 삼았다.

'내일쯤이면 조바심이 나겠지. 후후!'

계야부가 원하는 거리는 십 장이다.

그가 십 장 안에만 들어서면 기회를 놓치지 않고 사전투광신보를 펼쳐 추적할 심산이다.

그는 좀처럼 움직이지 않았다.

사흘을 넘기고 나흘째가 되어가는데도 물 한 모금 마시지 않고, 제자리에서 움직이지도 않고 꿋꿋이 버텼다.

'지독한 자군.'

그의 인내는 계야부의 예상보다도 훨씬 강했다.

문득 재미있는 생각이 든다.

이자와 류청지를 맞붙이면 어떻게 될까? 살수니 무공이니 하는 것은 집어치우고 오로지 인내심만 가지고 싸우게 한다면? 모르긴 몰라도 버티다 못해 둘 다 굶어 죽을 게다.

계야부는 자신이 먼저 이 싸움을 끝내야 한다는 것을 깨달았다.

그는 죽는 한이 있어도 자신이 먼저 모습을 드러내지 않을 것이다.

대단한 신념, 대단한 자신감 아닌가.

그는 계야부가 나무 그늘에 숨어 있다는 것을 한 번도 의심한 적이 없다. 의심할 생각조차도 하지 않는다. 자신의 추적술에 확고한 믿음이 있기 때문이다. 절대 틀릴 리 없다는 자신감이 없다면 이렇게 오래 버틸 수 없다.

계야부는 땅에서 일어나 옷을 툭툭 털었다.

"좋아, 내가 졌어. 누군지 얼굴이나 볼 수 있을까?"

그는 나타나지 않았다. 미행이 발각되었다는 사실을 알았으면서도 천연덕스럽게 몸을 숨겼다.

"그럼 음성이나 듣지. 어느 방면의 고인이신가?"

"서지단."

짤막한 대답이 들려왔다.

계야부는 고개를 끄덕였다.

대충 짐작은 했다. 뒤따르는 자가 안선에서 왔다면 벌써 급습이 시작되었을 게다. 급습을 할 만한 기회는 여러 번 제공했으니까. 아니, 지금도 공격을 할 수 있는 최적의 조건이니까.

"통성명이나 하지. 내 이름은 이미 알고 있을 것이고, 뭐라고 부르면 되나?"

"지통."

거기까지는 순순히 대답해 왔다.

"지통. 이름은 아니고 별호인 듯하군. 별호치고는 짧은 것도 같고…… 지통, 부탁 하나 들어주겠나?"

계야부는 말을 하면서도 지통이라는 별호와 그가 아주 잘

맞는다고 생각했다.

그는 땅에 달통한 자다. 추적하는 데 있어서 땅을 어떻게 이용해야 하는지 아는 자다.

부탁이라는 말에 지통은 대답해 오지 않았다.

"당분간 백 장 밖으로 물러나 줬으면 좋겠어. 삼십 장이라는 거리는…… 누군가 다가서려다가도 머뭇거리지 않겠어? 난 내 자신을 미끼로 내놓았는데, 얼굴도 모르는 자가 훼방 놓으면 곤란하지."

계야부는 자신 앞에 나타날 자는 적어도 사사귀보다는 훨씬 강한 자일 것이라고 생각했다.

그런 자라면 그의 미행을 감지해 낼 공산이 크다. 하면 그를 죽이고 공격해 오거나, 아예 공격 기회를 다음으로 미룰 경우도 생긴다.

전자라면 상관없다. 하나 후자라면 계야부 자신이 그를 용서치 못할 것 같다.

그는 행동으로 대답했다.

스스스슷……!

무엇인가가 빠르게 멀어져 간다.

"다행이군. 말귀는 알아듣는 친구여서."

산 넘어 산인가.

미행자를 멀찍이 떼어놓고 산을 벗어나 관도로 들어섰을 때, 두 사람이 말을 탄 채 그를 기다리고 있었다.

"엇! 정말 여기 있었네!"

"후후후! 오랜만이네. 많이 변했군. 예전보다 훨씬 강해 보여. 이제는 나 같은 건 소맷바람으로 날려 버리겠는데."

부사영과 오목이 반갑게 그를 맞이했다.

계야부도 그들의 존재를 알고 있었다. 관도에 들어서기 전부터 말 탄 두 사람이 기다리는 것을 알았고, 그들의 기도는 부사영, 오목과 흡사했다.

'미행자가 또 있다!'

계야부는 내심 깜짝 놀랐다.

서지단에서 사약란이 보냈을 것이라고 짐작되는 지통은 방금 전에 만났다. 비록 얼굴을 보지 못했지만 대화는 나눴다.

새로 발견한, 아니, 미행하고 있을 것이라고 짐작되는 자는 지통과는 상관없다. 그는 아마도 사일도나 십일영자의 사람일 것이라고 짐작된다.

부사영과 오목은 사일도를 따라갔다.

정확히 말하면 십일영자 중 석지에게서 각기 타사인이라는 일격필살의 검법과 접연십팔타라는 연타 절명 비기를 전수받아 수련하는 중이었다.

부사영과 오목이 자신을 기다렸다는 것은 사일도 측에서도 자신 곁에 누군가를 심어놨다는 뜻이 된다.

기가 막히게도 계야부는 숨어 있는 자의 종적을 찾아내지 못했다.

누구인가? 어떤 자이기에 감탄을 거듭한 지통보다도 뛰어난 은신술을 구사하는가.

계야부는 류청지를 떠올렸다.

그라면 이만한 은신술을 구사할 수 있다.

그는 아니다. 그는 분명하게 돌아간다는 말을 남기고 떠났다. 또 그라면 당당하게 앞에 나선다. 굳이 힘들게 숨어서 뒤를 쫓아다닐 이유가 없다.

그가 아니라면 누굴까?

다른 십일영자 중 한 명이 아닐까?

어쨌든 그는 쫓아와도 상관없다. 자신이 발각하지 못할 정도의 미행이라면 안선 무인들의 이목에도 걸려들지 않을 것이다.

계야부는 두 사람을 보며 활짝 웃었다.

부사영과 오목은 오지 말아야 할 곳을 왔다.

자신은 미끼다. 안선의 공격을 눈앞에 두고 있다. 그리고 이번 작전은 죽을 공산이 칠팔 할에 이른다.

부사영과 오목은 불똥이 떨어질 자리를 스스로 기어들어 온 것이다.

"왜? 아까부터 네 표정이 왜 그래? 우리가 온 게 못마땅해? 우린 오고 싶어서 온 줄 알아? 네놈 곁에 친구가 필요하다며 가라고 해서 왔다. 보자 보자 하니까 너무하네."

부사영이 퉁명스럽게 말했다.

오목도 별로 좋은 기색은 아니다.

웃고 떠들며 술을 마시고 있지만 묻는 말에 대답도 시큰둥
하게 하고 혼자 고민에 빠져 술만 마시는 친구를 보고 기분 좋
을 사람이 어디 있는가.

계야부는 두 사람을 번갈아 쳐다보았다.

"왜? 할 말 있어?"

부사영이 툭 쏘았다.

"후후! 너…… 무인이냐, 군인이냐?"

계야부가 엉뚱한 소리를 했다.

"뭐? 새삼스럽게 무슨 말이야?"

"간단한 질문이잖아. 무인이야, 군인이야?"

"……."

부사영은 입을 벙긋거렸지만 말을 꺼내지는 못했다.

계야부가 팔베개를 하고 드러누우며 말했다.

"난 아무래도 무인이 적성에 맞지 않아. 그래서 군인으로 살
기로 했다. 이번 일도 내게는 작전일 뿐이야. 숨어 있는 안선
을 땅 위에 올려놓는 게 첫 번째 임무, 안선에 대한 모든 것을
샅샅이 조사하는 게 두 번째 임무."

"훗! 그건 생각하기 나름 아냐?"

"생각하지 나름이래도 내가 편하니까. 오목, 넌 무공 좀 늘
었냐?"

"헤헷! 형님이 원한다면 한 수 지도해 드릴 용의도 있는데
요."

"많이 는 모양이군. 하지만 어찌 내 눈에는 무인은 안 보이

고 환수만 보이냐?"

"엇! 이런 모욕이!"

오목이 장난스럽게 발끈했다.

"좋아, 삶보다는 죽음이 가까운 자리에 온 게 안타깝지만 이왕 왔으니 같이 가자. 너는 행동 강령을 잘 알겠지만 오목은 전혀 모를 거야. 말똥구리들이 어떻게 살고 죽는지 알려줘."

"알려주긴 한다만 이건 분명히 하자. 나, 옛날로 안 돌아가. 네 명령은 더 이상 받을 이유가 없다, 이거지. 부탁이나 협조 요청이라면 모를까. 알았어?"

"후후후! 업어 치나 메치나."

"그게 왜 같냐! 업어 치는 건 업어 치는 거고, 메치는 건 메치는 거지. 하하하! 응? 술이 다 떨어졌네? 이런……."

"그만하고 자자. 난 나흘간이나 잠을 못 자서 무척 피곤해."

계야부는 말을 끝내자마자 코를 골기 시작했다.

2

"인부(人符)는 어디 있나?"

"흐흐흐! 제게 인부를 내놓으라는 겁니까? 평생을 일궈온 터전인데 아무것도 아닌 양 덥석 내놔라. 흐흐흐! 말 하나는 참 쉽게 하십니다그려."

"뭔가 크게 착각하고 있었나 보군. 그걸 자네 것으로 알고 있었던 겐가?"

"내 것이지요. 내가 일군 내 터전. 인부는 못 드립니다. 제 것을 쓰시고 싶으면 말씀부터 공손히 하세요. 부탁을 해오는 것이라면 적극 들어드리겠습니다만 이런 식으로 몰아붙인다면…… 서로 좋은 게 좋은 것 아닙니까."

"허허허! 시중잡배들과 어울리더니 무뢰배가 되었구먼."

"똑똑히 들어두쇼. 난 당신 수하가 아니오. 뜻이 같아서 힘을 보탠 동지이지, 똥구멍이나 핥아대는 똥개가 아니라 이 말이외다."

십교사는 눈을 부라렸다.

상황이 매우 심각하다.

안선은 이번 일에 대해 회의를 품기 시작했다.

일이 계획대로 착착 풀려 나가도 시원치 않을 판에 여러 가지 돌출 변수로 인해서 꽈리처럼 뒤틀리고 말았다.

안선이 제일 싫어하는 방식이다.

이럴 경우, 안선은 가차없이 정리를 시작한다.

모든 일을 어느 한 시점에서 끊어버린다. 일에 간여한 모든 사람을 제거한다. 사건을 마치 세상에 존재하지 않았던 것처럼 깨끗이 씻어낸다.

사교사는 원래 사(四)를 뜻하는 교사이지만 안선에서는 사(死)의 의미로 알려져 있다.

일을 끊어버리는 솜씨가 탁월하다 못해 귀신같다.

십교사도 그가 하는 일을 옆에서 지켜본 적이 많다.

감탄이 절로 나올 만큼 깨끗하다. 그가 손댄 일은 손때 하나 찾아볼 수 없게 된다.

그를 본다는 건 결코 기분 좋지 않다.

어떤 일을 추진하는 중에 그와 만나는 건 더더욱 안 좋다.

곰처럼 큼지막한 체구에 호박만 한 머리통이 불쑥 나타나는 순간부터 불길한 느낌에 휘감겼다.

'천번(天飜)'이라는 거대한 작전이 실패로 낙인찍혔다는 사실도 직감적으로 깨달았다.

하기는 그럴 만도 하다.

'사일도 제거'는 천번의 시작일 뿐이다.

사일도 하나 죽이는 것이 목적이 아니라 무총을 무너뜨릴 수 있는 거대한 계획이 치밀하게 준비되었다. 한데 첫 단추조차 제대로 끼우지 못했다.

이리저리 뒤틀리기는 했지만 결과적으로 사약란을 납치하는 데까지는 성공했다.

완벽하게 납치했고, 서인을 빼앗을 환경까지 구축했다.

남은 것은 교합뿐이었다.

그까짓 것…… 하룻밤에도 수천, 수만, 수백만 명이 땀을 비질비질 흘리며 떡방아를 찧어대는 흔하디흔한 그까짓 일을 딱 한 번만 하면 되는 거였다.

그것만 하면 되었다. 혈도니 뭐니 하는 것 신경 써서는 안 되는 것이었고, 신경 쓰지 못하도록 했고, 그렇게 되었어야 한다.

한마디로 사약란에 대한 평가가 조금 미비했다.

그녀에게 독문점혈조차 해혈해 내는 능력이 있을 줄은 까마 득히 몰랐다.

그것이 천번이라 불리는 거대한 계획이 시작부터 잘못되게 만든 패인이다.

이럴 줄 알았으면 희생양으로 계야부를 쓰는 게 아니라 좀 더 만만한 놈을 택하는 건데. 부사영…… 그래, 그놈도 괜찮았 는데. 아니, 사일도를 죽인다는 목적에 딱 부합되는 자는 계야 부가 아니라 부사영이었던 것을.

후회는 아무리 빨라도 늦다.

엎어진 물을 주워 담으려고 애쓰느니 새로운 물통을 준비하 는 쪽으로 움직여야 한다.

십교사는 제거당하지 않을 자신이 있었다.

"우리, 좋게 해결하지."

사교사가 팔짱을 끼며 의자에 깊숙이 몸을 묻었다.

"하하하! 진작 그렇게 말씀하셨으면 인상 붉히지 않고 오죽 좋습니까. 괜히 인부니 뭐니 해서 서로 얼굴만 붉혔잖습니까. 하하하!"

십교사는 인부에 대한 이야기를 두 번 다시 꺼내지 못하도 록 쐐기를 박았다.

사교사가 아니라는 뜻으로 고개를 저었다.

"안선을 모르나? 일처리에 예외를 두기 시작하면 한이 없는 것일세. 난 다만 피해 범위를 줄여보자는 뜻으로 한 말이지, 소 제(掃除)는 변함없네."

"무슨 뜻입니까?"

"인부를 자네가 틀어쥐고 있으니 그럼 결국 자네가 직접 처리해야겠군. 이번 일에 간여한 자가 몇이나 되나? 자잘한 자들은 필요없고, 안선주(眼線紬)만 헤아려 보지."

"다섯입니다. 하지만 그중 둘은 이미 죽었고, 셋은 잠적시켜 놨습니다. 저도 안선주를 하나의 일에 한 번만 쓴다는 주의라서요."

"그 셋을 정리해 주게."

"홀라당 벗겨 버리란 말입니까?"

"하하! 표현하고는…… 닭 한 마리 살아남아서는 안 될 것이네. 자네 손을 빌리기는 하지만 이 일은 내가 직접 하는 것이나 마찬가지이니, 자네의 실수는 곧 내 실수지. 내 얼굴에 먹칠을 하면…… 후후! 그만한 대가를 치러야 할 걸세."

결국 이런 식으로 해결할 수밖에 없을 것이다.

건방진…… 누가 누굴 소제한다고 인부를 달라 마라 하나.

자신이 안선주를 틀어쥐었다. 자신이 죽으면 무림에 구축해 놓은 안선주는 뿌리 없는 부평초가 되어 떠내려간다. 안선은 무림의 모든 기반을 잃어버리는 것이다.

안선이 미치지 않은 다음에야 무림 기반을 놓을 리 있는가.

안선주를 틀어쥐고 있다는 것은 목숨을 너덧 개 지니고 다니는 것과 마찬가지다. 실제로 이번과 같은 경우에 꼼짝없이 소제를 당할 처지였는데, 결국 살아남지 않았나.

그러니 안선주에 대한 모든 사항은 더욱더 자신만 알고 있

어야 한다. 안선에 몸을 담은 그 누구와도 공유해서는 안 된
다.
　십교사는 웃으며 말했다.
　"후후후! 여부가 있겠습니까."

　사교사는 빈손으로 돌아갔다.
　그는 종이 조각 한 장도 가져가지 못했다.
　"안선주를 죽이라고? 미친놈."
　십교사는 사교사를 비웃으며 기분 좋게 술잔을 들이켰다.
　안선주는 피붙이나 다름없다. 한 명, 한 명 일일이 자신이
직접 보고 선발한 정예 무인들이다. 이 세상에서 오직 자신의
명만 받들며, 자신을 위해서 언제든 죽을 수 있는 충성스런 부
하들이다.
　그런 자들을 미쳤다고 죽이는가.
　벌써 땅속 깊이 잠적해 있는데 뭐가 겁난다고 죽이기까지
하나.
　안선주는 한 지역을 대표한다.
　하나를 죽이면 다른 하나를 구해서 채워 넣어야 한다.
　안선에는 소제했다고 보고하고, 내버려 두면 된다.
　인부가 자신에게 있으니 확인하고 싶어도 할 도리가 없다.
그저 자신의 입만 쳐다보는 수밖에 달리 도리가 없다.
　"미친놈. 하하하!"
　십교사는 술잔 가득 술을 따랐다.

한데, 술을 따르던 그의 낯빛이 갑자기 시커먼 흑색으로 물들기 시작했다.

"흑!"

자신도 모르게 짧은 단말마가 쏟아져 나왔다.

체한 사람처럼 위장이 뒤틀린다. 이마에서는 식은땀이 줄줄 쏟아지고, 손발은 수전증 환자처럼 덜덜 떨린다.

"이런!"

그는 벌떡 일어나려고 했지만 다리에 힘이 빠져 설 수조차 없었다.

독(毒)이다! 빌어먹을! 그 새끼…… 사교사, 그 새끼가 독을 썼다!

어찌 된 일인지는 단번에 파악되었다. 하나 자신이 무슨 독에 당했고, 어떻게 당했는지는 도무지 짐작이 되지 않았다.

그는 백독불침(百毒不侵)이다. 그가 수련한 무공은 불순물의 침입을 불허한다.

더군다나 사교사와 대화를 나눌 때는 물조차 마시지 않았고, 호흡도 조심했다.

사교사 앞에 내놨던 다과상은 그가 가자마자 손도 대지 않고 내놓았다.

독에 중독될 리가 없다.

도대체 어떻게 이런 일이 벌어진단 말인가.

'빌어먹을!'

그는 의자에 털썩 앉아 툴툴 웃었다.

그는 독에 중독되지 않았다. 그를 고통스럽게 하고 움직이지 못하게 만든 것은 중수(重水)의 일종이다.

신경이란 신경이 모두 사교사에게 곤두서 있는 틈을 타서 누군가가 술 속에 중수를 섞어 넣었다.

위장 통증은 중수와 본신 내공이 뒤엉키면서 일으킨 충돌 때문에 발생했다.

본신 내공은 중수를 몰아내려 하고, 중수는 버티려고 하니 잠시 위장이 딱딱하게 굳어버린 것이다.

결국은 본신 내공이 이긴다.

고통이 치밀고 일시 마비 증상이 일어나겠지만 본신 내공이 중수를 밀어내고 정상적인 몸이 될 것이다.

시간만 충분하다면…….

"십교사님, 천번 실패에 대한 책임을 지셔야겠습니다."

그의 등 뒤에서 나직한 음성이 들려왔다.

이것도 있을 수 없는 일이다. 누가 자신의 등 뒤에 나타날 때까지 인기척을 잡아내지 못했다는 것은 생각도 못한다.

본신 내공이 중수에 집중되는 바람에 감각까지 무뎌졌다.

시간이 일다경(一茶頃) 정도만 주어진다면 어떻게든 권각을 놀려보련만, 그만한 시간을 줄 리 없다.

가장 힘을 쓰지 못하는 시간에 딱 맞춰서 나타난 것만 봐도 이런 일을 한두 번 해본 자가 아니다. 그런 자에게 실수를 기대하는 건 불가능하다.

"사교사, 정말 대단한 사람이군. 안선주를 포기할 리는 없고…… 이미 파악해 놨다, 이건가?”

“십교사님이 아니셨으면 사교사님께서 직접 오시는 일은 없으셨을 겁니다.”

“베라.”

“편히 보내드리겠습니다.”

등 뒤에서 검풍이 일어났다.

공기가 미미하게 흔들리는 것 같다. 아주 미약한 실바람이 창문을 통해 들어오는 것 같다.

무공에 입문하여 처음으로 검기(劍氣)를 느꼈을 때와 같은 느낌이었다. 그리고 그가 이 세상에서 느낀 마지막 기운이기도 했다.

최아악!

일검에 머리가 깨끗이 잘려서 둥실 떠올랐다.

“십교사님의 수급을 취했습니다.”

“그런가. 그가 세상을 살았던 흔적이 남아 있어서는 안 될 것이야.”

“확실하게 소제하고 있습니다.”

자신있는 대답이다.

그들은 시신을 불태우지 않는다. 재가 남고 뼈가 남기 때문이다. 시신이 완전히 탈 때까지 기다렸다가 분골하는 방법도 있지만, 시간이 너무 오래 걸린다.

그들은 시신을 녹여 한 줌 물로 만들어 버린다.

물은 땅에 스며들어 흔적조차 남기지 않는다.

시신만 없애는 것이 아니다. 십교사가 입었던 의복이며, 병기며, 손때 묻은 서적들까지 모두 불살라 버린다.

일가붙이가 있으면 모두 죽인다.

한마디로, 한 인간이 세상을 살았던 흔적이 모두 지워진다.

수하가 곧 다른 보고를 했다.

"안선주에 대한 확인 작업도 모두 끝났습니다. 천번에 간여한 안선주는 다섯. 둘은 죽었고, 셋은 잠적. 잠적한 자들에 대한 소제도 끝났다는 보고입니다."

"잘했군. 술이나 한잔씩들 해."

"존명!"

수하가 믿음직스럽게 대답을 하며 물러났다.

십교사는 우직한 면이 있다.

조금만 더 머리를 쓰면 괜찮은데, 마지막 하나를 무시하는 경향이 있다.

안선은 점 조직이다.

천하에서 가장 방대한 정보망을 유지하고 있는 개방조차도 안선에 대해서는 뜬구름 잡는 식으로 알 뿐이다.

십교사가 자신하는 것도 그런 부분이리라.

하나 그는 크게 오판하고 있다. 밖에서 안을 들여다보는 것은 불가능에 가깝지만, 안에서 안을 보는 것은 너무도 쉽다.

안선은 '천번'이 시작되는 순간부터 안선주를 파악해 왔다.

십교사의 일거수일투족은 물론이고, 그가 농담을 건넨 사람까지 꼼꼼하게 주시했다.

새로운 계획이 추진되면, 추진되는 순간부터 간여하는 모든 사람을 관찰하라.

이것이 사교사로 하여금 소제제일(掃除第一)이라는 명예를 안겨준 비밀이다.

안선주의 모든 것을 안다.

어디에 누가 어떤 일을 하고 있는지 전부 파악해 놨다.

인부를 달라고 할 필요가 없었다. 확인을 할 요량도 아닌데 알고 있는 걸 뭐 하고 달라고 하겠는가.

십교사만 만나면 되었다. 그리고 십교사에 대한 소제가 끝났다. 이제 후조(後組)가 다시 한 번 소제를 확인하는 일만 남았다.

"십교사는 됐고, 육교사 차례인가……."

그는 흘러가는 구름을 쳐다봤다.

*　　　*　　　*

"십교사가 소제됐습니다. 안선주는 구교사가 인수했는데, 자잘한 충돌은 있었지만 큰 무리는 없었답니다."

"……."

"사교사가 육교사를 소제하려고 합니다만…… 저쪽에서 사일도가 나섰다는군요. 이대로 놔두면 충돌이 불가피한데…… 사교사는 외곬수라서 소제가 끝나지 않으면 돌아오지 않을 것이고…… 불러들이는 게 좋지 않겠습니까? 사교사를 믿지만 아무래도 사일도에게는 조금 부족한 면이 있으니까요."

"……"

"다시 한 번 청원드립니다. 사교사를……."

"……"

"알겠습니다. 계속 소제를 마무리 짓죠. 한데 사사귀 쪽에도 문제가 발생한 것 같습니다. 예상대로 사사귀가 도주하기 시작했는데, 화향호리가 떨어져 나온 것 같습니다. 그래서…… 화향호리를 제거할까 합니다. 무리에서 떨어진 늑대는 사냥당하는 게 자연의 순리 아니겠습니까. 말을 듣지 않는 건 괜히 화근만 되지요."

"……"

"그럼 천번이계(天飜二計)에 화향호리를 제거한다는 것만 새로 추가하고 나머지는 그대로 진행시키겠습니다."

그는 오체투지(五體投地)한 채 머리를 조아리며 말했다.

3

사람들 대부분은 사사귀에 대해서 모른다. 무인들 중에서도 사사귀를 모르는 사람이 많다.

그들의 별호는 특정한 부분에서 일정한 위치에 올랐을 때만 들을 수 있다.

타사웅묘라는 별호는 의원들, 그중에서도 고명한 의원들에게만 암암리에 전해지는 비약(秘藥)이다. 탁월한 의술을 인정받은 의원이 불치병을 만나 암울해할 때, 그때 듣게 되는 별호다.

절의곡(絶醫谷)의 곡주.

그를 찾은 의원들은 두 번 놀란다.

첫째, 의신(醫神)이라 하기에는 너무 젊은 청년이라 놀란다.

의술은 학문이 아니다. 경험의 축적이다. 뛰어난 의원이 절묘한 의술을 익힌 후, 많은 세월 동안 수천 번의 시행착오를 거듭한 끝에 탄생하는 것이 의신이다.

백발의 노인을 생각했던 의원들은 새파란 청년을 보며 반신반의(半信半疑)한다.

하나 그들의 의심은 곧 사라진다.

타사웅묘가 신묘한 의술을 선보이는 순간, 할 말을 잃는다.

다른 곡(谷)도 마찬가지다.

사망흑사의 사망곡은 살수오수(殺手五首) 중 하나로 지칭된다.

살수왕이라 불리던 류청지가 사일도의 휘하로 들어간 후에는 살수사수가 되고 말았지만, 아직도 살수오수에 대한 평가는 절대적인 권위를 갖는다.

비주화서가 지배하는 백서곡(白鼠谷)도 유명하다.

그들은 잠입, 은신, 정탐에 능하다.

쥐에게는 대단한 능력이 두 가지 있다.

생존력과 번식력이다.

　백서곡은 자신들 스스로 '존귀한 쥐' 라는 뜻에서 지어진 명칭이다.

　그들은 십만 문도를 자랑하는 개방과는 정반대의 방식을 택했다. 번식력을 버려 문도 수를 제한한 대신에 생존력을 높여서 개개인의 능력을 극대화시켰다.

　비주화서는 세상의 모든 것을 알지는 못한다. 하나 그들이 먹잇감으로 점찍은 곳은 곳간에 쌀알 개수까지 낱낱이 파악된다.

　절사곡은 각기 한 분야에서 최정상에 군림한다. 그런데도 그들의 명성이 세상에 알려지지 않고 몇몇 사람들에게만 알려진 것은 절사곡이 세상에 간여하기를 싫어하기 때문이다.

　그것은 그들이 절곡에 본거지를 마련한 이유와도 상통한다.

　세상사에 간여하지 않고 오로지 자신들이 궁금해하는 부분만을 집중적으로 발전시키기를 원한다.

　찾아오는 손님에게도 불친절하다.

　원하는 것은 들어주지 않고 대신 죽음만 안겨준다.

　그들을 찾아서 소원한 바를 이루는 경우는 극히 드물다. 열이 찾아가면 한 명이나 둘 정도가 원하는 바를 얻는다.

　바로 절사곡에 급전이 필요할 때다.

　절사곡 사람들도 사람인 이상 먹고사는 문제에 초연할 수 없다. 그래서 돈이 필요한 시점에 운 좋게 딱 시기를 맞춰서 찾아온 방문객에게만 절기를 빌려준다.

　사교사는 그들이 필요한 것을 모두 주었다.

조건은 단 하나, 언제가 될지는 모르지만 딱 한 번만 힘을
빌려달라는 것이다.

절사곡 입장에서는 거절할 이유가 없었다.

사교사와 손을 잡은 후부터 은자는 남아돌았다.

열 냥을 요구하면 열한 냥을 지급했다. 백 냥을 원하면 다섯
냥쯤 더 얹어서 왔다.

사교사는 항상 여유있게 지급했고, 용처를 묻지 않았으며,
액수의 과다를 논하지 않았다.

타사웅묘가 툴툴거렸다.

"악마와 손을 잡았군. 언젠가 한 번…… 그 한 번이 우릴 끝
장낼 거야."

정말이다. 절사곡은 끝장났다.

"이 새끼들, 우릴 쥐 몰이 하는데."

사방을 한 바퀴 둘러보고 온 비주화서가 말했다.

백서곡의 경공(輕功)은 무척 뛰어나다. 정탐을 하다 발각되
면 오로지 달아나는 수밖에 없다. 적의 중심부에서 얼마나 되
는지도 모르는 자들과 권각을 마주한다는 것은 대단히 위험하
다.

그래서 백서곡은 경공을 집중 발전시켰다.

성오존자까지 인정한 경공이다.

성오존자의 이목을 잡아끌었을 뿐만 아니라 그의 추적을 유
유히 따돌리기까지 했다.

그는 타사웅묘나 사망흑사보다는 배 이상 빠르다.

"기분이 안 좋아. 이 자식들, 우릴 한곳으로 몰고 있어."

말없는 사망흑사가 이를 악물며 말했다.

"맞서 싸우면 어떻게 될까?"

"좋진 않아."

"넌 보지도 않았는데 어떻게 알아?"

사망흑사는 타사웅묘의 말을 무시했다.

살수에게는 직감이 있다.

뛰어난 살수는 죽는 날까지 안다. 아침에 눈을 떴을 때, 오늘 끝나겠구나 하는 예감이 든다.

그에게 사망곡을 넘겨준 전대 사망곡주가 그랬다.

일어나서 목욕재계하고, 깨끗한 옷으로 갈아입고, 병기를 가지런하게 정리한 후 문도를 모아놓고 옅은 웃음을 지어 보였다.

그는 그날, 암습을 당해 절명했다.

사망흑사는 그 정도까지는 이르지 못했다. 하지만 쉽겠다, 힘들겠다 정도는 느낀다.

사교사의 부하들로 추측되는 자들은 사기(邪氣)를 풍긴다.

좋지 않다. 포위당하기 쉬운 지형이 아니라 전면만 신경 써도 되는 곳을 찾아야 한다. 절곡도 괜찮지만 삼면이 암석으로 막힌 외진 곳이면 더욱 좋다.

혹자는 도주할 곳이 없으니 불리하지 않냐고 할 것이다. 오히려 그래서 이판사판으로 싸울 수 있을 것이라고도 한다.

모두 개소리다.

죽음을 생각지 않고 사는 사람들은 사방이 환히 트인 황야나 절곡이나 매한가지다. 오로지 필사의 무공을 쏟아낼 수 있는 장소면 좋게 생각한다.

"어떻게 할까?"

비주화서가 타사웅묘를 쳐다보며 물었다.

"어떻게 하긴. 쥐몰이를 하겠다면 당해줘야지. 여기서 바둥거리며 싸우나 좀 더 가서 싸우나 다를 건 없잖아. 뭔 짓을 하는지 보기나 하자고."

타사웅묘가 어깨를 으쓱거리며 말했다.

그도 방법이 없는 것이다. 사교사가 짜놓은 덫을 빠져나갈 묘책이 없다. 어떻게 하든 사사귀는 사교사가 원하는 곳에서 그가 원하는 싸움을 하게 될 것이다.

빠져나갈 방법이 없다, 방법이…….

사사귀는 알지도 못하는 자들에게 떠밀려 갔다.

그들은 삼면만 포위한 채 이동했다.

사사귀가 얌전히 트여 있는 곳으로 달려가는 한, 그들과 부딪칠 일은 없었다.

그렇게 얼마나 달렸을까? 그들은 낯설지 않은 사람과 마주쳤다.

"음……!"

"뭐야?"

사사귀는 깜짝 놀라 멈춰 섰다.

미간 정중앙에 빨간 반점이 찍혀 있는 사내, 계야부다.

그는 어울리지 않게 말 위에 앉아 있었으며, 말 한 필을 더 끌고 있었다.

"하던 일은 마무리 지으라는 압박이었나?"

비주화서가 피식 웃으며 말했다.

계야부 입장에서 보면 사사귀가 자신을 쫓아온 것처럼 보이리라. 미리 길목을 차단하고 기다렸다가 불쑥 나타난 것과 진배없으니 어떤 오해를 해도 변명의 여지가 없다.

사교사는 그들에게 서인을 빼앗아오라고 했다.

방법은 말해주지 않았다. 알아서 서인을 품은 여인만 데려오라고 했다.

화향호리가 계야부와 정사만 나눴으면 끝나는 건데.

아니다. 그랬다면 지금쯤 자신들의 운명도 끝장났을 게다. 절사곡을 무너뜨린 자들이 곡주들을 살려두겠는가. 철저한 토사구팽을 할 수 있다는 것만으로도 사교사는 무서운 자다.

보통 사람들은 꿈도 꾸지 못하는 거액을 물 쓰듯 쏟아낼 때 의심했어야 하는 건데.

사망흑사가 검을 풀어 가슴에 안았다.

살수의 특기를 살리지 못하고 정면 승부를 걸어야만 할 때, 종종 취하는 행동이다.

"하하! 또 만났군."

타사웅묘가 웃으며 말했다.

그의 웃음은 거짓이었다. 입으로는 웃지만 눈매는 독사처럼 날카롭게 빛났다.

실제로 그는 선공(先攻)을 퍼부었다.

바람의 방향은 살필 필요도 없었다. 그 정도는 생각거리도 되지 않는다. 마음을 굳히는 순간, 살법(殺法)에 필요한 요소들이 일목요연(一目瞭然)하게 정리되었다.

그는 양 손가락을 비비적거렸다.

눈에 보이지 않는 투명 분말이 바람을 타고 훨훨 날아간다.

반응은 즉시 왔다.

히힝! 히히힝!

말 두 필이 요란하게 울부짖었다. 앞발을 번쩍 치켜들며 벌에 쏘이기라도 한 것처럼 날뛰었다.

소란도 잠시, 말 두 필은 눈을 까뒤집으며 나뒹굴었다.

계야부는 날렵하게 신형을 날려 타사웅묘 앞에 내려섰다.

"응?"

타사웅묘는 깜짝 놀랐다.

당연히 중독되었어야 하는데 너무 멀쩡하다. 말들이 죽은 것을 보면 하독은 제대로 했는데, 놈만 중독되지 않았다.

"하하! 피독 능력까지……."

타사웅묘는 말을 잇지 못했다. 그가 몇 마디 말을 하고 있을 때,

쒜에엑! 파파파파팟!

관도가 들썩이며 인영 둘이 솟구쳤다. 그리고 비주화서와

사망흑사를 향해 검광이 번뜩였다.

슈웃! 스스슷!

사망흑사는 재빨리 검을 뽑아 마주 쳐갔다.

누군지 어떤 검법을 쓰는지 파악조차 못했다. 무조건 번뜩이는 검광 사이로 검과 몸을 들이밀었다.

타타타타탕!

한 번 시작된 충돌은 연이어 열여덟 번이나 터졌다.

시작부터 끝나기까지 일순간에 불과하다. 한 호흡에 천지를 가렸으며, 사방을 차단했다. 오로지 본능만 남기고 모든 감각을 거둬갔으며, 생각 자체를 말살시켰다.

너무 빠른 공격은 사람을 멍청하게 만든다.

"접연십팔타!"

사망흑사가 훌쩍 물러서며 소리쳤다.

그는 세 걸음을 물러선 후 아무도 없는 빈 허공에 검초를 수십 가닥이나 뿌려댔다.

눈부신 검광이 계속 쫓아오는 듯한 환상을 느낀 것이다.

비주화서의 경우는 사망흑사와 정반대였다.

그는 누군가 덮치는 것을 감지한 순간, 재빨리 경공을 펼쳐 자리를 벗어났다.

사람들은 알아야 한다. 그를 죽이기 위해서는 두 발부터 잘라야 한다는 것을, 그가 두 발을 움직이기 시작하면 그를 잡을 수 있는 사람은 손가락에 꼽히는 몇몇 사람밖에 없다는 것을.

과연 공격자는 그를 잡지 못했다.

그는 어찌할 바를 모르겠다는 듯 우뚝 멈춰 섰다.

실로 바보가 아닌가. 첫 공격이 실패했다고 우두커니 멈춰 서면 어쩌겠다는 말인가.

그는 공격자와 일정한 거리를 벌린 채 주위를 빠르게 돌았다.

비주화서는 공격권을 되찾았을 뿐만 아니라 절대적인 우위에 섰다.

한데 그의 기쁨은 오래가지 못했다.

'트, 틈이 없다!'

상대의 검은 무척 길었다. 삼 척 장검보다 한 자 이상은 길어 보였다. 언뜻 봐서는 휘두르기도 불편한 기형 장검을 축 늘어뜨린 채 우두커니 서 있는데, 뜻밖에도 공격할 구석이 전혀 보이지 않았다.

상대는 쾌검을 쓰는 것 같다.

검광을 떨쳐 내면 순식간에 사오십 초 정도는 터져 나오리라.

줄기에서 식은땀이 흘러내렸다.

그는 가만히 서 있는데, 자신은 움직이고 있다. 그는 심신을 정갈히 하는데, 자신은 시간이 지날수록 흩어질 뿐이다.

시간은 그의 편이다.

검권에서 벗어나기는 쉽다. 그의 경공이라면 단숨에 사오 장 정도는 거리를 벌려놓을 수 있다. 하지만 그가 물러서면 사망흑사가 협공을 받게 된다.

비주화서는 이러지도 저러지도 못하고 상대의 주위만 맴돌
았다.

타사웅묘는 싸움판이 어떻게 돌아가는지 한눈에 읽었다.

얼핏 보면 호각지세(互角之勢), 자세히 보면 상당히 불리하
다.

사망흑사는 살수 비기를 쓰지 못하고, 비주화서는 경공을
마음껏 뽐내지 못한다.

잘못된 장소에서 잘못된 싸움을 하고 있다.

계야부는 자신들의 존재를 눈치채고 약간의 준비를 한 것
같다.

관도 양쪽에 파놓은 감갱(坎坑)은 사망흑사의 살수 감각까
지 속일 정도로 깊고 은밀하다.

시간을 가지고 상당한 노고를 쏟아부었다.

어쩌다 보니 사사귀가 함정에 끌려든 것과 같은 꼴이 되었
다. 하나 준비된 것이 이것뿐이라면 팔을 걷어붙이고 싸워볼
만하다.

한 명이 한 명을 맡는다.

그 누구도 승부가 갈라지지 않았다. 무인들의 우열이란 싸
움이 끝나봐야 아는 것이다. 일시적인 우세에 웃음 짓는 자는
검을 들 자격도 없다.

타사웅묘의 감각은 감갱 너머로 모아졌다.

무서운 살기가 쏟아진다. 태양의 햇살처럼 수십 가닥의 살
기가 뻗쳐 온다.

진원지는 모두 네 곳, 네 명이다.

비주화서와 비슷한 종류이나 검은 사망흑사를 닮았다.

음지(陰地)에 숨어서 남을 보호하는 것으로 칼밥을 빌어먹고 사는 호법들이 주로 이런 기질을 보인다.

'그사이에 호법까지…… 계야부…… 후훗!'

타사웅묘는 네 명의 호법까지 싸움에 가세할 경우에는 승산이 전혀 없다고 판단했다.

그는 고소(苦笑)를 흘리며 말했다.

"흑사, 화서. 그만해. 졌어."

"뭣!"

"졌다고, 바보야! 이놈들도 상대하지 못하는데 숨어 있는 놈들까지 어떻게 상대할 거야!"

사망흑사와 비주화서가 날아오는 검을 보았지만 대응하지 않았다.

그는 검을 내렸다. 비주화서는 경공을 멈췄다.

오목의 접연십팔타는 사망흑사를 베지 않았다. 그의 정수리에 검을 댄 채 뚝 멈췄다.

타사웅묘가 계야부를 진중하게 쳐다보며 말했다.

"우린 널 찾아온 게 아냐."

계야부는 감정없는 눈으로 쳐다보기만 했다.

"우리의 인연, 별로 좋게 시작하지는 않았지만…… 사실 우리가 네게 뭘 어떻게 한 것도 없잖아? 기껏해야 한 번 격돌한 것뿐인데. 그것도 손해는 우리가 더 많이 봤고. 우리…… 서로

치고받고 싸울 일은 없을 것 같은데."

"너흰 안선이다. 안선에 대해 아무것도 모르는 조무래기 안선."

계야부의 말은 조롱에 가까웠다.

그래도 타사웅묘는 격분하지 않았다. 그의 얼굴에 감도는 웃음기도 지워지지 않았다.

"그럼 달리 말해야겠군. 우린 토사구팽당하는 중이야. 원래는 무총으로 갈 생각이었는데, 쫓기다 보니 이리로 왔네. 네 곁에 있으면 벼락 맞기 십상이지만 주위에 개떼가 득실거리니 어쩔 수 없지. 도움을 받을 수 있을까?"

그는 철면피나 할 수 있는 말은 천연덕스럽게 했다.

일이 이상하게 틀어졌다.

혈혈단신으로 안선의 먹잇감이 되고자 했다. 안선과 부딪치는 기회를 많이 만들 것이고, 그러다 보면 아는 것도 많아질 터였다.

한데 예상치 못한 사람들이 모여들었다.

부사영과 오목을 만난 것은 반갑지만 그들이 합류하는 것은 환영하지 않는다.

애써서 옛날 생각을 떠올렸다.

말똥구리들은 능력을 따지지 않는다. 명령을 받으면 조를 이끌고 침투한다. 약하다고 빼고, 아프다고 빼고, 성정이 여리다고 빼는 일은 없다.

명이 떨어지면 무조건 침투한다.

그때를 떠올려서 부사영과 오목을 받아들였다.

이제부터 그들의 운명은 그들 자신이 책임져야 한다. 자신이 대신 싸워줄 수도 없고, 대신 죽어준다는 건 더욱 말이 안 된다.

그밖에 두 사람이 또 붙었다.

지통과 지금도 신분을 알지 못하는 미행자다.

그들은 모습을 드러내지 않으니 무시해도 좋으리라.

사사귀는 확실히 문제가 된다. 그들은 아직 독인지 약인지 구분이 되지 않는다. 분명한 것은 며칠 전까지만 해도 확실히 적이었다는 사실이다.

그리고 네 사람이 또 붙었다.

사명사귀라고 자신들을 밝힌 그들은 사약란의 명을 들먹이며 못마땅한 눈초리로 쏘아보았다.

숨어 있는 자들까지 모두 열두 명이나 된다.

부사영과 오목의 발전은 입이 떡 벌어진다.

사명사귀는 무총 총주가 사약란을 위해 직접 보낸 사람들이다. 그들의 무공은 의심치 않아도 된다.

육교사, 십교사…… 가공할 무공을 선보였던 그들이라도 상대할 만한 대단한 전력이다.

어떻게 보면 사일도와 십일영자의 판박이다.

이래서야 안선을 끌어낼 수 있을까. 이만한 전력을 깨려면 안선도 상당한 준비를 해야 하는데, 그래도 올까?

계야부는 자신의 뜻과 다르게 모여든 사람들을 어떻게 처리해야 하나 심각하게 고민했다.

그때다. 그의 호법을 자처한 사명사귀가 전음을 보내왔다.

[사사귀가 개떼라고 하더니, 정말 개떼처럼 모였네. 곧 공격할 것 같은데, 받아칠 생각인가?]

계야부는 상념에서 깨어났다.

그가 떨쳐 낸 진파에 무수한 인영이 잡혔다.

'안선! 왔어!'

『패군』 4권에 계속…

화공도담

畵工道談

촌부 新무협 판타지 소설

예(禮)와 법(法)을 익힘에 있어
느리디느린 둔재(鈍才).
법식(法式)에 얽매이기보다 마음을 다하며,
술(術)을 익히는 데는 느리지만
누구보다 빨리 도(道)에 이를 기재(奇才).

큰 지혜는 도리어 어리석게 보이는 법[大智若愚]!

화폭(畵幅)에 천지간(天地間)의 흐름을 담고
일획(一劃)에 그리움을 다하여라!

형식과 필법을 익히는 데는 둔하나
참다운 아름다움을 그릴 수 있게 된
화공(畵工) 진자명(陳自明)의 강호유람기!

少林棍王
소림곤왕

한성수 新무협 판타지 소설

감동의 행진을 멈추지 않는 작가 한성수!

구대문파 시리즈의 두 번째 이야기 『소림곤왕』!!
그 화려한 무림행이 펼쳐진다

"너는 지금부터 날 사부님이라 불러야만 하느니라.
소림사의 파문제자인 나, 보종의 제자가 되어서 앞으로 군소리없이 수발을 들고 모진
고통을 이겨내며 무공 수련을 해야만 한다."

잡극계의 천금공자 엽자건!
소림의 파문제자 보종의 제자가 되다!!

역사와 가상.
실존의 천하제일인과 가상의 천하제일인에 도전하는 주인공!
이제부터 들어갑니다. 부디 마음껏 즐겨주시기 바랍니다.
– 작가 서문 中에서.

覇君
패군

야차(夜叉) 新무협 판타지 소설

귀도풍운

- 원수를 가르치고 원수에게 배워…
서로의 심장에 칼을 겨누는 것이
숙명인 저주받은 도법,

수라도(修羅刀).

그 기원을 알 수조차 없을 만큼 수많은 세월을 이어져 내려온 이 도법은
새로운 피의 숙명을 잉태하였다.

저주받은 피의 고리를 끊어버릴 것인가,
체념한 채로 운명에 순응할 것인가.